愛・樹・無可取代

吳晟——著

目次

卷首詩 I（樹）

而我是一株冷冷的絕緣體
植根於此
於浩浩空曠

喧囂的繁華過後
總有春底碎屑，灑滿我四周
而我是一株冷冷的絕緣體
不趨向那引力

亦成蔭。以新葉
滴下清涼

亦成柱。以愉悅的蓊蒽
擎起一片綠天
而我是一株冷冷的絕緣體
植根於此
縱然有營營底笑聲
風一般投來

——一九六三・吳晟詩作

卷首詩 II（樹）

上帝是不寫詩的，
祂種樹；
每棵樹都是
祂種下的詩。

——

我想我從來沒有見過
一首詩像一棵樹那麼可愛。
樹飢餓的嘴巴緊緊

靠著大地漲滿甜汁的雙乳；
樹終日仰望著上帝，
舉起長滿綠葉的手臂祈禱；

樹在夏天可能戴著
一窩知更鳥在她的髮間；

冬天的白雪覆蓋著它的胸脯，
立刻在它身上融化成雨水。

詩是像我這種呆子做的，
但祇有上帝能造一棵樹。

——美國詩人喬伊斯‧克爾謨（Joyce Kilmer, 1886—1918）

喬伊斯・克爾謨（Joyce Kilmer, 1886—1918），美國詩人。有三卷詩集。詩別具一格，與意象派詩相近。這首〈樹〉是他的名作，此外的詩很少傳誦，所謂以一詩成名的詩人（one poem poet）即是。

TREES

I think that I shall never see
A poem lovely as a tree.

A tree whose hungry mouth is prest
Against the earth's sweet flowing breast;

A tree that looks at God all day,
And lifts her leafy arms to pray;

A tree that may in summer wear
A nest of robins in her hair;

Upon whose bosom snow has lain;
Who intimately lives with rain.

Poems are made by fools like me,
But only God can make a tree.

（Joyce Kilmer, 1886–1918）

卷首詩Ⅲ（與樹約定）

行過陰暗、對抗過寒流
哪有時間再感嘆
趁著早春時節
我們相約、一起來種樹
迎接雨水綿綿的滋潤

我們聽見聲聲召喚
在海濱召喚鬱鬱蒼蒼的防風林
為島嶼，披上柔軟綠圍巾
在市鎮、郊區、村落
尋尋覓覓的記憶中

召喚親切的大樹
撐起翠綠大傘，庇蔭來往旅人
邀請鳥類棲息
寵愛孩童攀爬、嬉戲、編織夢想
款待長者休憩、沉思、回味歲月
流傳島嶼身世

立足寬厚土壤，根鬚才能伸長
牢牢抓住大地，枝幹才能挺拔
拒絕僵固水泥，霸道封鎖
不容許荒漠乾涸，持續擴張
凌虐我們的島嶼

趕上早春時節
相約，一起來種樹
向每一株散播希望的樹苗致謝
向每一株守護未來的樹苗承諾

我們會細心看顧、親密陪伴
傳給一代又一代

——二〇一六・吳晟詩作

樹的風波 1

忙過了春耕，母親特地到鄰鎮的苗圃中心，買回不少果樹的幼苗，補種在我家前院和後院的空地，吩咐我早晚要為這些果樹澆水。母親買回這些樹苗時，和母親同輩的幾位鄰居見了，以平常勸母親無需再那樣勞累工作的感嘆口氣，勸母親說：「你的年歲也不少了，何必還如此費心呢？等果樹長大，你不一定享用得到啊！」母親很不以為然地說：「並非什麼事都為了自己才做啊！大家都只顧自己，只顧眼前，誰來種樹？人總要為子子孫孫著想啊！」

這天學校有些事，耽擱了些時間，回家澆好了水，天色快暗了，母親還未回來，便習慣性的騎上機車去田裡，以便接載母親。

春天的傍晚，傍晚的田野，緩緩騎著機車，自有難以言喻的清爽。快到我家田地的一座橋頭時，看見母親、阿嬸、和我童年的遊伴樹雄，站在路旁說話。我停下機車，走近他們，他們並不像往常那樣，和我親切地打招呼。從他們的神情，我感覺到不太對勁，似乎是在為什麼事而爭執不已。

只聽樹雄指著阿嬸說：「你怎麼這樣沒肚量，這棵樹長在我的田頭這麼多年，好不容易才開始有些樹蔭，你居然忍心砍下來，又沒擋住你什麼。」聽到這裡，我才注意到路邊放著一棵砍下來的小樹。

能說善道的阿嬸，不甘示弱地說：「你還說沒擋住我什麼，你沒看到樹蔭都伸到我田裡了，一大片稻仔被遮住了陽光。你有肚量，如果樹蔭垂到你的田裡，你有肚量嗎？」

樹雄說：「樹蔭並不是只遮一邊，我的稻田也一樣遮到啊！樹蔭是大家的，不只是我一個人才可以避蔭的。」接著又重覆地說：「好不容易長到有了樹蔭可以避一下日頭，你居然忍心砍下來？」

阿嬸不屑地說：「哼！我才不稀罕，不要用大家的那樣好聽的話來壓人，怕熱、怕曬太陽，有辦法就搬去城裡住，不要留在鄉下種田。」

母親這時也忍不住表示了意見：「話不能這樣講，有幾棵樹在田邊，到了大熱天，吃點心時，中午休息時，大家都有所在避一下涼，總是沒有壞處。以前田野有不少樹，不知道什麼風氣，都快砍光了。」母親感嘆了一下，轉對樹雄說：「不過，砍了就砍了，再爭論也無用，不如由伊再種一棵。」

樹雄急說：「我和伊爭論，本來就無意要伊賠償什麼，我只是可惜，只要伊願意去找樹苗來補種，我也不追究。」

母親和緩地勸阿嬸說：「是啦！你就找棵樹苗來種吧！砍樹容易種樹難，樹長大了，對大家都有好處。天也暗了，不要再爭論了。」

路上，母親問我：「你記得你阿舅家隔壁後院那一棵酸楊桃嗎？我說：去年我才去採了一袋楊桃回來浸楊桃汁，當然記得。」

母親說：「酸楊桃汁聽說可以清涼退火、保護氣管，可惜現在已經很難找到酸楊桃樹了。你阿舅隔壁家那一棵，也差點被砍掉，有一次正要鋸掉時，被你祖母看見了，三步併兩步趕緊走過去勸止，問明了原因，你祖母誠心誠意地勸說：『原先拿的定錢，我加倍還給你，補償你往返時間的損失，這棵樹很多人需要避蔭，留下來吧！砍樹容易種樹難啊！再說酸楊桃已很少見了。』」母親說：「經你祖母苦口婆心地一番勸說，那棵酸楊桃總算留住了，有一道鋸痕，還在呢，你有沒有注意到？」

母親鄭重地叮囑我說：「你要記住砍樹容易種樹難的道理呀。」

2 又一簇新起住宅區

巨斧交相揮舞，怪手肆意連根挖掘。綠蔭盎然的高大樟樹、銀樺、鳳凰木，挺拔颯爽的大王椰、檸檬桉、羅漢松，風姿秀逸的變葉木、馬拉巴栗，以及龍眼、芒果、蓮霧等果樹，終於砍伐殆盡，一棵也不容留存。

砂石、水泥、柏油層層覆壓下，再也望不見一株小草掙扎得出來，每一處可坐可臥可打滾、青翠柔軟、芬香沁人鼻息的草坪，再也尋不到蹤跡。一點點綠意，也無處尋覓。

一大片鳥鳴啁啾、清幽邃遠的林木，就此輕易毀棄。代之而起的，是一排緊挨一排、分隔成一小間一小間的鋼筋水泥樓房，倨傲緊迫地矗立。

又一簇新興的住宅區，於焉產生，大家熱切地議論房價和購買方式，興致高昂地縱談如何裝潢，未曾聽過誰替那些林木遭受摧毀而惋惜。我卻有驅之不去的深深感慨，積鬱胸中。

這一帶新興住宅區，原是日治初期設在本鄉的糖廠、國民政府做為台糖總公司的舊址。十多年前

（一九七一年）總公司遷往台北，上下職員紛紛遷走，只有少數在此地另有工作的員工留住下來，大部分的宿舍、廠房、倉庫，因而乏人管理，任其朽壞，整個公司便逐漸荒廢。

但數十年來遍植的林木，並不需要依賴人的照顧，仍欣欣然成長，濃蔭處處，清爽怡人，成為吾鄉青少年和附近居民，晨昏活動、中午休憩、夏夜納涼的最佳去處。

從童年以至返鄉教書之前，在我感覺上，糖廠公司一直是門禁森嚴的禁地，水泥圍牆之內，是和我們截然不同的另一種生活天地，非常神祕。

糖廠公司裡面，有一所附設小學，專供其員工子女就讀。小學時代，曾因參加運動會或演講比賽，有幾次機會接觸這所小學的學生，他們個個都是衣著華麗、皮鞋光亮、伶牙俐嘴，還可以留長髮，更顯得氣度大方、氣派十足，相形之下，我們的光頭赤腳、和麵粉袋改製的衣裳，特別寒傖粗俗而土氣，豈敢興起親近的念頭。

即使上了中學，偶爾去溪州街仔買東西，看到從糖廠出來的少年，在街上三三兩兩昂首闊步而過，無不神采飛揚、顧盼軒昂、充滿自信；而那些優雅自在進出公司大門的婦女，手提菜籃晃過街上，則無不一身光鮮的打扮，風姿綽約，和生活在我周遭、每日從日到晚為農事操勞不已的鄉間婦女，在我心中，形成無從比喻的強烈對比。

多次繞道經過糖廠公司大門，真想進去探一探究竟，看看他們的生活環境，到底和我們有多大不同，但一望見守在大門口的警衛，從小來自長輩的恐嚇，養成對警察的畏懼感，便油然而生，只能遠遠地在大門口外徘徊，怯怯地窺探一番，即趕緊離開，不敢貿然踏進。

剛從成功嶺受訓回來不久，心想我已是大專學生，又受過軍事訓練，不該還這樣畏縮，眼看進進出出的人那麼多，都不必出示什麼證件，不見得認得出我不是住在裡面的人，而且我只想進去看看，又不是要做什麼壞事，由於隱忍多年的好奇心一再驅使，幾經自我安慰，才壯起膽量，強作鎮定踱進去。

走到大門口，一聽見警衛大聲叱問：「喂！你要幹什麼？」我竟驚慌失措，原先培養了很久的勇氣，一下子消失得無影無蹤，張嘴結舌良久，才訥訥地說：「沒有，想進去看看。」警衛揮揮手，陰著臉說：「有什麼好看，沒事不可以進去！」我向警衛望了一眼，迅即回過頭，訕訕離開。

至今我仍不明白，那時候，警衛怎麼看得出我是外人？大概是我的神色過於慌張，不夠泰然自若吧？或是我那副土裡土氣的樣子，一眼就可看出不是他們的人吧？

直到一九七一年，我返鄉教書，總公司已遷往台北，過了不久，即不再駐守警衛，任何人都可以隨意進出，我才開始踏進多年來在我心目中無比森嚴的禁地。

第一次和學校同事一起進去之後，即為那樣寬敞寧靜而幽雅的環境，深深吸引。每一條道路，相互連接，規劃得很整齊，兩旁都留有寬廣的草坪，草坪上遍植各種林木，處處蔭涼，每一戶房舍四周，也都栽植各種花木果樹，隱隱透出清香，徜徉其間，令人身心舒暢而流連忘返。

我任教的國中就在糖廠附近，更為方便，一有空閒，常漫步前往，或靜坐休息、或隨意走走，或抽抽菸看看書，都能獲致寧謐安詳的喜悅。

這幾年來，有人爭取在這裡設立大專院校，有人爭取設立大型醫院，也有人爭取成立公園，地方人士提出的建議，時有所聞。這所糖廠規模不小，占地甚大，我知道不可能長此拖下去，無論做為任何用地，我只深切期望：千萬盡量保留這些數十年成長不易的林木。

聽聞糖廠方面決定規劃為住宅區的消息，我曾暗暗擔憂，不要像一窩蜂趕建的那些住宅區，建造得有如飼養禽畜的豬舍、雞舍那樣緊密。而我人微言輕，沒有資格參與規劃工作，只能內心著急，又能如何？

於今我的憂慮果然成真，我實在納悶不已：非建造得如此密集不可嗎？繁榮就是連一棵樹、一株小草也容不得嗎？

現在建設完成的住宅區，雖然只占去整個糖廠原址的東半，但是，據說另一半也將以此為藍圖，動工興建。每次在樹蔭下靜坐，在花樹間徘徊，望向那一排緊挨一排、倨傲矗立的樓房，總禁不住深深感嘆：如果天地萬物果真都賦有靈性，這些花草樹木，即將遭到毫不珍惜的砍伐命運，不知將會多麼傷痛控訴。

3 臭水溝上的盆景

一大群穿皮鞋、著西裝或青年裝的人士，在本村村長和本鄉農會、公所、衛生所的人員作陪下，指指點點行經村中大路，從他們的派頭，一望便知道，又是上級官員駕臨本村來考察。

自從本村經選定為全省農村發展計劃示範村之一，即有不少大小官員前來，村民已不再引以為奇，不過，這一次卻有多位電視記者帶著錄影機隨同而來，據說將在電視上報導本村的建設成果，入夜後的店仔頭，不免引為開講的話題。

隔了幾天，新聞播報時間，本村的某些景象，果然在電視上出現，而且對本村的進步大大誇讚一番，看到的村民，大都甚表驚奇，幾乎不敢相信介紹的是我們的村莊，原來本村的外觀看起來竟是這樣美觀呀！

莊頭開小店的福雄，年少時曾在都市闖蕩多年，平日又有閱讀報紙和時事雜誌的習慣，見識較廣博，常在自家店仔頭對公眾事務發表些議論，這次的電視報導，是本村一件大事，自是又有他的獨特見解：「這就是技術呀！要放映給大家看，要做宣傳，當然要經過刻意的選擇和剪輯，只選好看的畫面，總不會拍攝像我們這間店仔這樣的破房子。」

最令我注意的畫面，是那二排盆景。

那二排盆景是擺在村中主要道路二旁的排水溝上。排水溝上每隔丈餘橫跨一塊厚水泥板，每塊水泥板上各放置一個巨型花盆，每個花盆裡各種一株觀賞類植物。

原先選為示範村之後，不知道是誰的主意，在道路二旁挖起柏油密植榕樹，經隔數月，有關人員又覺得不妥，因為路面本就不夠寬廣，種了二排榕樹，更形狹窄，來往車輛閃車時大受阻礙，因而又一棵一棵挖起來，移到示範公墓去種植，改以花盆來「綠化環境、美化村里」。

植物脫離寬厚的大地，侷限在花盆裡，總覺得懨懨了無生氣，難以興起賞心悅目之感，我對盆栽一向就有偏見，何況是在鄉間，可以種植樹木的地方隨處皆是，更無必要跟隨這種「精緻文化」的潮流。

那二排盆景擺設之後，未請專人照顧，擺了不久，即有不少座遭到破壞而損裂，或因水泥板重心不穩而傾倒，無人去理會，而且入秋以後久無雨水，多數盆栽任其枯萎，連滿盆雜草亦枯黃不堪。

經過「去蕪存菁」後的電視畫面，那些盆景雖然不無幾分美感，然而，我卻立即聯想到花盆底下的排水溝。

大路二旁的排水溝，由於當初設計不當，以致排水不良，到處積滿穢物和爛泥，叢生雜草和蚊蟲，尤其是燠熱的夏季，行走道旁，更是臭味撲鼻，不知道前來考察的大小官員，是否都看不見聞不到？

像這樣嚴重缺失的排水溝，多數村民曾聯名極力反映，也不聞不問不謀求改善，卻將大筆經費耗費在粉飾門面的工作上。

為了美化村里，不但大量擺設花盆，又在排水溝內側沿路砌上數尺高的水泥圍牆，並在圍牆上方刷上青白紅三色油漆，每色約五寸寬，整條馬路顯得花花綠綠，十分耀眼。

擺上這些花盆，就能遮掩排水溝的爛泥和臭味嗎？刷上這些油漆，環境就美化了嗎？就是示範村的意義嗎？母親最為不以為然，曾多次感嘆道：「乾淨清爽最重要，只求外表好看不顧實際又有什麼用？」

花盆和油漆價格甚為昂貴，不惜大把花費，多少急待改善、急待建設的地方，卻漠不關心，就像座落在本村東面的本鄉示範公墓，耗費數千萬元去建造，而公墓邊側的道路，和莊頭廟宇前面直通田野的道路一樣，是本村主要的農業道路，是村民日日必經的途徑，一下雨即非常泥濘，路面又不寬敞，各類農機要通過，甚為不便，卻一直擱置不理，不予整修，只因這都是在「觀光客」的參觀範圍之外嗎？

粉飾並不等於美化，社區建設並非為了供人來參觀，而是為了真正改善我們的生活環境，有權決定吾鄉各項發展的鄉親，難道也已深受虛浮的社會風尚所影響嗎？

綠化運動

4

居家四周的空地，頗為寬敞，子女吃了水果，常將種子隨手拋棄各處角落，因此，常有某些果樹的幼苗，諸如龍眼、芒果、枇杷、釋迦、荔枝、番石榴等等，雜在草叢中探出頭來。

有些樹苗，正巧在合適的地點生根發芽，則任其成長，大部分或因過於密集、或因地點不理想，必須在每年初春、清明之前加以移植，或送給需要的親友。

每天早晨和傍晚休閒時分，我常走近每一株樹苗，觀察它們的生長情形，看看是否又萌發了新葉，又抽長了枝幹。久而久之，這已成為我平日生活極為自然的習慣，從欣欣向榮的生命中，常可獲致滿心的喜悅和感動。

因為我們家一向是開放式的家庭，日日都有一大群鄰近的孩童來遊玩，玩起來肆無顧忌，隨意奔跑，這些樹苗常會遭受踐踏，深感惋惜。一旦看見新苗，我都趕緊插上竹片圍起來，設法保護，但仍不免常被他們摧折。每次發現了，我都忍不住訓斥一番，並一再叮嚀他們要小心。他們都很不解，我平時對他們非常放任、非常大量，何以唯獨對這些樹苗如此寶貝。

樹木的成長本就極其緩慢，要長到一般成年人的高度，至少也要三、四年，庭院四周較為高大的果樹，大都是雙親早年剛遷居過來時所種植，莫不歷經數十年歲月；有一些父親生前種植的果樹，直到父親去世多年後，才有濃蔭可供乘涼，並大量開花結果。

除了下雨天，夏季的日午，燠熱難耐，許多鄰居都聚集在我家樹蔭下閒坐納涼，常聽他們說，幸好有這些大樹，不然真不知如何躲避酷熱。

我常想，沒有為別人、為下一代著想的心情，不太可能費心去種植樹木吧！

大概是深受生活環境的影響，自小至今，我從不培育觀賞用的花卉或攀緣性的藤蘿植物，更無從欣賞生機倍受壓抑限制而扭曲變形的盆栽，雖然還不至於嫌惡，卻殊少興趣，但高大挺拔、綠蔭盎然的樹木，我確實深為喜愛，每當行經一整排的行道樹，或是一大片蔥鬱的林子，總會感到無比的清涼舒適。

小時候，從我們村子到就讀的國民小學，需徒步超過半個小時，其中一大段路途，沿路有一排龍眼樹，那時教室不足，分為二班制，中午上下學，走過這一排蔭涼的樹下，特別輕鬆愉悅，尤其夏季龍眼成熟時，還可以順手採摘，一路吃到底。每一回想起來，常不禁湧起溫馨感激之情。

高大蒼勁、蓊蔥幽深的林木下，無論靜坐尋思、或踱步徘徊，的確都可呼吸到安詳寧謐的氣息，祛除煩惡的情緒，心胸為之大為舒暢。

然而，在急功近利的風尚籠罩下，在未做長居久安的逃避心態引導下，我們社會上，大都欠缺長遠的胸懷和眼光，以致但見砍伐林木的多，卻少見遍植林木的規劃和行動。

一般建築業，急於取得更多的利潤，毫不顧念良好的居家環境之可貴，一窩蜂盲目發展，每一個新社區，莫不是以寸土寸金為理由，建造得千篇一律的單調、狹窄、而且，擠迫不堪，不肯留些空間種植樹木。多數人急於追隨繁榮的風潮，也不在意，或者沒有能力去在意，只好家家戶戶安裝大型冷氣機，大量排出悶人的熱氣。

殊不知人固然能創造環境，環境也反過來在影響人，島民性格本就容易傾向偏狹，如此一來，惡性循環，愈來愈嚴重，人人安於擠在小小的房間內，而忘了新鮮空氣和開闊空間的重要性，心胸如何寬廣？眼界如何遠大？

大多數家庭，不惜支出大筆經費，做室內裝璜，糊壁紙、鋪地磚、鋪地毯、設酒櫥、安裝美術燈，購買昂貴的沙發等家具，裝飾得極盡豪華富麗，但對公共環境，卻普遍極為漠視。

一些有心人士，警覺到這種嚴重性，提出注意生活環境品質的呼籲，獲得相當反應，響起綠化運動的要求。然則，這並非三、五年短時間內即可有所成效呀！

由於人們已習慣了急功近利的想法和作風，連空間極為寬闊的鄉間，不從事有計劃性的種植林木，卻也流行起小小的盆栽。這豈是綠化運動的根本意義呢？

前些天和友人去中部某一城鎮，經過市區中心，只見街道中央的街燈下，高高掛滿了花盆，仔細看看，花盆中放置的，卻都是綠色塑膠花，我深感愕然。友人告訴我，最近正在推行綠化運動，用綠色塑膠花代替，一勞永逸，我不禁深為感慨。

另一位友人說，有的地方，乾脆地面全部鋪上水泥，地面和牆壁，都刷上綠色油漆，或鋪上綠色塑膠板，這才是真正的永遠綠化呀！我幾乎不敢置信會有這樣的事，而友人說並非開玩笑。這是多麼虛假，多麼扭曲的變形心態作祟下的產物呀！

附錄I　天空步道紫藤花，近看竟是塑膠花

〔記者劉曉欣／彰化報導〕彰化市天空步道近期再度因為「紫藤花瀑布」成為民眾打卡熱點，但許多人一靠近才發現唯美的紫藤花，竟是「塑膠花」，大喊「這就是彰化美學！」縣府城觀處長強調，這是跨年盛事「彰化月影燈季」的一部分，未來會加上LED燈飾，讓紫藤花浪漫點燈。

打卡熱點「造假」，挨酸「彰化美學」

八卦山開起紫藤花？最近許多人都猛拍天空步道的「紫藤花瀑布」，馬上吸引許多關注，昨天天空步道即擠滿搶拍人潮，從遊客、移工到在地民眾，全都搶著卡位要和紫藤花自拍，有人靠近一看驚呼「這是假花！塑膠做的！」

也有民眾指出，天空步道入口處也做了巴黎鐵塔燈飾，完全與地方文化元素無關，就算是要走歐美的國際路線，配上「紫藤花瀑布」，也讓人摸不著頭緒；不少民眾認為，全國各地每到過年都在舉辦燈節，比的是藝術與創意，「彰化美學」真令人難以恭維。（二〇二一年十一月二十九日《自由時報》）新聞）

附錄 II 基隆市府鋪設人工草皮

二〇二四年三月，基隆市的人工草皮引爆市民高度議論。除了象徵基隆市門面的文化中心廣場，全市共有五十處包括公園在內的場所，也換上人工草皮。讓人不禁質疑，人工草皮將成為基隆市的新城市美學？

根據規劃，基隆市府還預計將原本種植自然植栽的公園樹移除，換成人工草皮，讓已經「氣噗噗」的市民，更進一步拉爆市民的敏感神經。

目前基隆市府上網公告招標，全市共五十個地點人工草皮，預計花費公帑一四五二萬元，以最有利標方式決標。

市府說明，鋪設人工草皮的目的在提供平整舒適的行人空間、自由穿梭、停留駐足、多元使用可能。

民眾、議員列舉多項負面影響；許多市民對市府的規劃與說法並不買單。

人工草皮在經過高溫曝曬後，會產生活化表面活性劑，意味人體直接曝露在有毒性的環境，可能導致癌症、糖尿病及神經損傷，對兒童更會造成發展遲緩。人工草皮還有靜電問題，夏天曝曬過會很燙，容易造成孩童燙傷。

也有民眾指出，人工草皮容易卡髒汙，不易清理、吸熱效果不輸柏油，對城市的蓄熱狀況嚴重。公園有都市之肺之稱，關鍵就在於公園中的植物提供環境的淨化，從吸收二氧化碳、釋放氧氣；吸收二氧化硫等有害物質，淨化空氣；調節溫度與降低都市島熱；提供生態棲地，維持生態多樣性；改善市容，提升城市形象與吸引力。

放眼世界各國的大城市，都在積極種樹、闢設公園綠化與打造自然休憩空間，基隆市政府這波人工草皮操作，是何道理？

5 寧可不要建設

1

我定居濁水溪畔，彰化縣最南端小村莊，偶爾有事去最北端的縣城，或者必須外出北上，從縱貫路進入市區，車行過彰化縣議會，我總會習慣性地探向車窗外，專注凝望；有時候因事必須在這裡停留，更會不由自主徘徊一番。無論路過凝望或停留徘徊，在我年少時光，這一帶原先的景物風貌，總會在腦海中清晰浮現，興起無比惆悵。

整個縣議會，連接救國團、文化中心所在地，原是彰化市的「中山公園」。一九五七年，我國小畢業，前往位於八卦山坡的縣城中學寄宿就讀，課餘下山去街市時，總要穿越公園。

記憶中公園空間很廣闊，有如一座小森林，林間還有一處清澈湖泊，看得見游魚穿梭。多處巨木的濃蔭下，擺放一些舊藤椅，老年人、成年人閒坐或開講；小孩、青少年每每在那兒逗留，或玩耍或垂釣，各有各的休閒方式。還有可租閱漫畫、小說的租書攤，和小小芋仔冰攤……。

以現代化的管理標準來看，這種景象似乎略顯雜亂，但那般悠閒卻自有一番秩序，尤其是人潮活潑的春夏季節，熱鬧中又不失安靜，更顯出自在動人的常民型態。

即使我初中三年的年少身影，貼滿憂鬱與孤獨，但在公園大樹的濃蔭下，卻感覺特別沉靜而豐富；即使沮喪懊惱，也有貼切的排遣。

2

結束初中學業，北上補習、就讀，漂浪二、三年，回到彰化市的私立中學重讀高三，才發現環境已大大變遷，整座公園已無跡可尋。

原來在我北上那幾年，即一九六〇到六二年之間，行政單位已全面毀棄公園，興建龐大建築物，做為縣議會。議會周邊的廣大空地，全部鋪上水泥，其餘地區，也陸續被各機關的建築物占據。僵硬的水泥建物，趕走了參天古木；炎炎夏日，水泥地蒸發出的騰騰熱氣，取代了過去清涼的綠蔭。

年輕時候，對這樣的改變只興起莫名的失落感，待年歲漸長，涉世漸深，且了解這幢議會建築，竟是許多「角頭人物」圖謀權勢、營取私利的溫床，不免更加噓吁，在龐大的建築「幢幢黑影」下，往昔「無所事事」的公園氣氛，是多麼令人懷念！

當年，究竟是誰決議廢棄公園，似乎已沒必要追問。然而這樣的決議，透露了怎樣的文化背景？怎樣的價值觀？確實值得深究。

如果非有縣議會議場不可，當年用地取得應該很容易，為何一定要占用這一片美麗的公園？彰化市偌大的市區，無一處可供市民休憩、舒活身心的公園，難得這一座綠意盎然的園區，為何不設法保留維護，非要毀棄占用不可？

沒有公園可去，市民的休閒就只好往八卦山上走。偶爾有機會，我也會偕家人或朋友上山走走。

3

彰化盆地濱臨河、海口，是欠缺樹木的半沙漠地理特質，難得邊緣有八卦山，做為城區唯一的氣候調節機。唯有留住八卦山脈的原始林相，全面綠化，才能成為市民的活體綠肺，對抗日趨惡化的人為汙染。

然而每隔數年，總會發現「風景區」又有「新開發」、「新建設」。而所謂開發，往往等於砍掉大樹，架上鋼筋建築。所謂建設，無非是除掉綠地，鋪上水泥。

今年九月中旬，盡地主之誼，我和妻開車載友人觀賞八卦山風景。開上山路不久，就看見路旁正在大挖特挖，特別是一九六〇年興建完工的大佛附近，更見多部怪手、推土機、混凝土攪拌機在大興土木、進行工事。

據說縣政府最近撥數億鉅款，執行「大佛區整體景觀工程」開發，陸續將開闢生態自然區、宗教禮佛區、體育休憩區等等……。帶朋友賞景，竟然碰到如此醜陋的景觀，真煞風景，不想再發議論，影響朋友的遊興，只好裝做不以為意，和友人繼續閒聊無關的話題。

但眼見沿途很多新栽植的外來樹種，如枝幹高達數丈，只在頂端輻射出小叢樹葉的棕櫚科植物，原是適合沙灘海灣生長，卻被移植到山坡上，取代了原有的本地樹種。我黯然無語。

興建水泥花房關蝴蝶、砍掉自然山林、破壞原始生態系，再耗費巨資種植「昂貴」的外來樹種，是徹底違反自然的行徑，竟然美其名為「維護自然生態」。

用大量無生命的水泥掩埋有生命的綠地、興建巨型牌樓、夾道擺放水泥佛像、設計耗電、費水的「梵音水舞」，在在糟蹋人間淨土，悖離宗教精神，竟敢誇口建構佛教聖地。大佛果真有靈，豈不流淚？

4

地方行政首長，若欠缺自然生態觀、自大無識、私心自用，卻握有決策的生殺大權，就會不惜耗費人民龐大的稅金，規劃出這樣嚴重破壞山林的「開發」，還洋洋自得。近日以來，這位民選官僚還在各鄉鎮巡迴展示「建設成果」，誇耀其政績。想到人民的稅金被亂撒，自然山林被糟蹋，到處留下粗俗的水泥裝飾，我有說不盡的痛惡。

可嘆多數鄉親，仍無法看破建設的迷障，不懂怎樣的公共設施才是迫切需要？怎樣的建設才不會貽害子孫？只要有建設就歡呼稱頌，甚至不計較建設品質多粗劣，其中有多少建設「利頭」被分贓、被侵吞。而台灣多數的地方政客，於是也樂得挾「建設」而博取掌聲和私利。

飽受水泥封閉、怪手摧殘後的山林，想要再恢復原始的美麗風貌，幾乎是不可能了。什麼時候，我們的鄉親才能理解：沐浴自然就是最理想的修行；林木清幽、樹蔭涼爽，便是最佳的休閒區，不需要多餘的人工設施。

在水泥崇拜氾濫的台灣社會，沒有建設，往往是最好的建設啊。

6 尖銳的諷刺

1

我任教的鄉間國中，班級數不多，教師上課節數卻不少，全校一年級六班生物科的課程，由我一人包辦，綽綽有餘。

幾年前我分配到一間專用生物教室，特地找了十幅各國代表性的大樹圖片，加上裱框，掛在牆上，做為室內布置，看起來雅氣而生動。

每年新生入學第一堂生物課，我必定按圖介紹這些大樹的特徵，並強調樹木是大地最忠實的朋友，是人類絕對不可或缺的活命依靠。

本學期開學之初，我還是照往例一一講解牆上圖片，然則愈講心愈沉重，幾乎講不下去。只因學校對面，正恣肆進行屠殺大樹。

而我這樣複雜的心情，該怎樣向國一學生說明呢？

本校對面相隔一條馬路，是一座糖廠，曾經是台糖總公司所在地。七〇年代左右，糖業沒落，總公司早先遷往台北，接著製糖業務也完全停頓。

這座糖廠占地三、四十公頃，歷史悠久，日據時期規劃得井然有序、綠意盎然，而且不乏百年以上的大樹，濃蔭處處。

廢棄後的糖廠，自然而然成為鄉民最佳休閒區，尤其是形成老人活動中心。

經常有地方人士提出各種建議，如何善用這一大片空地，促進地方發展；也有人希望保留原貌，做為公園。

結果還是主張開發占優勢，亦即切割三分之一用地，興建一排一排緊密相連的住宅區，整個區域鋪滿水泥，幾乎寸草不留。

另外尚未「開發」的糖廠內大樹，則因輕率砍伐、不明原因失蹤、或因鄰近居民的「燒壟」闢為菜園，一棵一棵逐年在消失。

就在這個暑期過後，開學日來到學校，但見對面糖廠正在大興土木，縱橫交錯開闢寬大道路，非常驚愕。

每一條道路所經之處，一大片光禿禿不見樹影，耀眼的陽光照射下，顯得特別炙熱。而我站在校園圍牆邊，向對面呆望良久，內心沉痛不堪。

據說社區居民曾推派代表抗議，要求繞道或移植，至少將百年以上的大樹保留下來。

然而地方行政人員會同上級長官來勘察，一致認定妨礙建設，下令一律砍除。至於移植，則太費時、成本又太貴，存活率又不高，總之不必考慮。

道路這邊的教室內，我諄諄教導著學子，要珍惜樹木資源；道路對邊則恣肆進行大樹的屠殺。這是多麼尖銳的諷刺呀！我還講得下去嗎？

那些有決定權的人員，一定有我教過的學生吧，我這樣失職這樣無用的教師，該如何自處呢？

2

台灣社會輕率近乎粗暴的本質，從如何對待樹木，絲毫不知愛惜，便顯露無遺。

不知從何時開始流行，到處可見許多大樹，環繞底部砌一圈水泥台，將樹幹圍起來，而且水泥台範圍，有愈圍愈小的趨勢。四周則全部鋪上水泥。

我們也很容易見到，幾乎所有新栽植的路樹，也只給根部留一小圈空間。而且據我觀察，包工植樹之前，大多未將底部的級配砂石挖起來，換上土壤，而直接種下去，交差了事。

如此根部既受到限制，更不易吸收水分，通常毫無旺盛氣息，存活時間不可能長久。

更不可思議的是，非但這一圈空間普遍愈留愈小，甚至乾脆從根部完全封住水泥，不留任何空隙的現象，也很普遍。

台灣人特別熱衷建設，而所謂建設的主要含意，不外乎鋪柏油、鋪水泥，凡有路面或廣場等等，務必水泥伺候，高度發揮了水泥崇拜。

不只大多路樹遭遇水泥封閉的粗暴對待，我也常在多所廟宇、私人公司、社區、公家機構，乃至某些學校，見到整排樹木的根部，全被水泥封閉。

想必是整排樹的周圍，原先是草皮，爭取到「建設經費」鋪水泥之時，不願稍微繞道迴避，留一點點空隙給樹根。

我曾向那些單位反應，所得回覆竟然都如此理直氣壯：樹根生命力很強旺，自己會掙破水泥露出來，沒問題啦！

是果真無知呢？還是故作輕鬆？

像這樣粗暴的景象，台灣各城市、各鄉鎮司空見慣，乃至毫不留情地砍伐大樹，不知日常該怎樣教育子弟呢？

3

戰後國民政府來台，接收或徵收了日治時期全島糖業株式會社，和其周邊農場用地，統稱為台灣糖業公司，簡稱台糖。

接收之初，台糖所屬土地，平均每鄉鎮約有千頃吧，堪稱台灣超級大地主。

七〇年代後，工商逐漸「起飛」，台灣的土地炒作速度驚人，農家快速銳減，農地快速萎縮。

有人說料想不到，幸而當初有台糖的霸占，至今還能保有廣大綠地。

然而這廣大綠地，卻不斷變賣。

這些年來更是變本加厲，快速「釋出」大量資產，興住宅、建工商綜合區等等營利產業。

台糖土地取之於農，本應善用於農，尤其在農地愈趨零碎化，農業危機日趨嚴重，只剩台糖有大好條件規劃出農業保護區、招募農村人力，穩定米糧等主要農產品。

至少應盡量保有綠地。留給下一代起碼的空間。

而今竟連本校對面的糖廠舊址，也不放過，爭相「開發」。

本鄉並無其他民眾休閒區，如將這濃蔭處處，又有豐饒歷史意義的環境，就地取材留做文化園區，不過是台糖極小部分，卻是世代鄉民莫大的精神福祉！

平原森林

7

1

誰是台灣第一大地主？當然非台糖莫屬。而且是超級大地主。

台糖是誰？台糖就是台灣糖業公司的簡稱，隸屬於經濟部。這個超級大地主，到底擁有多少土地資產呢？

台糖產業包含全島各地四十餘所糖廠，以及各所糖廠轄下的農場用地、農場事務所……目前總計大約還有五萬公頃土地。

為什麼說「還有」呢？因為「光復」之初，台糖接收的土地高達十多萬公頃。

暫且不論當時接收的名義正當性如何，可惜的是這個得天獨厚的「好命子」，數十年來由於經營不善、處理不當，龐大「家產」快速流失，除了少部分土地，提供設立學校、行政機構、科學園區等公共設施的需要，大部分任由各級政治勢力、地方政客，勾結財團介入，假藉興建工廠、遊樂場、商業大樓、平民住宅，林林總總等開發名目，蠶食鯨吞，零碎切割，可說是揮霍無度，販售祖產過日的典型「敗家子」。

雖然所有台糖土地的釋出與利用，是依據「經濟部所屬國營事業提供土地出租及設定地上權」辦法，並配合「農地釋出政策」的法令，接受「開發案」的申請。然則不論開發名目是否合理，不論有無圖利私人財團，總是零碎切割「出租」或「釋出」，毫無整體性、未來性的規劃。

台灣的製糖業甚早奠立基礎，遠從十四世紀中葉，已有甘蔗栽培，並釀蔗漿為酒。荷蘭人占領台灣，獎勵農民種植製糖甘蔗，那時台灣砂糖已成為重要輸出品。

明鄭時期，由福建輸入蔗苗，農民囤田開墾。清領時期，則有技術精良的「糖廍」遍布各地。

日人治台期間，更是有計劃地全面建立現代化新式糖業，產量大增，並訂立原料區制度、分糖制度……，這些政策榨取了無數蔗農的辛酸血淚，卻也造就了台灣製糖業的興盛顛峰期。一九一〇年前後數年，全台成立多家製糖株式會社，創設了四十多所製糖廠所（簡稱糖廠），並且鋪設「五分仔車」輕便鐵道網，行駛台糖小火車兼具客貨運功能，合計約有二千多公里長。

一九五〇年代，「光復」初期，砂糖仍占全國外匯收入最高的比例。然而榮景不長，盛況不再，由於國際糖價低迷的衝擊，以及台糖本身的人事制度，從日人接收之初，黨政軍職外行人員安插主管位子，是很普遍的現象，陳腐苟且，經營技術未能跟著世界潮流求新求變等等因素，大約從一九六五年後，台糖逐漸喪失國際競爭力，出口比重逐漸下跌，各地糖廠不圖改進，反而紛紛轉投資，建國宅、經營養豬、養蘭等副業，然則大部分仍不能扭轉關廠的命運。

剩下少數幾家維持「本業」的糖廠，製糖業務已成為台糖公司最沉重的負擔，「據說」每年約虧損七十億元，為了彌補虧損，台糖更有理由大量販售土地。

簡略回溯天之驕子的台糖，由盛而衰，龐大家產十多萬公頃土地，目前僅餘五萬公頃，其中尚有數千公頃已經出租或已經設定地上權，到底是如何流失？到底是流向誰家？往者已矣！我們無意做任何貶抑，也「沒有力氣」去追究，只是要加深了解台糖的優厚背景之下，既然糖業已經沒落，製糖所已經紛紛關廠，甚至大半任其荒廢、破壞，很顯然早已決定放棄糖業經營，至少已毫無再造往日糖業王國的意圖。那麼，徹底檢討台糖走向，尤其是台糖所屬「尚存」的糖廠，以及提供製糖原料所需蔗園之外的「閒置土地」，如何全面性、整體性的規劃，該是不容拖延的時機，不應再由台糖繼續占為一己之私，擅自處置。

事實上國民政府治台以來，嚴格來講何嘗有過著眼長遠未來的國土規劃？

台灣島嶼大致可分做三大區域，即山林、海岸、平原。處處山林過度開發、侵占的惡果，造成山坍土崩、路基陷落、橋梁斷裂、土石流肆虐，悲劇頻頻發生，令人觸目驚心，幾乎已不知從何復原；大部分海岸線也是「建設」得粗陋無比，天然之美極度破壞……。

至於平原區域呢？

在漫無節制、膨脹發展平原都會區，人口密集，汽車、機車壅塞不堪，公園綠地則嚴重匱乏，公共開放空間太少，環境品質的低落，人盡皆知，無庸多言。但因建物已然定型，民眾的私產也已形成固定模式，很難改變。

衡量台灣都會以及多數鄉鎮街市的空間，僅有一線更新的指望，也就是台糖土地扮演著極為關鍵性的角色。台糖實有遠比國營事業營利取向更為重要的使命。

2

目前有些環保團體、文化界人士，基於對國土再造的迫切期望，推動「台糖土地闢建萬頃森林」的方案，提出甚多具體而詳盡的建言，這些建言的首要目標，是先將台糖土地收歸國有，組成評估委員會，全面檢討、重新規劃。

在「台糖土地闢建萬頃森林」的願景中，最主要的構想就是進行森林化經營，至少劃定萬頃台糖地，做為多功能生產林，種植台灣原生樹種，約計二十年到三十年就能成材，可分區伐木供應國內木材使用；部分生產林還可以做為都市森林遊樂區及植物生態教學園區……。

台灣天氣愈來愈燥熱，民眾愈依賴冷氣機；大地水源也愈來愈枯竭，民眾愈依賴水庫。其實平原森林便是效果最佳的大型冷氣機，也是免於土地漠化、最有持續作用的水庫資源。尤其在每個都會區周邊的生產林，可吸納大量二氧化碳等廢氣，空氣品質大大提升。

居家鄰近就有清幽遼闊的平原森林，民眾就近遊憩方便，晨昏午時皆可攜眷伴友踏臨，在遊憩中享有沉靜的心情，無須每逢假日，人群、車潮蜂擁趕往山區，匆忙呼嘯來去，帶給山林非常沉重的負荷。

多年來我原本就一直很留意台糖土地流失的問題，也曾多次向擔任公職、民意代表的友人，熱切提出我的植林構想，是因為無助於選票嗎？一直未獲得回應，我徒然收集了一大堆相關資料，卻未能進一步付諸行動。

如今陸續讀到多篇比我原先的構想更詳盡、更具體可行的建言，確實是無比振奮感動，茂密林蔭下縱橫穿梭的步道，彷彿就在眼前迤邐開展，經常浮現非常美麗的憧憬。

然則配合這些建言所舉辦的記者會，乃至立法院公聽會，所有電子媒體及多數平面媒體，卻冷然以對，不見一字一語的報導，以致這個議題既未引起絲毫注意，更遑論引起廣泛討論。

其實生態綠化已經是非常普及的常識，如果媒體有正確的認知，能夠支持，必然會引起民眾關心，獲得廣大回應。

八卦消息滿天亂飛，政客紛擾營營擾擾，重要公共議題卻乏人聞問，可悲可嘆。當多數媒體蒼蠅般追逐著緋聞私情、權力爭奪而樂此不疲；當多數台灣人民，不自覺地陷溺在浮泛八卦的報導中，我們的行政部門，對於有建設性的議題，也不能或不願主動「過問」嗎？

難道只有衝突流血，只有大規模抗爭，才能引起媒體及相關行政部門的青睞嗎？

台灣島嶼喲

挫傷，可以用你教導我們的堅強療養

窮困，可以用你教導我們的勤勉克服

屈辱，可以用你教導我們的厚道原諒

若是國土糟蹋殆盡

我們的子孫將如何安身立命

常聽到很多人大聲喊出愛台灣，如果真正愛護台灣的未來，真正為台灣子孫設想，如今最迫切需要的「建設」，莫過於將廣大林木「還給」山林和海岸線，牢固土質、涵養水源，並在平原闢建萬頃森林，讓綠意盎然的枝椏、葉片在搖曳中，釋放幽靜清涼，洗滌千萬台灣人的心靈。

這是唯一搶救台灣環境品質、恢復台灣美麗容顏的契機。台糖龐大土地實有遠比一般國營事業營利取向更為重要的使命。

附錄 平原森林願景

1 引詩：〈泥土〉

日日，從日出到日落
和泥土親密為伴的母親，這樣講——
水溝仔是我的洗澡間
香蕉園是我的便所
竹蔭下，是我午睡的眠床
沒有週末、沒有假日的母親
用一生的汗水，辛辛勤勤
灌溉泥土中的夢
在我家這片田地上

一季一季，種植了又種植
日日，從日出到日落
不知道疲倦的母親，這樣講——
清涼的風、是最好的電扇
稻田、是最好看的風景
水聲和鳥聲，是最好聽的歌
不在意遠方城市的文明
怎樣嘲笑、母親
在我家這片田地上
用一生的汗水，灌溉她的夢

——（一九七四・十二）

2 緣起

工商業發達的年代，人們的生活型態瞬息萬變，一輩子戮力追逐的金錢、時尚、奢華等享樂，有可能轉眼成空，而大地這永恆的資產，才是生活最可靠的寄託。全台灣多數的平原土地，切割、販售、轉移的速率頻繁，城鎮、都會不斷擴張，農村逐漸縮減，台灣多數土地已經嚴重破碎、汙染。然而自古以來，台灣農民把土地視為祖先的恩澤，代代承傳，絕不輕易轉手，才能維持今日尚存的農村風貌。位在大濁水溪迴彎處，溪水沖積形成的溪州鄉，百年來生產良質濁水米，農地保留更完整，是農村中的典型農村。

我的母親，如同大多數的台灣農民，終其一生用汗水、勞力澆灌這片土地，超過一甲子時光。我自農專畢業，選擇返鄉教書，並跟隨母親耕作也有三十餘年。母親辭世後，我為了保存這片先人傳承土地的完整性，承擔起整個家業。

從台灣加入ＷＴＯ後，農民傳統稻作生產事業，遭受國際市場擠壓，政府鼓勵農民實施休耕，並推動「平地造林」方案；我積極響應，將持有的兩甲地全部植林，選擇台灣原生種植物，從苗木開始種起，獲得林務局補助。

面對颱風颳倒、雜草蔓生、蟲害肆虐，三年多來，我和家人以及鄉親的協助下，親身投入扶正、立支架、除蟲害、修枝、除草的辛勞工作。植林至今，或眺望或林木間穿梭，都能看見不少鳥雀也來親近，這片平原上已經小有迷你森林的樣貌了。

3 取名「純園」

思及母親和台灣傳統農民對這片大地的澆灌，總是惦念著將這片樹園，以母親「陳純」之名為名，取名「純園」，同時寓含「純淨生命」之深意。並且效法母親一生敦親睦鄰，視鄉鄰為親人的寬厚個性，將這片土地開放做為公共空間，提供給鄉人休憩場所。

4 願景

A：自然步道迴繞園區，穿梭林間賞樹觀鳥，自在漫步徜徉。

B：利用台灣第一條官設碑圳「莿仔埤圳」豐沛的水量，引濁水溪的溪水入園區，設置景觀生態池，豐富林間生態。

C：設置休憩平台，眺望濁水溪畔平原。

D：我個人畢生詩文創作的靈感，幾乎都以這一片土地爲母土，以土地上生長的庶民生活爲文學作品的骨幹，若「純園」能成為文學作品立體展示的空間，是文學與生活領域最恰當的融合。

E：成立生態教育園區，提供親子活動空間，在林區舉辦生態教育活動，讓生活在水泥城鎮，沉迷電玩等虛幻燈光遊戲的孩童，走出戶外，認識植物生態、認識濁水溪的地理、歷史，學習與自然互動，豐富純淨的生命力。

F：從全國知名的「溪州花卉博覽中心」園區（溪州公園），經濁水溪畔沿岸，連接到「純園」，可形成自行車道，有豐富的田野風光等景點。

溪州鄉圳寮段農戶 吳勝雄（二〇〇七）

8 留下一片綠地

日本統治台灣初期，即擬定大規模發展糖業計劃，從一九〇二年完成第一座現代化新式製糖工廠（高雄橋仔頭製糖所），緊接著在各地陸續積極建造。直到一九三五年糖業興盛時期，全台灣製糖工廠就有四十多所，分屬於四、五家製糖株式會社。新式製糖工廠的糖產量，為原先「糖廍」製糖方式的百倍，奠立了糖業王國的根基，每年砂糖輸出占外匯很高的比例。

幾乎每一座製糖所，占地面積至少有二、三十公頃左右，整體環境非常寬敞，而且廠區內的廠房、宿舍區、原料區、休憩區以及附設小學等，都規劃得井然有序，更重要的是濃蔭密布，不同樹種的參天大樹不計其數，遍處綠色圍籬，清幽雅致。

二次大戰末期，美機轟炸台灣，許多製糖所受到攻擊破壞，以致停工。戰後初期，製糖所改稱糖廠，為國民政府台灣糖業公司統一接收，仍延續多年製糖輝煌成果；然而由於諸多因素，好景不長，六〇年代後，糖業即迅速沒落，各地糖廠陸續裁撤、停產、關閉、廢止。

二〇〇一年年底，彰化縣溪湖糖廠最後一次開工製糖，從此將結束八十二年的製糖歷史。溪湖糖廠採用氣電共生發電，絕大部分能源都能回收再利用，製糖技術非常先進精良，轄區內又有兩千多公頃農地蔗田，原料充裕，各種條件非常優厚，但是在國際糖價遠低於國內砂糖價格的困境下，減少生產便是減少虧損，再精良的設備也不得不遭受關廠的命運。如今全台只剩下六、七座糖廠還在運轉，從事製糖本業（編按：二〇二五年，僅剩下虎尾以及善化兩座糖廠仍在營運）。

據云溪湖糖廠將轉型經營養豬、養乳牛、育蘭花、設加油站、大賣場等企業。還希望結合地方產業，透過觀光休閒事業，使用糖廠七公頃多土地，成立製糖文化村，延續糖廠文化與企業生命。總之完全沒有長遠的統整規劃。

糖業的衰落固然惋惜，但我更留意各地製糖所關廠之後的走向。從多數已經停工關閉的糖廠狀況來看，幾乎毫不顧念歷史記憶，毫不愛惜原有設施，毫不珍貴自然資源，不只輕率毀棄原有廠區設備，包括五分仔小火車、小火車站、小鐵道，而且隨意砍伐百年大樹，令人無限痛惜。

本鄉溪州糖廠舊址零碎切割處置的過程，便是一般糖廠所在地典型的例子。

我的居住地溪州鄉所屬糖廠，是台灣頗為重要的製糖所。在二次大戰末期，也曾遭逢美國軍機空襲，槍彈掃射得七零八落。因為損壞嚴重，於民國四十二年停產關閉，後來曾做為台糖總公司辦公的所在地。總公司約在六〇年代才遷去台北，從此閒置任其荒廢。

早在十多年前（一九八三年），我發表過一篇散文〈又一簇新起住宅區〉，敘述本鄉占地數十公頃的糖廠舊址，如何分割一大半，拆除廠房及木造宿舍，並將百年大樹、清幽林木大肆砍伐，興建起一簇新住宅區，公寓式「販厝」的房舍一排緊挨一排，隔成一小間一小間的鋼筋水泥樓房，擁擠矗立。我十分慨嘆，如果天地萬物都賦有靈性，這些橫遭無情砍伐的樹木，不知將如何傷痛控訴？

一九九〇年，溪州糖廠在地方人士的推動下，雖然規劃了另一片區域，建設為公園，但是所謂的「地方建設」，無非是闢道路、鋪水泥，砍伐原有的大樟樹、大榕樹……再改種幾棵單調的黑板樹，動輒花費數千萬元，卻是粗陋無比，一遇下雨則出現多處積水不退。最近又有財團提出「土地閒置多年，雜草叢生，經常被人堆置廢棄物」為理由，爭取「開發」為國宅用地。

多年來，我持續關注台糖公司，分布全台的四十所糖廠，原有規模大多和本鄉溪洲糖廠相仿，廠區裡密布的參天大樹，也都遭逢相似的命運。多數糖廠大抵由沒落而關廠而荒廢而任意破壞而粗率改建，就像不成材的敗家子，將龐大家產一塊一塊零碎切割販售。

前年（二〇〇〇年），虎尾地區一群熱心於地方文史工作的朋友，不斷發動「搶救虎尾最後綠地」的抗爭陳情，起因也是虎尾糖廠內數十棵百年大樹橫遭無情砍伐，並緊鑼密鼓進行更龐大的「開發案」，欲將原有宿舍拆除，改建為商業區，這個抗爭行動目前看來已經有了成效，暫時制止了開發案的進行。然則我有多重疑惑，一定要經由不斷抗爭，才能制止不當的決策嗎？能夠制止多久呢？許多開發案是在大家毫無所悉的情況下，迅速被夷為平地的，哪來得及抗爭呢？

事實上必須「搶救」的豈止是「虎尾的最後綠地」啊？台灣的每一座糖廠，都和當地鄉鎮的發展，息息相關，而顯示出獨特性。究竟是何其短視近利的文化背景之下，會將那麼富有歷史意義，自然美景的製糖所，一個接一個輕易毀棄掉，已經無從追究，目前全台灣還存在的，或已經關廠但尚未完全毀棄的糖廠，難道還不願趕緊搶救，任由少數財團繼續蠶食鯨吞「開發」掉嗎？

台灣天氣愈來愈燥熱，水源愈來愈枯竭，土地愈來愈漠化，都因為台灣社會長期以來，盛行水泥崇拜，大至整座山林，整片海邊防風林，小至路樹、庭園樹等等，不論樹齡多大，凡是稍有「妨礙」，總是毫不顧惜、輕率砍伐。台灣綠地快速萎縮，多麼驚人，不只都會區，連一般鄉間的綠樹也消失得多麼快速。

台灣糖業公司的經營，顯然到了難以突破的瓶頸階段，實在無須再勉強提出「與民爭利」的經營方式，土地更不該再被零碎切割，應該為台灣子孫造些功德吧。

我曾為文呼應環保團體、文化界人士，基於國土再造的迫切期望，推動「台糖土地闢建萬頃森林」的願景，希望至少劃定萬頃台糖地，做為多功能生產林，種植台灣原生樹種……。

紐西蘭、澳洲、加拿大……等等許多國家，平原森林至為普遍。我們對這些國度的美麗印象，和到處有賞心悅目的平原森林，不無莫大關連。

台灣許許多多本該保留、值得保留的歷史記憶、文化資源、自然美景，已經大量流失，無從追回。配合國土再造，全面檢討台糖所屬數萬公頃農地，如何使用、如何規劃成平原森林，已不容再拖延；並將已經廢止製糖營運而尚未完全毀棄的糖廠舊址，趕緊搶救下來。如此不但可以造就美麗風光的社區環境，也可以成為吸引遊客的觀光景點。

附錄 「綠色矽島」應先將台糖地收歸國有

新政府提出「綠色矽島」政策，乃是一個無可質疑、值得期待的大政方向。但是陳水扁執政迄今，新政府的國土綠化具體方案，與民間的期待，卻有巨大的差距。依照經建會、農委會公布的平地造林計劃，不外以下四大部分：

一、將台灣西部海岸林闢建「綠色長城」。預計在民國一〇四年前定砂一〇一三公頃、新植二三六公頃、補植一三七五公頃、營造複層林三九〇公頃，及辦理撫育二〇〇〇公頃。

二、離島造林，在台東綠島、屏東小琉球、金門、馬祖等離島，新植林木二五〇公頃，辦理撫育二〇〇〇公頃，推動社區、學校、水岸周邊及公園綠美化二百萬平方公尺。

三、希望在未來四年能營造一萬公頃林園綠帶，並在低產農地造林二萬五千公頃，山坡地廢園造林一萬公頃及旱作地實施混農林業一萬公頃。

四、鐵、公路兩旁造林綠化，尤以交通部葉菊蘭部長未來新公路開闢計劃，將放棄過去純粹「造路」方式，加入植生綠化的生態導向。

以上四大「綠政」，一、二、四均是小面積經營，與「綠色矽島」成點、成線、成帶的豐沛、廣漠綠色氣勢，相去甚遠。而其中最具格局的營造一萬公頃林園綠帶、低農地造林二萬五千公頃，國民黨時代即已提出具體方案，迄無可觀成果，新政府冀圖有所突破，恐非易事。

台灣若想做「綠色矽島」的平地造林，新政府與台灣人民最大的寄望，應是從擁有五萬四千餘公頃土地的台糖公司切入，提撥至少三萬公頃闢建都會平原林。此事果然成功，台灣的國民居住空間環境品質大幅提高，國際觀光地位驟然躍昇，陳水扁將成為台灣生態空間五萬年史上的第一人。可惜「闢建台糖萬頃平原林」企畫案，台糖公司以國產為私產，毫無意願釋放利權。台糖公司的主管上司國營會與經濟部，亦無借重台糖廣袤土地綠化國土的導向式思考，因此本文直陳行政院與陳水扁總統。

一九四七年，國府台糖公司接收土地十一萬八千二百〇六公頃，配合經濟建設大量釋出土地，至一九九七年十一月剩地五萬七千四百五十九公頃。再至二〇〇〇年五月，又降至五萬四千八百一十公頃，其中尚有一六七二公頃屬於一般性支出，二六〇公頃則已設定地上權。

表面上，台糖乃以製糖為本業，然因國內台糖砂糖（即特沙）成本高達國際糖價四倍以上，台糖糖業每年有七十億元以上的虧損。為補貼上述糖業虧損，台糖公司拓展生物科技、經貿開發、精農育殖、商流物流等八大生產銷售事業，然二十一家轉投資事業，除五家獲有收益以外，其餘十六家均面臨高額虧損。對此虧損，台糖則以處分「國有」之台糖土地，以彌補透支，並使二〇〇一年台糖預算書尚呈現二億六千萬元的帳面盈餘。

其實台糖至今所以還有員工出國旅遊、高級幹部大量分紅的鉅額福利，箇中總關鍵在於透過變賣、出租等各種方式，處分大量的「國有」土地。景文案中扯出眾多財團、政治勢力人物，假藉辦學的公益名目，租用台糖土地，甚至近期有政治人物為獲取地方實力人物支持，以當選立委後協助租用台糖土地做為交換條件，在在均已顯示台糖「國有」資產，已淪為財團、政客的俎上肉。

台糖五萬四千公頃土地乃是國家公產，絕不能容許擁有「台糖加油站」、早已喪失以糖業為本業的「台糖公司」行政高層與董事會，擅自處分價值難以估算的龐大國家土地，以珍貴國土做為公司私財擅行運用。

以台灣的國民所得，人民擁有的綠色資產，毫無理由陷入如此匱乏的窘境。亦唯有將台糖國土進行萬頃平原林的國土綠化，才能再啟台灣國民生活空間品質的嶄新生機。本此原則，台糖「國土」應即回歸國有，並以國家級綠、美化原則規劃，庇蔭、淨洗嚴重汙染中的二千三百萬台灣人民心靈，讓兆億枝椏的葉片，從光照的搖曳綠動中，活絡台灣人民內心深處最深沉的悸動。

一九九九年一月，國民黨執政下的行政院，基於規劃台糖民營化的需求，函文指示經濟部，將台糖土地除營業用工廠及辦公室用地以外，一律繳回國庫。此事因之後各方阻力重重，致有延宕，造成台糖公司至今仍擁有處分珍貴國土的事權，對國家綠政健全發展，極端偏頗。

我們要求新政府「綠色矽島」政策，以台糖萬頃平原林方案具體予以落實。突破此一進程之第一步，在於將擁有管理權之台糖公司工廠、辦公室以外之台糖土地所有權，全數劃歸國有財產局，管理權則由行政院籌組包括經建會、內政部、教育部、文建會、環保署、農委會、經濟部在內之跨部會「國土綠化委員會」，做宏觀、統整、長程性規劃。三年內，坐落各地之數百座森林園區，繁榮滋長；十年之後，「綠色台灣」以令人驚喜的風貌，讓台灣人輕輕驚叫、謂嘆：「我們的國家原來也可以這麼美！」

9 懷念那片柔軟

1

盛夏的南台灣，港都高雄市的黃昏，燈火正逐漸從車潮、人潮之間亮起來，這裡一盞，那邊一簇、零零星星；等我們穿越繁忙的高雄街市，抵達位在市區西北邊的鼓山渡輪站，搭上開往旗津島的渡輪時，夜晚的港都已經瞬間燃燒開來，綻放五顏六色的璀璨燈光。站在渡輪甲板上憑欄眺望，夢時代購物中心頂樓，被譽為「高雄之眼」的摩天輪新地標，輻射狀的光輝倒映在港灣水面，隨著船行的波浪閃爍不定。

海上交通的繁忙不亞於陸地，我們搭著高雄市政府公營渡輪，穿越寬度將近一公里的港灣航道，即可離開台灣本島登陸旗津小島嶼。渡輪在旗津港甫靠岸，搭船的摩托車客還在船艙上，就已生火待發，待渡輪一靠岸，放下與陸地銜接的踏板，騎士毫不猶豫衝出船艙，揚長而去。

泊港的船隻，只有短暫歇息，載滿返回高雄市區的乘客，立刻調個船頭又開回去了。晨起到午夜，命名為旗鼓輪、旗鼓一號、旗鼓二號的三艘渡輪，輪流載客，反反覆覆的船班，讓離島與本島之間有綿密的聯繫。

只要花十塊錢渡輪費「出海」上岸後，沿街的海鮮、燒烤、蝦餅特產迎面而來，三隻燒烤軟絲仔又大又香只要一百元，符合庶民的消費能力。濃濃香氣混著海洋淡淡的鹹葷味，足夠讓人盡情消磨一個鹹鹹的假日。因此，假日的旗津街頭，遊客穿梭不息，刻畫出南台灣人生猛活力的圖像。

旗津原本是個半島，南端與高雄的小港相連結，政府開發了高雄第二港口之後，它才徹底成為離島，與本島陸路交通的接續，仰賴一九八四年興建完成、穿越海底的過港隧道，其他就要靠渡輪了。

旗津導遊北至南分別有旗後、中洲、汕尾三區，是早年漁民生活所形成的聚落，島上開發的新公路，讓整個島南北連貫成一線的商業街，多數居民隨觀光潮轉行生意、服務事業。林立的商家，每天面對的大多是來了就走的旅遊人，短暫而變換的人際關係，發展出一種只顧眼前、不求長遠的急功近利文化，早年漁村聚落，某些獨特的在地生活美學與文化深度，正隨著觀光潮在消逝中。

台灣子民的生猛活力，源自海洋文化。都會城鎮的發展，也大多從靠海的邊緣出發，在歷史綿延的縱深當中，這個台灣南部西側，長約十二公里、寬僅兩百公尺的沙洲上，也有豐富的歷史遺跡。今日來尋訪旗津島的人，可以從保留的寺廟、砲台、燈塔等古蹟文物，體會出這裡曾經是高雄港都開發的前哨站，正因為有長遠的歷史縱深，今日才有成為新興觀光島嶼的先天條件。

2

南台灣茗濃溪流域的大量泥沙被帶到出海口，歷經久遠年代的沉積，形成沙洲島，而台灣海峽的潮汐日月沖刷之下，沙洲呈現南北狹長走向，剛好把黑水溝激湧的波濤阻隔在沙島之外，彷彿為高雄港擺上了一座大屏風。有了這樣優良的天然屏障，使得高雄港從最早開發至今，始終維持台灣第一大優良港口的地位，往後年代雖然有台中港、花蓮港等新港口陸續開發，其港澳的品質條件相較於高雄港都望塵莫及。

島嶼人文的開展，在時光的推進中，也留有不少或深或淺的刻痕，印證數百年來的變遷。相傳早在十七世紀，海上作業的漢人漁工，就已登陸此地，漢人漁民將他們信仰的神明「媽祖」迎到島上，築起簡單的草寮奉祀祈福，經過多次改建、整修，成為今日已經被政府列為三級古蹟的天后宮，是島上流傳最古老的寺廟。漢人到處建廟、設壇、立祠的信仰文化，在這個小島上，顯然已經發揮到極點，小小島嶼，到處林立著天后宮、福壽宮、廣澤宮……，歷史悠久的古廟宇，被七彩炫麗的霓虹燈管五花大綁、有正在動工興建的、有繪著未來興建藍圖的廣告看板，做為廣為募款的告示，大廟小廟一座比一座更花俏、更金碧輝煌。根據當地文史工作者調查，全島的廟、宮、壇、寺，總計超過百家。相對於競相比「氣派」的廟宇，少數一、二家西式教會，則顯得樸素多了。我真的很懷疑，有必要設立這麼多宗教「信仰中心」嗎？居民有這麼多「心靈」需求嗎？

一八六五年，蘇格蘭人馬雅各醫生（James Laidlaw Maxwell）在高雄市的旗津登陸（當時稱為打狗港岐後汎），在南台灣宣教，在旗津設立禮拜堂、醫療診所，將西方現代醫療服務落實於民間生活。當年的傳教士更開啟對熱帶病學的研究工作，設立西學院傳授天文、地理科學，創辦台灣第一份報紙。往後年代，台灣社會的進步發展，洋人西學橫向移植的功效，遠遠大於中國清王朝以中原心態治理蠻夷，影響更為深遠。西方文化啟發了台灣民主進步思潮的快速發展。

今天位在旗津島上的旗後教會，「隱匿」在旗津喧鬧的街頭當中，必須穿越擁擠的攤販區，才能尋到一幢灰白色、結構方正的歐式教堂，建築物肅穆莊嚴，禮拜堂的牆壁上，陳列著早年馬雅各以及傳教士在台灣行醫宣教的歷史事蹟，充分傳達了西方傳教士來台灣開創新思維、犧牲奉獻的偉大情操。

旗津島的歷史變遷，和台灣島同樣是眾多外來移民泊靠的溫暖家園。中國清吏，在旗津島上唯一的高地——旗後山建砲台、設營房，駐軍扼守高雄港，是官方勢力凌駕地方的遺跡。清政府並聘請英國技術師，在旗後山的最高處築西式燈塔，不間斷發光、巡守海面、掌控海權。早年需要人力看守燈塔，現在已經改採電腦化控制，雖無人控制仍然繼續發光，確保海面船隻航行安全。

3

第一次到鼓山坐渡輪到旗津，是家住高雄市的女友帶我來的。屈指算算，啊！竟然已經是四十年前的往事了。那一段我們曾經共同擁有的浪莽少年時光，在歲月的催趕之下，早已沉澱在每一日生活記憶的底層。

四十年前的渡輪，顯然比現在的小而且破舊，那時候隨旅客上船只有通勤族少數的腳踏車，沒有像現在這麼多機車。船小，海顯得更闊，坐在船上看船尾浪花激湧，事實上只有一公里遠的海面，感覺好像「出海」很遠了，橫渡途中若與其他大型船隻交會，浪濤拍擊船橼搖盪，還會引來心裡一陣緊張。現在搭乘大渡輪，回顧當年心境似乎有點好笑，相同的空間，不一樣的時間條件，人的感受也有很大差異。

當年踏上旗津碼頭街市，只有零星幾攤商家，上岸後，我們在一個削甘蔗的攤位買了兩節甘蔗，一路啃食一路走，享受一種很沒氣質的閒散；路邊看見一家木頭搭造的簡單書攤，有一位中年說書人，一手執書，另一手助興比畫著手勢，說書語氣時而激昂、時而婉轉，高潮之餘又來一個頓愕，一本文字野史劇本，「演」說得五光十色，令我們留下深刻印象。

離開說書館，穿過短短街市，迎面便是廣闊的沙灘，以及看起來綿延不盡的木麻黃防風林。夜晚時候，規律的海浪更像沉靜的鼻息，反覆舔舐著寂靜的沙灘。林亨泰先生的詩：「防風林的外邊還有防風林……，以及波的羅列……」

這樣的意境，或許是那個年代，台灣島嶼沿海地區共通的景象。大地開闊而沉靜，除了星月，沙灘與海面連綿成一片黝黑。遠處稀微的漁船燈火，在我留下的詩句當中如此記述：「那是遠航去網捕希望的小舟。」回歸現實，那是討海人與波濤、天象搏鬥所烙下的生活註記。夜晚台灣海峽的波濤更凶險，討海生活的艱辛，卻因為我們觀看的視覺距離太遙遠，而幻化成一種浪漫的想像。

在那樣的夜晚，我曾經興起徒步從旗津北端沿沙灘往南走，直達半島南端與高雄相連接處，經小港到高雄市，送我女友回家的意念。也許是柔軟的沙粒在指尖滑溜滾動，有些「黏腳」，或許是故意把腳程耽擱，誤掉返回高雄的時機，終於來到島嶼的中段區，想繼續往前走，卻感覺疲倦遙遠，返回碼頭也來不及搭最後一班渡輪了，只好擁她睡在沙灘上，仰望星空訴說青春夢想。

沙灘上，有一艘不知是暫時泊靠，還是遭棄置的破舊小舟，稍做抵擋寒冷的夜風。有位巡防海岸線的哨兵走過來，原本要「驅離」我們，問明我們是因為來不及搭上末班渡輪，才在此留宿，好心交代「要小心」後，便識趣地走開，不再「打擾」我們。

濤聲如島嶼的催眠曲，一夜吟唱不休，在晨曦中醒來，正好走回碼頭，趕搭最早班的渡輪回高雄，準備接受女孩家長的一頓訓話。

四十年後的今天，我們再度攜手踏上旗津碼頭，年少情懷依舊如潮聲澎湃，景物卻大大改變。這裡已經是人潮洶湧的繁華商街了，無論白天或夜晚，來這裡休閒的遊客絡繹不絕，忙碌的氣息從台灣本島進駐此地，台灣慣常的建設模式，也侵略了這裡的寧靜。

記憶中整大片綿延的木麻黃防風林，很大部分已經被剷除，用來闢建新公路、開發商街，臨海的沙灘上增添許多所謂的「景觀藝術」建設，大都是鋼骨、水泥硬體雕塑，許多石柱、立牆，究竟代表什麼「含意」或具有什麼「功能」，我研究了好久還是看不懂。或許「設計專家」自有他們「獨到」的

「藝術見解」，非我們「等閒遊客」所能理解。總之，在我這種平凡遊客的眼裡，冷硬粗糙又沒有護庇功能的水泥建物，似乎顯得累贅、突兀而多餘。犧牲這片曾經何等美麗的沙灘，換來堆疊的水泥族群，就被命名為「海岸公園」，我有無限心痛的感覺。

便利旅遊的配套設施，是近年來高雄市政府服務人民具體績效，從愛河出海口的「真愛碼頭」搭遊輪遊高雄港，船上有義工，為遊客解說高雄港的歷史興革、發展現狀與未來願景，抵達旗津漁港之後，還有專車接駁，在遊客參訪旗津各重要旅遊點，諸如砲台、燈塔；或租腳踏車沿海岸線自行車步道，南北踏查十二公里，聽海峽的潮水不間歇地拍打沙岸。

紅燈漁港對面，新開發的風車公園最大特色，是幾座風力發電機迎著海風旋轉發電，供夜晚照明用電之需。沙灘植上青青草皮，路草間點綴著許多海生動物的立體雕塑，增添不少童趣，白色建築的貝殼展示館，收藏種類繁多的貝類及甲殼綱標本，每一項珍藏都經過細緻分類，配上饒富自然趣味的解說，顯現生物界的多樣奇趣與知性教育，是親子們最愛流連的一處景點。

風車公園上，種植了耐鹹風的樹種，新栽的欖仁樹與黃槿，有些已經枯死，還活著的植株，零落的身影顯得極為單薄，堅忍地屈著身子，對抗從海上吹來的鹹風，不少棵已被海風吹得歪斜了軀幹。所幸在海岸公園區，還留存一小片木麻黃，依然撐起一片綠蔭。休閒人把吊床綁在樹幹上，兒童一面搖晃、一面嘻笑，大人們圍坐樹下泡茶、野餐、談天說地，不知是否懷抱感恩之情？感恩這片從日據時代種下，經歷歲月人事變遷，沒有被消滅殆盡的木麻黃林，如果沒有它的綠蔭阻擋了南台灣的大日頭，今天的旗津休閒之旅，恐怕徒留下難以忍受的燥熱吧。

一個開發決策，如何形成？一筆預算的執行或消耗，為大地帶來的是效果還是瘡疤？一項錯誤的建設，往往為大地帶來無可癒合的創傷。一棵樹要在沙島上成長茁壯，真的比花掉一筆預算來建設硬體更艱難。然而，一棵成長健全的樹木，為這片島嶼所帶來的加成效應，遠大於建築物。樹木隨時光日趨茁壯，建築物卻在歲月中斑剝毀棄，唯有讓這裡成為綠意盎然的翡翠島，旗津的生機才能源遠流長。

風車公園新栽種的草木，還有待細心呵護才能蔚成綠蔭，期許四、五十年後，有一番新生景象，讓後輩少年人仍然來這裡談情說愛，更添浪漫情調。

4

少年男女們的情情愛愛，不會因為時空有了變換而稍減，今晚的旗津，有人手牽手漫步在觀海堤上；有人選擇一處偏僻角落靜坐，避開人潮的注視，低聲互訴哀曲；有些則邀集同伴，群聚在半圓弧拱橋下方烤肉，手提伴唱機播放著最新潮的舞曲，跟隨搖擺歡唱、嬉戲，歡笑聲在夜空下更顯得亮麗。新一代少年們的歡愉，另有一番感染力，想想我們年少的年頭，還從來不知道有烤肉這回事，海風和潮聲才是那時代醞釀愛情的催化劑吧。

每個年代的青少年，都有他們各自的夢想、各自的浪漫。這一代人與上一代人的行事、思維、節奏不同，歡愉指數難以量表評量，我們的記憶曾經有如「如歌的行板」，對照今日少年強烈搖滾的節奏，或細碎斷裂的饒舌唸歌，藝術難有高低之分辨。

如同我們今天來到此地，回味四十年前的況味，驚覺景物的變遷，看見已然大大縮減的防風林、看見冷硬的水泥建物占據了柔軟的沙灘，看見潮水把無數的垃圾帶上岸來，政府為了應付大量觀光需求，正在努力做著彌補工作，顧工將海灘上的垃圾收集裝袋，沙灘上堆置了一袋又一袋的垃圾，那是收集後卻尚未運走的大包裹，而沙灘上陸續隨海潮漂上的垃圾，又已經逐漸堆積起來了。回想年少時那質感細密清爽的沙灘，面對今日的景況，我真有不勝唏噓的感觸。

四十年的潮聲，有沒有因地景的變動而有差異？我無法辨識。然而，今天同樣在沙島上享受浪漫歡愉的青年人，如果跨過了這個時代，往後再回看今日，旗津島的變遷會往哪裡走呢？是一番更炫麗的喜悅，還是又一次不捨的惋嘆呢？

附錄　詩作〈青春沙灘〉

渡輪緩緩滑過
平靜的港口海面，接載我們
半世紀前的年輕時光
相伴踏臨、南台灣
狹長的小島，迤邐的沙灘
海防哨兵消失在時代的潮流中
蓊鬱的木麻黃防風林
消失在水泥與燈柱之中
稀稀疏疏有些單薄
唯有星空下，沙灘依然柔軟

每一句潮聲，依然那麼熟悉
時而輕聲低吟、纏綿迴旋
反覆傾訴相偕老去的盟誓
時而浪濤洶湧激昂澎湃
正如我們追尋公義的懷抱
不曾歇止

面對海洋深邃浩瀚
歲月的潮汐、起起伏伏
星空下，一頁一頁翻開
牽手走過的每一段日子
有些崎嶇、有些顛簸、有些泥濘
總是相扶持，才發現
青春　從未離開

——（二〇一四・九）

10 唱歌與種樹

1

大約五年前，有一次我應邀去台中中興大學文學院演講，和我聯絡的同學告訴我，大概有一百多位聽眾。我提早到現場，等到演講即將開始，卻只來了二、三十位左右，零零落落散坐大教室。我有些不悅，問主辦同學，為什麼人數這麼少。

這位同學趕緊向我道歉，並向我解釋，因為在這同時段，大禮堂有一場演唱，原本要來聽講的同學，很多都跑去那邊聽唱歌。

我聽了更加受傷，忍不住惱怒，同時也很好奇，什麼樣的歌手，比我這位「課本作家」的演講更重要呢。

主辦同學一再賠不是。「對不起啦老師，請你不要生氣，那位歌手是我們學校校友，叫做吳志寧。」

我愣了一下說：「哦！那位歌手叫做吳志寧？那沒關係，我們這場演講乾脆取消，大家都去聽他演唱好了。」

主辦同學嚇壞了，以為我在使性子。「老師，真的對不起，不要生氣啦。」

我笑了笑說：「我怎麼會生氣呢？我也很想去聽他唱歌，全世界絕對不會嫉妒他的人就是我，因為他是我兒子。」

主辦同學這時才鬆了一口氣，笑了起來說：「哇！怎麼這麼巧。」

這次巧合的經驗，我才了解，我的演講拚不過吳志寧的演唱，更受年輕人歡迎。

2

二〇〇八年春季，文建會、國立台灣文學館贊助、賴和文教基金會承辦，風和日麗唱片公司發行我的二張ＣＤ專輯，以我的詩句《甜蜜的負荷》取為片名。其一是《吳晟詩．誦》，收錄二十多首我朗誦自己的詩作，由９２９樂團主唱、也是這兩張專輯的製作人吳志寧配樂；另一張是《吳晟詩．歌》，收錄九位知名創作歌手（包括吳志寧），依據我的詩作，作詞、譜曲、演唱的十首歌曲。

這張《吳晟詩．歌》專輯，最大特色是每位歌手各自展現了獨特的聲韻風格，傳達了多樣的動人情感。發行以來，很多單位邀吳志寧演唱，附帶邀我朗誦詩，我和志寧父子檔演出的模式，我戲稱為「一搭一唱父子演唱團」，好像還頗受歡迎。

如果是我單獨應邀到各大學院校或文學研習營演講，我大多以這張專輯為題材，播放其中歌曲，並大略介紹一些創作背景，講述詩與歌結合，交會出怎樣的意義與新的詮釋，普遍受到誇讚與喜愛。

詩透過歌曲的傳唱，可以更普及、流行更寬；我聽過多位年輕朋友告訴我，因為聽了吳志寧的歌，很感動，才去讀我的詩。

自古以來，以詩譜曲的有名例子並不少，不過，父子檔合作的例子顯然少見。

其中片名曲〈負荷〉這首詩，發表於一九七七年，從一九八〇年收進國中國文課本到現在，主題是在表達普天下為人父親（父母）普遍的共通情感。

最受喜愛、最多人傳唱，成為「社會運動」歌曲的是〈全心全意愛你〉這一首歌。坦白說，我自己每一遍聽這首歌，都很感動，不是因為這首歌的創作歌手是我兒子，而是這首歌真切唱出了對台灣島嶼依戀與疼痛的深情。

〈全心全意愛你〉是吳志寧擷取我的長詩〈制止他們〉其中幾段改編而來。〈制止他們〉發表於一九八一年，當時我已清楚預見拚經濟的美名下，漫無節制的開發，台灣山川破壞、環境汙染、土地倫理淪喪的嚴重性，試圖大聲疾呼阻擋這些現象的惡化，語言急切而激烈。而吳志寧改編的歌詞，溫和委婉。其實，無論激烈或委婉，總是隱藏不住無比憂煩，只因這些現象，惡化的快速程度，遠遠超乎當初創作這首詩的想像。

台灣社會本就普遍重人際、輕義理；重私利、輕公益；重黨派、輕是非曲直。以環境生態的角度，活化一條河川，遠不如直接發放些微走路工更能收買人心。當台灣人的生命價值觀，全面導向炒短線的拚經濟、拚撒錢、拚消費，怎樣的生存環境，地球如何暖化，都可以不在意。我不能不為下一代子弟，如何在島嶼的土地上安身立命、長居久安，更加憂煩。愈來愈體會「生年不滿百，常懷千歲憂」的悲傷心情。

憂煩的事太多，能夠盡力的卻少之又少。我只能在全家人的支持、協助下，盡心盡力經營自家二公頃的樹園，堅持全靠人工，不噴殺蟲劑、除草劑，默默守護三千棵台灣原生種樹木的成長，但求這一片綠蔭，提供鄉親多一處能夠自在呼吸、徜徉的所在。

3

志寧的歌聲和我的詩最大的差異是，我的詩沉重太多、甜蜜太少；志寧的歌調子比較輕快、比較多甜蜜的抒情風味。

當初吳志寧高中畢業，填寫大學志願，我費盡唇舌說服他去讀中興大學森林系，按照志寧的說法，不是被我「說服」，而是不忍拂逆我。我對志寧最大的期待是好好讀完森林系，回鄉和我一起種樹，推廣種樹理念，做為終生志業；但志寧還是更喜歡唱歌，我只好偶爾出來陪他演唱。

我今年剛滿六十五歲，十年前從學校教職退休之後，主要工作是在自家二公頃田地，種植樹苗，至今十年，已經是小有綠蔭的小樹園。

從我幼年一直到現在的老年，一甲子歲月，見證了台灣島嶼快速砍伐大樹，鋪水泥建設的開發史，不只是山林的千年大樹，海岸線的防風林海濱植物，甚至在平地，童年時代攀爬、遮蔭的大樹，幾乎砍伐怠盡，取而代之是水泥建設，這是促使地球暖化的根本因素。

很多「大人」常說，我們認真打拚，是為了下一代的幸福。那麼，請大家捫心自問，我們這一代如此糟蹋生態環境、耗費自然資源，到底是為下一代帶來快樂幸福，還是帶來災難禍害呢？

我相信很多人都心知肚明，整個地球暖化現象愈來愈嚴重、愈緊迫，如果繼續漫無節制地開發，必然將地球推向毀滅的命運，而且很快降臨。這個道理很淺顯、很明確，只是大家不願真正去面對。

坦白說，我是充滿悲傷。相信很多有心人都在暗暗憂心、焦慮。

我要特別提醒某些推動高汙染、高耗能產業的資本家、政府官員，乃至「地方人士」，多和天地良心對話，別忘了，到時候，誰也不能倖免於難，即使再多財富，也無濟於事。你能逃離台灣島嶼，你能逃離地球嗎？你能逃過浩劫，你的子孫呢？

世間道理千千萬萬，但我確信沒有比多種樹這個道理，更迫切需要去實踐。

終我此生，心心念念盼望，將我們這一代手中砍伐的樹木，趕緊補種回去。或許還有機會減緩地球毀滅的速度。

我也希望志寧用他的歌聲，來傳揚種樹的理念。

現在來聽聽吳志寧用他的歌聲，傳達對台灣島嶼愛的深情，這首歌叫做〈全心全意愛你〉。全心全意愛你（台語）。

（二〇一〇TED x Taipei演講詞修訂稿）

附錄 〈全心全意愛你〉歌詞

〈全心全意愛你〉原詩／吳晟〈制止他們〉
演唱／吳志寧　曲．改編詞／吳志寧

你不過是廣大的世界中
小小一個島嶼
在你懷中長大的我們，從未忘記
我要用全部的力氣，唱出對你的深情
歌聲中，不只是真心的讚美
也有感謝和依戀、疼惜與憂煩

我們全心全意的愛你
有如愛自己的母親
並非你的土地特別芬芳
只因為你的懷抱這麼溫暖

我們全心全意的愛你
有如愛自己的母親
並非你的物產特別豐饒
只因為你用艱苦的乳汁
養育了我們

你不過是廣大的世界中
小小一個島嶼
在你懷中長大的我們，從未忘記
我要用全部的力氣，唱出對你的深情
歌聲中，不只是真心的讚美
也有感謝和依戀、疼惜與憂煩

製作／吳志寧　Vcaol．木吉他．鋼琴．合聲．編曲．混音／吳志寧　錄音／黃玠

〈全心全意愛你〉（台語版）　原詩／吳晟〈制止他們〉
演唱／吳志寧　曲．改編詞／吳志寧

你只是　大大的世界中　小小一個島嶼
在你懷中長大的阮，不曾放袜記
阮要用全部的氣力　唱出對你的深情
歌聲中，不只是真心的謳咾
嘛有感謝和依戀，疼痛與憂煩

阮全心全意的愛你
親像愛自己的母親
不是你的土地特別香
因為你的懷抱這呢阿溫暖
阮全心全意的愛你
親像愛自己的母親
不是你的物產特別豐富

因為你用艱苦的乳汁
飼大了阮

四時歌詠・自然倫理

11

詩，原本只可意會，不可言說。剛剛在會場與一位小姐聊天，她說自己原本都不懂詩，但是，在聽了幾場演講之後，忽然發現詩不一定要懂。不過，她說我的詩一看就懂！我認為，無論如何，還是應該讓詩自己來做詮釋，讀者各自體會，作者其實沒有必要跳出來直接講述，以免限制了更多美學想像空間。今天這場演講，有一些創作心情與觀念，還是忍不住要借題發揮，藉詩議論，想與大家共同探索，共同省思。

人造環境？環境造人？

我想介紹這兩年新的作品：「四時歌詠」系列五首。這組詩作，是以農民曆二十四節氣做串連。通用的農民曆，是以月球繞地球一圈為運算標準的曆法。農村普遍都是用農民曆，「西元」紀年以前在農村是不用的，這兩種曆法就表示了不同的身分背景。一年四季，春夏秋冬，各有六個節氣，約半個月一個節氣，每季第一個節氣是「立」，有「立春」、「立夏」、「立秋」、「立冬」。春、秋的第四個節氣，是「春分」與「秋分」。

民間流傳描述節氣特性的諺語很多，該如何用一句簡單的話來形容春分、秋分的特色呢？我母親從小教我的台語諺語「春分秋分，日夜對分」最恰當，簡單明瞭，也就是春分之後，日漸長，夜漸短；秋分之後，夜漸長，日漸短。我母親還這麼描述清明：「清明穀雨，寒死老虎母。」以及「未吃五月粽，破裘不捨放。」意謂著台灣的季節冷熱無常，不要天氣一熱，就急著把外套、棉被都收起來，直到清明、穀雨節氣，仍然常有低溫冷鋒過境，天氣還可能很冷。

這些諺語都很好記，每個節氣都有它自己的特性，二十四節氣的名稱，跟過去農村的日常生活息息相關，因此，也在我的詩作中頻頻出現。我常聽到某些論述，強調城鄉差距愈來愈拉近，在光電影視普及化後，城市與鄉村的生活差距，似乎不那麼明顯。不論住在高樓大廈，或是低矮平房，大部分家庭都有一部電視機，禮拜一到禮拜五的晚上八點，同一齣連續劇，全台灣大概有百分之七的人同時在收看，形成台灣城市與鄉村的共同語言。

但是，有一句名言是：「人造房子，房子反過來造人。」直到現在，我們彰化農鄉的住家從來不鎖門，因此出門從來不用帶鑰匙。三、四年前，我蓋了一間玻璃門窗書屋，很多年輕朋友說要來住，經常是夜半自己開門進來，第二天早上才遇到。如此一來，各位可以想像我家的「開放性」，是幾乎沒有隱私的，不像城裡人，門禁重重。最近房外的樹遮蔽到隔壁稻田，鄰居要求我們修剪，為了敦親睦鄰就剪了，沒想到修剪得太超過，行人在遠遠的馬路上都能看到我們在屋內的活動。由此，可以再延伸出「人造環境，環境也在造人」，人在一個環境中生活久了，也會受該環境影響。居住在城市與鄉村的人，因為生活環境不同，價值觀也會不同。雖然冰箱、電視等文明產物，讓城鄉看似差距拉近，但是，因為生活空間、生活方式相異，生命價值產生差異也是必然的。

最典型的例子，應該是「如何看待土地」。當你眼前是一片地時，你會想到什麼？農村的農民是以耕作、生產為主要價值。直到現在，我到別人家作客，看到空曠的院子，馬上想到的是「該種什麼好呢？」土地對我而言，是用來種作的，但很多都市人看到土地，卻直接聯想到房地產，一塊地可以蓋多少大樓？蓋一棟大樓可以賣多少間？賺多少錢？在農村中，我們面對農地，不談每坪多少，要計價也是用「一甲」、「一分」這樣的大單位，更重要的是要種植什麼？「耕作」與「炒作」雖然一字之差，價值觀卻差之千里。

從小到大，我都定居在中部農鄉，家裡世代務農。我雖然擔任老師，課餘假日仍然需要擔負農事。雖然，與真正的農民相較，我做得很少，經常被母親揶揄：「做不到人家一隻腳毛！」不過，我畢竟還是有不少耕作、勞動的經驗，造就了我的農民性格。

自古以來，農民都是「看天吃飯」，「天」有很多層意涵，這裡是指實際耕作與氣候季節變化等自然現象息息相關。例如，夏天曬稻穀，我經常與母親吵架，為什麼呢？因為夏天曬穀，一定要注意西北雨，何時會急速落下來，我的判斷往往都比較早，要母親趕快收穀，其實是想趕緊收拾好，進屋休息。母親的心情卻與我大相逕庭，她總希望能曬久一點，愈快曬好，就能愈快出售。兩個人心情不一樣，對自然天候的判斷就不一樣。如果收穀後天氣還晴朗，我一定會被母親唸到臭頭；反之，若大雨滂沱，稻穀卻還未收成堆、蓋上帆布，就換我向母親抱怨了，要收穀收得比落雨速度還快，簡直是跟老天競賽。所以，我常比喻，有心臟病的人千萬不要曬稻穀。

我從小跟隨母親耕作，她也經常做機會教育，教導我觀察天色。她強調，任何作物的成長都有季節性，趕時趕陣，不能拖延，也不能忽略。所以，長年下來，我累積了對季節變化與二十四節氣更迭的深刻體悟。

自然與文明競技場

我自小特別愛樹。我們家的庭院，有幾十株樹齡三、四十年的大樹，大部分是樟樹。十多年前，我在自己的田地上種了幾千株台灣原生種的樹苗，包括台灣肖楠、台灣櫸木、台灣土肉桂。因為保有對樹的喜愛，自然而然在我的詩作中經常出現樹的意象。由此可見，每個文學創作者的生活背景，與他的作品都是密不可分的。我想，應該是因為天天看綠樹的關係，我到現在還未帶過任何眼鏡。

我這樣的年紀，見證了或者說參與了台灣從農業社會快速過渡到工商業社會的過程，這樣的改變，如何影響我們安身立命的環境？簡化而言，今天的經濟成果，不知道揮霍了多少世代的自然資產，喪失了多少清澈的溪流、豐饒的野生生物、純淨新鮮的空氣。

在我年少的時候，河流甚至乾淨到可以飲用；隨便拿一個畚箕，到溪流中撈一撈，晚餐桌上就多了好幾盤魚蝦。夏天的夜晚，我們會戴頭燈到田裡，往往都能照到很多青蛙，宵夜就煮青蛙麵線，非常清甜、美味。可是，現在到哪兒去抓那麼大、那麼肥的青蛙呢？我們今天的經濟果實，可以說都是用自然資產換取的，付出的代價太大了。

在我新的詩作中，正是這兩大主軸：一是自然節氣的觀察，二是與爭逐快速經濟的衝擊，二者相互激盪，重新省思生命的意義與自然倫理的價值。如此體認，孕育了我這一組「四時歌詠系列」的五首詩。每一首詩作，大致依循這兩大主題，交錯呈現，也有各自特殊的創作背景。

第一首〈春氣始至〉，創作靈感催生者是家鄉的鄰居——明道大學。二〇一一年明道大學校慶，邀請十位詩人各寫一首詩，在校慶當天朗誦。交稿期限快到時，我仍有一小段卡住，一般說法就是遇到瓶頸，任督二脈怎麼也打不通。主辦老師蕭蕭與陳憲仁二位文學老友，聽聞我的苦惱，約我吃飯。席間提到明道大學在陳世雄校長帶領下，積極推動有機栽培，這個概念正合我意，使我豁然開朗，很快完成這首詩：

春氣始至、四時之始
立春悄悄降臨
雨水緊跟著依約而來

綿綿密密灑落
島嶼平原，新翻耕的田土
忙碌吸吮

溫柔雨聲懇切邀請你
貼近遼闊田野
貼近新式有機栽培農園
傾聽每一粒種子在萌芽
每一株幼苗在抽長
如何回報雨水的疼惜

驚蟄日、雷鳴動
水稻、蔬菜與瓜果
翠綠伸展的枝葉
欣欣然迎接春分、清明、穀雨……
更豐沛的雨水

不論時代潮流怎樣翻滾
我只確定，沒有任何人、任何數字
可以估算清風、估算春雨
估算一季又一季豐饒的收成
估算世世代代
平靜的安身立命
有多少經濟產值

春氣始至，萬物滋長，田土「吸吮」雨水，正如幼嬰吸吮母奶，幼苗回報雨水的疼惜，水稻、蔬菜、瓜果，翠綠伸展枝葉，讀者應該可以感受到，這首詩流露無比溫柔的心境，那是來自土地、作物、春雨的深情。正因有這樣的深情，才有最後一段的議論。

其實，我們的生命活動，除了求取起碼的溫飽，延續生命，最重要的還是追求幸福。大部分人應該了解，幸福指數絕不是任何數字可以衡量，幸福條件絕不是經濟產值，至少，不只是經濟產值可以計算。人的生活、生命的意義，更不是靠一大堆經濟數字可以完全解釋。但是，整個社會的潮流，已經陷入開發主義思維的經濟迷思，好似只要提出某種工程能夠創造高度經濟產值與效益，不管對環境有多大的衝擊或破壞，都可以合理化，理直氣壯地占據山林海岸、攔截河川、汙染海洋、大地、空氣，阻擋你反對。

這樣的社會思維與標準，近年來益發嚴重，台灣西海岸原本應該是全民共有，卻被工廠、工業區占據，一般人無法進入。前陣子，我到訪東北海岸，發現某些大飯店就蓋在海灘旁邊，圍住海岸。我故意要兒子開車駛入，果然遭到阻攔，飯店說只有住宿者才能進入，一晚最低價六千元。北海岸被占領得差不多，現在開始東移，正如電影《海角七號》的名言：「山也ＢＯＴ，海也ＢＯＴ，什麼都ＢＯＴ。」我們絕非反對經濟發展，每個人都需要起碼的溫飽，但是，我永遠記得母親的話：「穿沒多少，吃沒多少，為什麼要有那麼多的貪心？」

那緩緩緩緩的溫柔

接著談第二首詩〈時，夏將至〉：

時序悄悄推移
稍不留意，便會錯過
黃連木、台灣櫸木、台灣欒樹……
眾多落葉喬木
裸露的枝枒

趕緊換裝的風姿
即使常綠樹
每天也褪下幾襲舊衫
紛紛穿著嫩青嫩黃
亮麗的新葉

時，夏將至，草木茂發
每棵樹盡情伸展千枝萬葉
溫柔承接綿綿密密
或急急沖刷的雨水
緩緩、緩緩滴落給大地

小暑、大暑，漫漫長日
每棵樹，彷如千手觀音
伸展千枝萬葉
欣然迎受炙烈的陽光

傳送清風，轉化暑熱之氣
慈悲庇蔭眾生
暑熱之氣，不斷蒸騰
每一片搖曳的樹葉
都在盡力召喚更多同伴
召喚更多更多的清風涼意

這首詩是寫夏日將至，介於春夏之交，春的餘韻特別迷人。依照大眾的固定印象，總認為冬天才是落葉的季節，事實上，很多落葉喬木是在春天換裝。我家的桃花心木最近才剛換裝完成，在一、兩個禮拜內，整棵樹的樹葉完全掉光，又在幾天內冒出新葉。落葉紛飛的時候，很是壯觀，鋪滿整個地面。在葉片紛紛飄落的時候，枝枒完全裸露，有如美人換裝，風姿綽約。

即使常綠樹如我家樟樹，在三月時節，常是一面飄下落葉，一面飄下細碎的小花。朋友來訪坐在樟樹下泡茶，杯中經常有細碎的小花加料，芬芳之氣相當怡人。夏天，小小果實會掉落在桌面上，裂開時馬上香味撲鼻，就是說整棵樟樹都很香。各位是否觀察過換裝之際新葉的顏色變化？通常，初冒的新葉是嫩黃色，由嫩黃轉嫩青，嫩青轉嫩綠，再轉成深綠，是成熟葉片的顏色。日常生活中「青」的使用，有一句廣告詞：「尚青才敢大聲！」我們也說去郊外「踏青」，青少年時期則稱「青澀年華」，青是葉片最柔軟、亮麗的顏色。這首詩中我最喜愛的意象，是「每棵樹仿若千手觀音，慈悲庇佑眾生」。

請各位想像一下，每棵大樹對我們有多少恩德？千枝萬葉伸展出去如大傘，可以遮蔭、乘涼、淨化空氣、化解溽熱之氣、減緩地球暖化，還可以承接急急沖刷的雨水，緩緩緩緩滴落給大地。急急沖刷與緩緩緩緩滴落，形成非常強烈的對比，因為有大樹的承接，雨水才能夠變成緩緩緩緩滴落。此外，也會配合地底下盤根錯節的根系，牢牢抓住土石，避免土壤沖刷流失，更能涵養水源。大樹多麼珍貴，給人類多少恩德。

談到這裡，我有很多感慨與悲傷，台灣幾十年來的發展所造成的破壞，需要我們重新檢討。「前人種樹，後人乘涼」，大家琅琅上口，耳熟能詳，去做的人卻很少，反而是「前人砍樹，後人遭殃」，大家做得很多。

台灣長年來肆無忌憚砍樹，很多天災其實是人禍。例如，七、八月豪雨期間，山區經常有大大小小的土石流，追根究柢，有幾大因素：首先，台灣山林的珍貴大樹，是從日治時代開始砍伐，國民政府遷台後，一九五〇至一九七〇年間，更是全面砍伐的年代。我在南投當過駐縣作家，非常了解在那二十年間，台灣山林的珍貴大樹差不多被摧毀殆盡。那時候，林業雖然興盛，卻也是山林遭殃的時候。其二，是建設上山，蓋水庫、闢道路、不斷開挖。台灣土質很脆弱，經過這樣的開挖，豪雨一來，沒有大樹的承接，便直接挾石、挾沙、挾泥沖落。即使這些悲劇一再一再發生，台灣社會依舊沒有學到任何教訓。很多有權力做決策的行政官員、教育部門，全然不將此禍害放在心上，對待樹木多麼的無知與殘暴。

就我多年來深入的了解，很多建設只是好大喜功，並非必要，全台灣有多少蚊子館、蚊子園區？只是為了貪圖工程利益。姚瑞中教授，長年做調查，出版一本三巨冊《海市蜃樓》——台灣閒置公共建設抽樣踏查，全國一百處「蚊子館」現場直擊，「蚊子館」的蔓延、崩壞現狀，遠遠超乎我們的想像，行政部門可以參考。

我在這首詩第一段提到黃連木、台灣櫸木、台灣欒樹，需要做一些補充說明。有一位名家寫了一篇文章，篇名〈何必曰台灣〉，我並無批評之意，只是借用來說明我們在此「一定要說台灣、就是要說台灣」。因為這些都是台灣原生特有樹種。

台灣經常是與中國並置的政治圖騰，在反共戒嚴時期，是禁忌的名稱。在文化論述上，「台灣」一詞經常被情緒性地強調，也經常被矮化、窄化，與地方主義、欠缺國際觀畫上等號。我不想談複雜的政治或文化層面，只想從自然生態觀來談本土意識。

什麼叫做「本土」？大約一九八〇年代左右，台灣從山林、平原到海岸，珍貴大樹幾乎已經砍伐殆盡，政府部門開始編列預算種樹，成為新興的建設。但是，這種「種樹建設」往往違背基本生態常識，令人非議之處甚多，例如植樹節大量發放樹苗，很多人抱著不拿白不拿的心態，拿回家卻隨手堆在一旁，很少真的去種植。

在這股風潮下，台灣忽然引進了外來樹種——黑板樹，唯一的優點是長得快，迎合台灣的「速食文化」。台中市種得最多，甚至以黑板樹為市樹，去年還要蓋企鵝館，這種生態觀真是太詭異了。其實，黑板樹的花，有過敏源；樹枝脆弱易斷，樹幹無法成林；樹根亂竄，拱起路面，造成許多地方的災害。最近很多公部門傷透腦筋，就花了一大筆經費，假移植、真賜死。

台灣有很多優良的本土樹種，為什麼不種呢？例如，樟樹整棵芳香，樹幹可以做為很好的木材。還有像台灣櫸木、台灣肖楠等等那麼多上等一級木，為什麼不種呢？此外，我最近捐了數百棵烏心石，種在荒廢的公墓，它是以前台灣普遍的良材，可以做成質地堅硬的砧板。

我常常感慨，如果，以前種黑板樹的地方，都種台灣本土樹種，現在不知道已經留下多少良木給現代人與未來世代。

也許，從現在開始推動，還來得及，種樹絕不可急切，一定要懂得「十年成樹，百年成材」的道理，台灣原生樹種雖然生長緩慢，十年間樹幹卻已經筆直了，而我們一定要有百年的概念。在全球化的趨勢中，我們也不應該忘記排擠效應，種了太多黑板樹，一定會排擠本土樹種。每樣物種，各有適應生存的環境。我們並非一味排斥外來物種，但只能當做點綴，尤其外來樹種太強勢、太氾濫，必然會排擠掉優良的本土樹種。

全球化是值得正視，但千萬別忘卻了排擠效應的道理，應該用心保護本土生態才是。

向自然借一方蔭涼

第三首詩是〈菜瓜棚〉：

緊接立秋，處暑已過
酷熱仍耍賴不走
不肯隨蟬聲漸歇而退去
整座島嶼密布的城鎮
每一排樓房每一間
屋子，門窗緊閉
冷氣機全天候呼呼排放
熱騰騰的廢氣
回流給每一條
水泥與柏油牢牢封鎖的街道
我無意和你談論
溫室效應，地球暖化

你已經太熟悉的話題
只想靜靜禮讚
農家庭院、木條竹片
簡易搭起來的菜瓜棚

初春種植的一小株
菜瓜幼苗，一瞑大一吋
敏捷地攀爬蔓延
比巴掌還大片的綠葉
披覆棚架、迎接炎炎夏季
垂下一條一條
清淡自足的菜瓜，與綠蔭

處暑已過、酷熱仍耍賴不退
我只想在菜瓜棚下
靜靜禮讚，早已被遠遠遺忘的
這一方蔭涼

菜瓜，是我們鄉間語言，另一個稱呼叫絲瓜，我還是習慣叫菜瓜。

以往鄉間幾乎家家戶戶都有菜瓜棚，只可惜連農家都不懂珍惜，已經愈來愈少見。我們家至今每年還是會種一、二株菜瓜，藤蔓攀附一座菜瓜棚。

一株菜瓜幼苗，初春種植，一到夏天，藤蔓就會攀爬、包覆住整個瓜棚。菜瓜棚架有多少功能呢？我家的菜瓜棚，一年內可以生長出大約數百條菜瓜，從夏天吃到秋末。成熟以後的菜瓜如果不吃，可以做成菜瓜布，菜瓜布是廚房必備洗滌用具，我母親是勞動者，手腳皮膚都很粗糙，以前都用菜瓜布當洗澡布。此外，到了初冬不再生菜瓜，把藤切掉，用罐子承接根部水分，還能製成絲瓜水、絲瓜露，是養顏美容的聖品。菜瓜棚下還可以乘涼、聊天，甚至可以賞花，黃色菜瓜花也很鮮豔美麗呢！

手掌大的綠葉庇蔭下，非常蔭涼，炎炎夏季，如果大家都有菜瓜棚與樟樹等樹蔭，還需要冷氣機嗎？可以省多少電？可以減少興建核電廠的藉口。幾年前，國光石化要蓋在彰化大城溼地，企業登報宣傳：沒有國光石化，就沒有雨鞋、雨衣。其實，人類的發展有其排擠效應，例如，現在很多人覺得沒有塑膠杯無法生活，可是，我們以前都用竹杯啊！人類所謂的文明發展中，強勢不一定是對的，不一定是好的，反而把很多好東西排擠掉了。

寧靜美學的讚嘆

第四首詩〈秋日祈禱〉：

亞熱帶島嶼，炎夏
越拉越長，遲遲不肯收斂
暑熱之氣，逼走一大半
秋天的踪影

過了秋分，才姍姍出現
伴隨些微清風涼意

裝飾在變葉樹的紅葉上
搖曳在山巔水湄的白芒花
灑落在皎潔的月光下

瓜果豐盈已採收
金黃稻穗也已飽滿
新生命的種子，率皆完成
這是靜謐的季節
只是等待太久

彷彿剛來臨
已接近秋季的尾端
霜降無霜，唯雨露漸寒
冷涼漸深的秋意中
隱含恬淡的詩情
適宜在林木間、樹園裡
徜徉、思索、沉緬於
寧靜美學的讚嘆

聲聲讚嘆，也是聲聲祈求
語氣肅穆、略帶蕭瑟，向四方傳送
島嶼急匆匆追逐數字的腳步
放緩、放慢、放輕
暑熱之氣不再飆升
暴雨挾石挾泥奔流的夢魘，不再糾纏

我平日有兩個重要的休閒活動，一是閱讀，二是在田野、山林間散步時，我的心靈很平靜，卻也有很多感嘆，如果現今社會永無饜足劇烈發展的風尚，大家能緩一緩就好了！

這首詩有一句「霜降無霜」，似乎有些禪學的意味，其實不然。霜降是二十四節氣之一，台灣天候的變化，使平原的霜消失了。閩南語有一句常用語，用「凍霜」來形容人的吝嗇，因為霜很寒冷。還有一句歌詞「不驚田水冷霜霜」，表示田水冷如霜，十分寒冷的意思。小時候，我們經常看到田裡白茫茫一片，那都是霜，現在全部都消失了。這也是全球暖化的明顯現象，值得我們警惕。

天與地依時循環

最後一首〈大雪無雪〉：

接連幾陣陰雨
悄悄降下立冬
立冬之後，小雪無雪
大雪，也無雪；在島嶼平原
奼紫嫣紅遍布田野

翠綠作物依然豐饒
只有幾波冷氣團
加深些許冬意

雪，在高山峻嶺
如細碎、潔白的花瓣
紛飛飄落，白茫茫覆蓋峰頂
吸引大批賞雪人潮

二十四節氣，走在農民曆裡
亞熱帶島嶼，自有獨特的季候
時而南方熱氣壓上揚
時而北方寒流來襲
忽熱忽冷，如生命無常多變
小寒、大寒，歲暮蕭條
預告春氣又將至

漫漫寒夜引領我們，沉靜思慮
天與地　，如何依時循環

我在〈秋日祈禱〉裡寫霜降無霜，表示氣候劇烈改變，這裡則是以〈大雪無雪〉來延續。小雪之後便是大雪，現在的平原小雪無雪，大雪也無雪。很寫實，不是什麼玄奇意象唷！

二十四節氣，畢竟是從中國黃河流域的氣候、物候為基礎而發展出來，對於地處熱帶與亞熱帶間的台灣，並不完全適用；與以中國北方天氣為標準的農民曆，其實有不小落差，只是台灣就這麼沿用下來。

〈四時歌詠〉的詩寫得很溫柔，經過我這麼一解釋，好像變得太嚴肅了。但是，正因為我們有這樣的溫柔，才會去寫這樣的詩，思考台灣的社會發展，很多地方確實是需要再斟酌、重新省思！

人若無照倫理，天就無照甲子。最後，我想引用老子《道德經》一句話：「人法地，地法天，天法道，道法自然。」容許我強做解人：自然倫理是一切生命最需遵循的。

（二〇一三年五月《文訊雜誌》演講稿，顏訥紀錄）

12 森林墓園

1

我們家族世代定居的村莊，溪州鄉圳寮村，本村最東邊，有一座大型墳場，名為圳寮公墓，屬鄉公所管理。吾鄉總共有五座公墓，這一座為溪州鄉第三公墓，占地八點五公頃，最廣闊。

公墓西面緊鄰莊內住家，東、南、北三面，環繞村民耕作的農田。

我的父祖舊家三合院，和公墓只相隔一條牛車路，幾乎是面面相對。大約在我五、六歲進小學之前，我父母才搬遷出來，在舊家附近田地另建新家，就是我們現在的居家，距離舊家、距離公墓也只有數百公尺。

公墓，以往鄉人稱為墓仔埔。埔，有草埔、荒地之意。五、六十年前，我的童年時代，墳場不只荒煙蔓草，還有不少竹叢、林投叢、混雜灌木，衍生許多靈異傳說、「林投姊」等鬼魅故事，乃至看過許多骷髏頭，也曾好奇去看過法院來開棺驗屍的場面，平時難免會有恐怖氣氛。

從我的村莊到我就讀的國小，約有三公里路程，學童一律步行，有二條路線，其一是穿越墳場，通往直達學校的路；另一條是圳岸路，即沿著貫穿吾鄉的灌溉水圳而行，沿路有多處茂密刺竹叢，風吹會響起軋軋聲，竹枝搖動，彷如傳說中的「竹杆鬼」要跑出來。

如有同伴，二條路線都不至於太害怕，還可以相互假裝害怕嚇一嚇同伴，嘻鬧一番；但升上高年級「升學班」要補習，經常補課到日暮傍晚才放學，而我們全村同年級學童，年年有人中途輟學，到了六年級，只剩我和另一位同學，但他不參加升學補習，也就是說放學的路上，只剩我單獨一人，暮靄時分，無論是獨自穿越墳場，或是獨自走圳岸路，空曠野地中，總會隱隱湧起恐慌之感而催快腳步。

不過，平常只要呼朋引伴，從幼童以來，整座墳場我們不太感覺什麼陰森，反而是十分密切的生活場域。

我們牽牛趕羊去放牧，遍處青草任由牛羊自行吃食，我們則奔逐遊玩，還可以四處找尋龍葵、桑椹、草莓、土芭果、土芭樂等野果。

墳場土壤非常「肥沃」，滋養很多昆蟲，「肚猴」最受我們喜愛。「肚猴」躲在很小的土洞裡，我們尋覓「肚猴孔」的眼力很敏銳，拿水桶從水溝汲水，找到肚猴孔就緩緩灌水，灌到「自動」跑出來，要迅即捉住放進簍籃裡，只需二、三個小時，就可捉到大半簍，加鹽巴熱炒，很香脆，滋味鮮美。

2

這座公墓，既是我們童年乃至少年時期十分密切的生活場域，也是吾鄉人們的最後歸宿。因為住家和墳場太接近，經常有機會看到喪葬儀式、出殯行列；更常聽到哀傷的喪樂、呼天搶地的哭聲。小小心靈隱隱約約觸探生離死別的宿命。

我出生之時，祖父母早已不在人世，也沒有留下任何遺照，我完全無印象。父親兄弟眾多，排行第五；四位伯父，我只見過四伯父。年年清明節日，跟著父親、叔叔、堂兄弟一大群公族親戚去掃墓，多少感受到肅穆敬謹的氣氛，卻無悲傷之情。

在我剛滿二十歲不久，就讀屏東農專一年級的寒假，農曆春節前二天，父親在下班途中車禍猝然去世。年年清明節日，母親帶著我和弟弟、妹妹去掃墓，心境大大改變，滿懷悲戚，公墓對我的意義，不再是近乎旁觀者，而有了深沉的情感連結。

年年清明節日去掃墓，必須穿越公墓裡許多小路，繞過一座一座墳墓，隨著年齡的增長，我開始留意每一座墓碑上的碑文，有時還會刻意多繞些路，多觀察一些墓碑，算算亡者的年歲，揣想亡者的身世背景，總有不少感觸。

這些生死體會，長年累月逐漸加深，不時出現在我的詩作中。

而路還是路
泥濘與否，荒涼與否
一步跨出，陷入多少坎坷
路還是路，還是
一一引向吾鄉的公墓（吾鄉印象・路・一九七二）

吾鄉的人們，祭拜著祖先
總是清清楚楚地望見
每座碑面上，清清楚楚地
刻著自己的名姓（吾鄉印象・清明・一九七二）

是的，我曾體驗過歌
歌的激盪
在我生長的小村莊
我曾隱隱聽見自己的輓歌
每一株墳場的小草都知道（輓歌・一九七三）

我創作吾鄉印象系列時，未到三十歲的青春年華，卻在多篇詩作中，一再出現公墓／墳場的意象，探觸生命的最後歸宿，和我居家環境、與公墓為鄰，必然有密切關連。而這些詩句，不只是「宿命感」足以詮釋，應該還有更深層更多重的思索。

3

時代悄悄發展，社會環境悄悄變遷，吾鄉第三公墓的樣貌，也有了明顯的改變。一直以來，墓地使用，沿襲各自「看地理」、隨人「圈地」，沒有任何約束、限制。曾有一間水泥砌造的「小樓房」，占地約有一、二十坪吧，我們很喜歡跑到「樓上」玩耍。

大約一九七〇、八〇年代，發現這樣的方式顯然不公平，而且太雜亂、太浪費，最重要的是，喪家愈來愈一墓難找，尤其是好方位、好「風水」的墓地。為了因應、預防墓地不夠用的情況發生，行政部門擬定「墓地重劃」政策、統一規格，生前無論身分地位財富有多不同，死後一律平等。而且規定最高年限十年，家屬就必須來「撿金」，將遺骨存入「金斗甕」，安置厝骨塔內。

時代悄悄發展、社會環境悄悄變遷，人的觀念也在悄悄改變。觀念改變，行為跟著改變。

當行政部門擔心公墓墓地不夠用而重劃，每一個墳墓規格化，不許多占用，火葬觀念從都會蔓延到鄉村，逐漸被接受。就是說，向來視為理所當然的土葬，逐漸被直接送去火葬場火化所取代。

土葬率逐年下降。據最新統計，全台灣土葬率約只占一成。即使吾鄉這樣「保守」農鄉，火葬風氣已很普及，土葬也已不到三成。公墓空地愈來愈大片。

一九九九年秋季，母親過世，我和弟弟繼承家中二公頃田產，遠在美國的大哥和二位姊姊、二位妹妹放棄繼承權，弟弟的一半持分又轉售給我，我開始規劃陸陸續續種樹，希望種植一片樹園。

二〇〇一年，我已種了幾分地小樹苗，剛巧得知林務局正在推動平地造林政策，我適逢其時，積極蒐集資料，參加說明會，認真聽講提問，了解所有規定，冥冥之中天注定，我正符合毗鄰二公頃高門檻條件，趕緊響應，徵求弟弟同意，立刻去申請，卻遇到某些阻礙，公文往返無數，幾經波折，鍥而不捨，才得以通過，順遂實踐樹園夢想。

當初我向林務局申請的樹苗較多，輔導人員好意提醒我種植太密集了。其實，我早已有「預謀」，剛領來種植的樹苗還太幼小，不顯得太密，待培育幾年，小樹苗稍稍成樹，即可陸續送給有緣人，在我預期中，最想送的所在便是我的近鄰——溪州鄉第三公墓，我常半開玩笑說，我是在為自己做打算，因為我不久也會去那裡住，而整座公墓實在太熱了。

多年來我的樹園夢想，延伸到公墓，希望將公墓打造成森林墓園。尤其是眼見土葬率快速遞減，公墓空地不斷增加，管理員對付雜草叢生，唯一的「管理」方式，便是定時向鄉公所申請經費，雇工噴除草劑，更引發我的夢想要儘速實現。與其放任荒煙蔓草，一遍又一遍噴除草劑，何不趕緊規劃種樹，幾年之後，便可煥然一新，將荒涼甚且有些陰森之地，轉換成一片綠蔭盎然、鳥鳴啁啾、優美怡人、適宜休憩、徜徉的小森林。

二〇〇五年四月，我發表系列詩作「晚年冥想」，探索死亡，其中一首〈森林墓園〉，清楚表達我的想望。

種一棵樹，取代一座墳墓
植一片樹林，代替墳場
樹身周邊闢一小方花圃
亡者的骨灰依傍樹頭
埋葬或撒入花叢
送別的親友圍繞
合掌追思、默念、話別

不一定清明節日
想念的時陣
相招前來澆澆水
貼近樹身輕撫擁抱
也許可以聽見
亡者仍在身旁，諄諄叮嚀（森林墓園・二〇〇五・四）

4

我家二公頃樹園，堅持不噴農藥、不噴除草劑，純靠手工、割草機，人力管理花費不少，耗去我大半月退俸，沒有餘力再自己負擔移植工程的費用。

我一直在等待機會，找到願意贊助工程款的有心人士共襄盛舉，我便可以將自家樹園的台灣原生樹木，捐給鄉公所，那麼，森林墓園的願望，即可逐步實現。

更大的願望，也許可以拋磚引玉，蔚成風尚，推廣到各鄉鎮市。

二〇〇九年新任溪州鄉長黃盛祿是我親戚，我向他提出森林墓園的構想，我們的理念相合，他也很贊同，著手規劃，依實際需求，集中土葬區，其餘劃定為非葬區，舊墳到了規定年限，便勸導撿金，逐年減少，不增新墳。

機會終於來臨。

有位事業有成的鄉親鐘董（他堅持不欲人知，我只好如此稱呼），是我昔日學生，很巧的是，他兒子也是我教過的子弟，而且是我參與社會運動的年輕伙伴，父子二人和我特別有緣，這幾年有較多交往。

二〇一二年中秋，鄉親鐘董來我家聊天，鄉長也在，他提到回饋家鄉的心願，有不少想法。我趁機探問他有沒有意願贊助森林墓園，沒想到他很快就一口應允，承諾負擔整地、移植等所有工程費用。

他的態度十分積極，過了數日，便找來園藝工程公司老闆，約鄉長和我一起去公墓現場討論，劃定範圍，設計藍圖。

劍及履及，工程開始進行，完成整地，從我的樹園移來兩百多株烏心石種植。

烏心石，台灣原生闊葉一級木，樹幹通直挺拔，樹高可達二十到三十公尺，心材顏色深且堅硬，因此稱為烏心石，為貴重的建築及家具用材，曾是台灣非常普遍的上等木材來源，以往很多家庭廚房的砧板，即為烏心石木材。

烏心石，枝椏開展，滿樹綠葉蔥鬱，樹型優美，遮蔭性佳；而且主根向下紮得很深，不怕颱風搖憾，很適合炎熱及多颱風的台灣。

不只樹型美，遮蔭性佳，烏心石開花盛期，整株綠樹綴滿白色或略帶淡黃色的花，湊近鼻子嗅聞，芬芳香氣如玉蘭，只是淡得多，因而又有台灣含笑、台灣白蘭花、扁玉蘭等別名。

十年成樹、百年成材。移植到公墓種植的兩百多株烏心石，已有十多年樹齡，移植過程有些疏失，少數未存活，很心疼，但大部分已吐露新葉，望去已有不少綠意，可以預見二、三年後，即有一大片樹蔭，平日可供鄉親乘涼，清明時節遊子返鄉掃墓，免受炙陽之苦。

我總會想像，只要妥善照護，數十年之後，這裡將是一片何其珍貴的大樹園區。

烏心石小樹苗，一株只需幾十元，又很好培育，生命力旺盛，很容易種植，然而看遍台灣各地，卻很少見，反而隨處可見黑板樹，甚至台中市還以之為市樹，用泛濫來形容不為過。我無意也不該批評任何物種，但黑板樹花、有過敏原，鳥不棲息，樹枝脆而易折，樹幹不成材，樹根亂竄毀損路面、圍牆，聽說唯一長處就是長得快，很快見到「成果」，正符合台灣社會凡事求速成，只顧眼前，不顧及未來、短視近利的風尚。而今造成很多後遺症，必須花錢花工夫去處理。

相對而言，烏心石唯一被嫌的「缺點」，便是長得慢。然則種樹，本就該有前人種樹、後人乘涼的打算呀！烏心石，台語唸做黑心石，和黑板樹的黑同音同義。但此黑和彼黑，差別何其大。我經常深深感慨，如果當年種「黑板樹」的地方，多種「黑心石」，今天的環境景象，多麼不一樣。

其實，像烏心石這樣優良，樹型美、遮蔭性佳、芬芳香氣、上等材質、樹齡愈大價值愈高的台灣原生樹種很多，如我的樹園種植的樟樹、台灣櫸木、台灣肖楠、台灣毛柿，以及台灣土肉桂等等，我們台灣社會偏偏輕賤待之，任其消失，寧願大量引進不必然適合台灣的外來樹種。確實無比感慨啊！

適量的外來樹種不妨當做點綴，豐富生物多樣性，卻絕對不該喧賓奪主，完全取代、排擠、近乎消滅優良的台灣原生樹木！觀念引導行為，這到底是怎樣扭曲的生態觀、怎樣鄙薄本土的文化價值觀所造成的呢？

5

多年前曾經有人推動過公墓公園化，似乎沒多少進展。森林墓園的概念，和公墓公園化有很大差別。森林墓園單純以種樹、綠地為主，照顧成一片森林，無需亭台樓閣、假山噴泉、水泥建物等等，簡言之，無需什麼「建設」，當然無需多少工程款，只要整地、種植、苗木的費用，加上澆水系統、後續管理，依我們現有經驗的估算，一座公墓，少則數百萬元、至多不必超過一千萬元，便可為台灣環境、為台灣子弟，多留下一片綠蔭盎然的小森林，為減緩地球暖化，盡一點心意。

進而可以引領趨勢，推行樹葬，真正看得開，「亡者的骨灰依傍樹頭／埋葬或撒入花叢。」更無須為了留存一罈白骨、一撮骨灰，再占地增建高聳的納骨塔，引起抗議紛爭。

好友詩人廖永來，參與過環境保護運動；淡出政壇後，回歸文化關懷，偕友人來看我家樹園，我順便帶他們去公墓看看已經種植兩百株烏心石的園區，向他們解說森林墓園的願景。

廖永來曾經擔任台中縣縣長，熟悉行政程序，他說在他縣長任內，為了推行一鄉鎮一綠地，包括徵收土地，花費七、八億元。而公墓用地屬公所所有權，只需鄉鎮長同意、規劃，有心企業人士贊助，公墓森林化即可實踐，指日可待。

廖永來非常積極，多次和我連繫、提供意見，表示可以多找幾位志同道合的人士，成立「森林墓園推動委員會」，將這項構想和具體方案，推廣到各縣市各鄉鎮，他相信一定會獲得熱烈響應。

任何人的生活品質，都和整體社會環境息息相關，絕不可能置身其外。台灣擁有上億財富的企業人士多矣！其中未忘社會責任、想要做些有意義的回饋，可能不少吧。如果各鄉鎮出身的企業人士，返鄉「認養」一座公墓，應該理所當然而且不困難。

一向關注社會正義的導演鄭文堂，近日來吾鄉拍片，我也帶他去看這片森林墓園的雛形，他認為要說服那麼多民間財力來投入，畢竟很費時，如果行政部門願意做為政策，更容易全面性推動。回去宜蘭立即安排我去拜訪林聰賢縣長。

八月十日，鄭文堂引領我去宜蘭縣政府縣長室，由他開場，我再簡要說明森林墓園的意義、願景和具體方案。林聰賢縣長表示十分認同，只有一些小困難必須克服，明確指示在座農業處、公務處、民政處首長，盡快研擬周詳計劃，和各鄉鎮公所一起配合來進行。

我真的很感動，這是最實質的鼓舞。

前人種樹，後人乘涼；前人砍樹，後人遭殃。台灣社會在追求經濟發展的過程，等同於砍大樹的過程，不只將山林大樹、海邊防風林，幾乎砍伐怠盡，造成莫大禍害，連平原大樹也都不懂得保留。尤其有了冷氣機，大家依賴成性，愛樹惜樹的觀念，更是蕩然無存。

地球暖化現象愈來愈嚴重，亞熱帶台灣島嶼，年年夏季，暑熱之氣蒸騰，氣溫飆升，最需要廣闊的綠蔭來庇護呀！

我深切體認到，再多的譴責或怨嘆，都無濟於事，我無意再去追究原因，歸罪誰，廣義而言，我們這一輩的人都是共犯。我只期許自己、惕勵自己，有限的晚年，趕緊彌補、挽救，同時盡力呼籲大家，多為後代子孫著想，多積些功德。

附錄Ｉ　詩作〈森林墓園〉

種一棵樹，取代一座墳墓
植一片樹林，代替墳場
樹身周邊闢一小方花圃
亡者的骨灰依傍樹頭
埋葬或撒入花叢
送別的親友圍繞
合掌追思、默念、話別
不一定清明節日
想念的時陣

相招前來澆澆水
貼近樹身輕撫擁抱
也許可以聽見
亡者仍在身旁，諄諄叮嚀

別忘了欣賞好風景
當微風沙沙拂動枝葉
樹梢上，群鳥飛躍鳴唱
仿若相互打招呼

陽光星月殷勤相伴
樹與樹，聲息相通
像是亡者的記憶
相牽在地底
新枝嫩芽盡情綻放
各自印證修行成果

泊靠在每一棵樹下的魂魄
安息著仍然生長
無論去到了多遠
總會循著原來的路徑
回到親友的懷念裡

——（二〇〇五・四）

附錄11　從森林墓園到萬頃綠地

廖永來（作家、前台中縣縣長）

與吳晟相識超過四十年；歲月流逝，彷彿昨日。記得當時在《幼獅文藝》看到他的詩作，吳晟這個名字，跑進了腦海。知道他從學校畢業後就蝸居溪州鄉下教書。也沒透過任何關係就聯絡上他。請他來台中師專（現改台中教育大學）的文藝社演講。從此保持了持續的往來。之後，我從師專畢業、教書、參加社運，又偶然走上政治這條路。他依稀在我身邊關心，提供不少意見與協助。

尤其在競選公職時，他常從溪州雇車直驅台中，除了在政見會中以詩友身分推薦站台。往往夜深人靜還和我們開文宣會議，參與頗深，熱衷得令人感動。多年來，我將他視為亦師亦友。他剛好長我十二歲，生肖屬猴，不過他個性穩重，待人寬厚，有鄉下人的憨直，不似我個性搞怪。爾後我的政治路，起起伏伏，幾乎放棄文學與創作。吳晟卻仍堅持他的生活步調，創作不歇。系列佳作不斷推出，在詩壇獲得重視，奠定地位。

吳晟造林，已成溪州景點

近五年，台灣社會不斷變遷，對於政治漸覺搆不上邊，就順勢淡出政壇。可說是無事一身輕，閒雲野鶴到有點荒嬉。這段期間，吳晟的創作屢見報章雜誌，尤其是在《商業周刊》為反國光石化所寫的詩作，鏗鏘有力，振奮人心。從平面媒體到電子媒體，見他們一家人全都投入社運行列。三年前反國光石化，二年前反中科搶水，他看似孤單卻執著的身影，蟄居都會的我，只覺汗顏，內心不安，不時興起撥電給他加油打氣的念頭。反國光石化台北陳情時，我人剛好北上，就順路趕到環保署陳情現場，加入行列，在炙熱的豔陽下陪他聊天，感受久違的社運氛圍。望著他日漸佝僂的身影，除了敬佩，仍有幾分不捨。返家後，有感而發寫了首詩向他致敬。後來這首詩刊在《九彎十八拐》，可說我的一種贖罪心情吧。最近，他不斷激勵我，在最後的黃金歲月，要再提起精神做些有意義的事。我也深覺年歲漸長，不能再虛擲光陰。

尤其在看過他最近推動公墓造林，深受啟發。吳晟十幾年前開始的平地種樹，樹木經過歲月的拉拔，已蔚然成林，形成溪州的一個景點；很多朋友，特別是寫作的同好，南來北往，參觀人次絡繹不絕。吳晟除不厭其煩地接待他們，當然也不忘，將此發揮在運動上。我以為他的兩大成就：之一是把一些文友，引導到關懷環境的議題來，反國光石化之所以成功，文友之不分地域黨派的投入，是很大的力道。之二，藉此在運動中讓一些年輕人找到學習的場域。時日久遠，在他身邊留下一群農村工作的青年。我認為，這是社運當中，非常豐碩的收穫。吳晟有機會就常提起：他老了，他要把握智力和體力都許可時，多寫些東西，多做些事情。除了創作，森林墓園是他一項新的工作，新的運動。

我們共同來做一件令人感動的事

按吳晟的說法：森林墓園起念甚早，正好找到他家居附近的場域，可以落實。我特地冒暑去看他的初步成績，覺得震撼。吳晟的構想是把公墓集中安葬，留出空地造林，形成森林公園。在台灣綠化普遍缺乏，環境日益惡化當中，經濟發展仍然滿街叫響，環境保護有時被打成阻礙經濟發展的絆腳石。許多地方首長以建設為口號，殊不知是在當環境破壞、生態毀損的劊子手，幾乎很少在經濟發展建設進行時，把生態列入思考，更遑論重視。

這當中，吳晟已警覺到，他更進一步說：「在反國光石化及護水後，這將是一個新的方向。」和他閒聊中，也常對台灣的政黨期勉有加。我們共同結語：「政黨鮮少做出令人感動也令自己感動的事。」我們的認知一拍即合，我興奮地告訴吳晟：「我們共同來做一件令人感動的事。」我陸續提供意見，和他交換心得。其實他大抵胸有成竹，我不過敲敲邊鼓。這期間，我亦不時回想吳晟兄講過的話，要趁還可寫、還可做，趕緊寫、趕緊做。我從政治領域退下，多方摸索，有幾件投資，幾近全軍覆沒，心覺隔行如隔山，做生意絕不是我的強項。先前在政治上，亦扮演消費者的角色，而今，選擇的路，應先考量對社會有無幫助，否則縱使賺進大把鈔票，也心感不安，有何意義？

不必限於公墓造林

吳晟兄所推動的公墓森林化，與我縣長任內所推動的百頃綠地，有異曲同工之處。然而，當時光是為徵收土地所花費用，動輒數億，吳晟兄所構想的公墓森林，不論在財政行政上，都頗為可行，其實可大力推廣迅速獲致成功。我雖這麼想，但最近在報紙上吳念真、小野卻因紙風車巡迴公演事宜，碰了不少鄉鎮公所的壁。所以為避免類似情況發生，我跟吳晟建議，開始不必計劃太大，也不必捨近求遠，選擇可以做，可以配合的先動。

台灣歷經民主洗禮，社區自覺的過程，間接也促成一些地方首長肯聽進民間聲音。他們亦想力求表現，期待留下政績。所以應先遊說由少數地方推動起。不過我對於公墓森林化倒有兩項具體建議：一、不必限於公墓造林，其實若有公地或廢地亦可推廣。二、應成立一個專責常設的推動委員會。腦海中閃過多年前，黃武雄、徐仁修……等人推動的「千里步道」，遂有「萬頃造林」的念頭。所以，就把這個從墓園開始，不僅止於墓園的造林運動，成立一個推動委員會，結合熱心人士、企業家、學者共同來進行。在台灣進行種樹的推廣，一天、一年……在台灣種下萬頃以上的樹，而且都如吳晟所期許的原生種，烏心石、山毛櫸、土肉桂、肖楠……這是理念，需要落實，需要有人參與。起了頭，慢慢才能有成績。

想到一棵棵台灣原生種的樹木，在台灣的城市、鄉村勇敢而驕傲地矗立，我內心充滿而實在。隨著和吳晟往來，聽著他的計劃，感覺到充滿生命力，內心澎湃洶湧。對我而言，在吳晟的引領下，重新找到新的運動方向——完成公墓造林，為每個鄉鎮多出一片綠地；進而推廣萬頃造林，我們要為台灣營造出一片片綠地。

這個運動，即將開始，也充滿期待。

13 見證——太平山馬告國家公園

1

林務局導覽員帶我們漫步太平山名為神木園區的步道。一棵樹的生命形成能長到數百春秋乃至千載年輪以上，必然歷經難以估算的寒風暴雨、天災地變，當然值得敬稱為神木。然而這裡所謂的神木園區，總計只有約六十餘株，四百歲以上的台灣原生樹種，扁柏、紅檜，合稱為檜木林，四散分布在遼闊的山林間。其中有五十一棵，粗估其年歲，以年歲相仿的中國歷史人物命名；另有十一株未命名。

偶爾佇立在每一株神木前，各有特殊樣貌和神韻，匆匆仰望，無暇細賞，已無比震撼。導覽員熱心解說，教大家認識路旁某些花草植物，教大家分辨紅檜與扁柏的差異，更津津樂道每棵樹的命名故事，不時穿插符合通俗大眾的幽默和勵志小品。這座森林的生態史，卻略而不提。

我的腦海中不斷湧現詩人喬伊斯．克爾謨（Joyce Kilmer）的有名詩句：「詩是像我這種呆子做的，但祇有上帝能造一棵樹。」詩人都不敢冒犯，是誰為這些「神木」冠上人名？

既然稱之為神木，怎樣的人名配得上？既然是台灣原生特有種，何需冠上沒什麼淵源、沒什麼意義連結的中國歷史人物之名？未免牽強。早年林務局專家，移植外來文化，附會土生土長的這些生命體，顯現這些林官對在地文化的輕忽漠視。其實每種原生物種，自有其在地情感、生態歷史的動人故事。

我的心思在山林間飄蕩，搜巡數萬公頃的廣大原始林，為何只有這六十多株巨樹呢？想必是當年伐木年代，不起眼的二等樹、或是做為繩柱工具樹，上天保庇，才逃過數度大劫難，苟存下來。留下做見證，已經是我們忍不住讚嘆景仰的神木了，可以想見在殺伐年代之前，台灣山林宏偉壯闊的景象，真不是現代人憑空可以想像得到的。

我一再揣想，這些倖存的大樹，如何忍受殺伐之聲，不絕於耳，縈繞驚惶的夢魂，因劇痛而顫慄；如何眼睜睜看著周邊同伴，一株又一株高聳參天、偉岸矗立的身軀，在眼前轟然倒下，數百圈數千圈年輪汩汩流下哀痛白血，必須承受多大的煎熬才存活下來。

2

小小台灣島嶼，位處環太平洋沿岸，沐浴在洋流豐沛雲氣當中，來自海上的濕潤氣流，孕育了蓊鬱蒼蒼的福爾摩沙。倘若從高空俯瞰，追溯台灣的原生風貌，必然是一個森林島。

重重疊疊的山林，是上蒼給台灣的最大恩賜，群樹孕育了多樣物種，多樣生物群聚，彼此相互依存，形成獨特的生態系統，為當地生活的原生住民建構出豐饒的生活獵場，供養世世代代的族裔。

宜蘭太平山，如同台灣島嶼多處中高海拔的山林，是原生針闊葉混合林，也是最大的降雨帶，因氣候潮濕，雲霧繚繞，被稱為「霧林帶」，歷經千萬年，造就了綿延十數萬公頃鬱鬱蒼蒼的山林，孕育了千千萬萬株，以台灣扁柏和紅檜為主的檜木林，都是台灣特有的長壽常綠喬木，占全世界七種檜木屬中的二種，可稱為「檜木的故鄉」而無愧。更神奇的是，海拔每升高一百公尺，氣候約降低攝氏一度，如此冷暖空氣交匯，造就了檜木特別芳香。

然而懷香其罪呀！太平山，和其他連綿的森林區一樣，曾經是原住民泰雅族溪頭群與南澳群居住之所在。在原生居民的眼裡，所有環繞身旁、廣闊的巨木群，都是大地身軀的一部分，它們似乎與天地同時出世、和祖靈一般，千年來滋養獵物、庇蔭生存，誰也不曾動念，覬覦這些巨木的外在附加價值。

斧鋸的入侵，是緣於「現代文明」的經濟價值觀，將天然林視之為「林業」，將山林待之為「林場」。一九〇六年，日本警察進行番地巡邏時，驚詫於太平山林業資源的豐富，日本總督府派出林業調查技師，調查之後的回報書這樣說：「宜蘭濁水溪（今蘭陽溪）兩岸堪稱本島森林資源的精華所在，極富開採價值。為增加國力，該流域之開發是刻不容緩的急務。」好一句「為增加國力」，殖民政權便動了開採的貪念。畢竟如台灣島嶼，擁有如此壯觀的蒼蒼莽林，每一株巨木都是太平洋霧林水氣、雨露滋潤、蒸騰孕育成長的千年好材，材質緊密，散發出迷人的香氣，是世界稀有的奇觀。

礙於泰雅族人強悍護守山林的意志，總督府直到一九一五年，強力彌平北台灣原住民的抗爭，所謂「理番事業」完成，原住民被迫歸順日本之後，太平山的伐林事業才大肆展開。當年伐木事業從阿里山開始、到八仙山、太平山，為台灣三大林場；殺伐高山巨木群的慘烈悲歌，在台灣全面開啟。

日本的工程師，以精湛的技術排除障礙、開闢林道、接著建構森林鐵道，曲折蜿蜒的林路，從低海拔往高海拔深入再深入，直搗山林的心臟地帶原始霧林區。與土地同時出世，歷經千年雨露滋養的參天巨樹，一株接一株轟然倒下。薄殼紅檜、厚殼扁柏，世界上獨一無二的珍貴木材，送入工廠裁切、火車運送出山、貨輪運送出國，成為異鄉皇宮、豪宅的建築梁柱、珍稀家具，流落四方，終至難尋蹤影。目前，在日本東京明治神宮參道前的鳥居，就是用台灣扁柏打造而成，歷經將近百年的歲月淘洗，台灣扁柏的優美材質、堅挺身姿，依然風華絕代。

許多台灣子弟，來自教育、來自官方網頁的歷史「記憶」，大約「停格」於此，簡化為「日本人來了，把我們的樹木砍光光」。事實上，更大的劫難緊接而來。

日本殖民政府儘管刨竊台灣珍寶，據為己有，但緣於大和民族敬畏山林的文化傳統，以及日治時期的伐林事業，都以手工操作，選擇性間隔砍伐，刻意留下部分母株，以維持山林的永續生息。直到一九四五年二戰終止、日本人撤退離開台灣時，太平山的森林資源依然相當豐厚。

一個殖民時代結束了，渡海而來接收的國民政府，對待台灣山林的粗暴蠻橫，竟然更變本加厲。一九四六年，國民政府不只迅即接收既有林道，更扶植本土伐木大商，大肆開鑿新林道，廣設木材加工場，引進電動鏈鋸，鋼齒霍霍，貫穿阿里山、八仙山、太平山、大雪山、巒大山、丹大山……，效率大大提高，全面殺伐，連幼齡樹也不放過。原木切割成建築材、家具規格材、邊皮材、剩餘材送入削片廠打成紙漿用木，運送台中港、高雄港，外銷國外。

短短二、三十年間，山林在自家人手上被砍伐販售的木材量，遠比整個日治時期還高，千萬年孕育的自然資源，經不起數十年的強取豪奪，幾乎殺伐殆盡。

3

一九七〇年代，台灣島嶼珍貴的原始林，可開發的生產量，已所剩無幾，蓬勃的林業，逐漸式微，進入尾聲。林務單位仍不放過，繼續砍伐，繼續開放標售給「林業公司」；山老鼠更是橫行猖獗，不知是誰在縱容？在勾結？或是無能力取締？

不過，林務單位總算有所警覺，開始贖罪彌補，進行計劃性人工造林，穩定地質、修復植被，防止崩塌地擴大。

宜蘭太平山，海拔一千八至二千五百公尺上下，氣溫冷涼、雨水充足、雲霧繚繞，自然生機始終豐沛，曾經執掌山林殺伐的林務局，逐漸轉型森林保育工作。

太平山人工造林以香杉、紅檜、扁柏、台灣杉、台灣二葉松等台灣原生樹種為主。

還有少數幸而躲過浩劫的母樹，天然下種、擴張族群，適應環境最佳基因存活下來，和人工栽種樹苗共生共存。

原生樹種，是最適應當地生長環境的氣候、溫度、濕度、土壤……。缺憾的是，當年造林，還是沒有擺脫「利用價值」的思維，為了快速成長，種植了不少如日本柳杉的外來樹種。

一九八二年，無樹可砍伐，中止伐木作業，朝向森林遊樂區去經營。

一九八九年，太平山林場，轉型國家森林遊樂區，正式開放，林務局迎接遊客，推廣生態教育，提供一處讓人們遊憩、舒散身心、警惕未來的自然教室。

從茂密原始林，安靜祥和，到殺伐之聲盈野的林場，到人群雜沓的遊樂園區，歷史的宿命真不知如何解說。

如今我們所見山林，是非常非常年幼的次生林。大致分為三層，上層為人工林、中層為雜木林，底層則為植被，林相還算完整的生態系，處處可見大樹提供樹蔭、蔭護苔蘚、苔蘚吸水保溼；高山杜鵑與檜木、檜木種子神奇地落在鐵杉身軀發芽成長，共生共存的景象。

偶爾聽聞「疏伐理論」在林務單位中散播，大意是說，人工造林太密集，影響生長，必須有計劃性地定時砍伐，一則不致浪費可以利用的資源；二則才能有足夠空間，長成大樹。

這理論似乎有道理，然而又是落入「林業」觀念在作祟。

千年，不過是億萬年島嶼生命史，匆匆一瞬，千年萬年森林，從來都是自然孕育而生，若非人為的入侵，何曾需要什麼「管理」？古老年代，大地上何處不是林深悠悠、鹿鳴呦呦，先民與大自然共處的生活場景。

孕育一株百年千年大樹，每一圈年輪的形成，日日月月汲取天地精華、雨露滋潤。而砍伐一株大樹，不過是數十秒、數十分鐘之間。而今才短短數十年的次生林，最需要的是休養生息，森林世界自有其生存法則，而且檜木係淺根性，根系張開擴大，相牽相引，相扶相持，固著力更強。一旦動念人為入侵，「疏伐」合理化，止不住貪念橫行，必將又是一場大劫難。

我們的生活，早已被所謂的「文明」所馴化，山林已經不是隨處可遇的鄰居了。儘管內心經常湧動著親近自然的深切渴望，但是想擺脫俗務、遠離塵囂，來一趟親山近水的心靈之旅，已經不是容易的事了。笨拙軀體，得依賴便捷交通工具，才能接近山林。而開山、開路、驅車深入正在休養生息的山林，卻是一種壓迫行為，文明化的森林遊憩活動，如何在兩者之間取得平衡，面對大化之美、面對宏大的自然力，更需要遊客們懷抱敬畏與謙卑的心。

註一：感謝主辦單位《聯合文學》雜誌社、宜蘭縣政府文化局，安排這趟「太平山之旅」，細心周到。

註二：感謝王俊榮、賴佰書二位年輕解說員。

14 敲掉水泥迷思

1

一九五〇年，國民政府扶植辜氏家族創立台灣第一家水泥公司、也是第一家上市公司「台灣水泥」，做為推動經濟發展的起點。

隨著所謂的工商起飛，水泥業快速興盛，在政府的優惠鼓勵下，大規模的水泥工業陸續誕生，「亞洲水泥」、「幸福水泥」、「嘉新水泥」、「環球水泥」、「信大水泥」、「東南水泥」……。

小小台灣島嶼，從西岸到東岸，遍布那麼多家水泥工廠，水泥原料哪裡來？無非是開挖山頭，最有名的例子是高雄楠梓半屏山。

依據林務局最新資料，目前全台灣國有林地低價出租供礦業使用面積，有六百多公頃，大多數採礦是做為水泥、砂石原料，其中一百多公頃還是「森林法」明訂嚴格限制開發的水源保安林。

那麼多家水泥工廠，長年來肆無忌憚刨開山脈、挖走土石，鑄成水泥，源源不斷大量生產，主導台灣社會的建設工程，鋪道路、蓋樓房、砌圍牆、建水壩、築河堤、擋土牆、消波塊……。

水泥工程強勢的排擠效應下，「好籬笆造成好鄰家」的綠籬不見了；山林田野的河川，石塊纍纍，取之不盡，卻棄而不用，就地取材、生態工法的石砌駁坎、石砌河堤不見了，被高聳垂直的U形水泥牆壁取代，河流生機盡失；如綠圍巾溫暖呵護海岸的防風林也消失了……。

台灣是全世界最愛用水泥的國家。依據統計，每年平均消耗水泥量，是全世界平均的五、六倍，居世界第一。從城市到鄉村、從山巔到海濱，水泥無所不能、無所不入侵，成就了今日台灣水泥堡的景象。

怎樣的政府，就會教化出怎樣的人民；怎樣的人民，就會容許怎樣的政府，二者相生相成。在開發主義經濟思維，彷如符咒般控制下，我們的行政官僚、各級民代，都熱衷「建設」，竭盡所能，「爭取」經費；建設，則無異等同於水泥代名詞。

2

觀察一甲子以來，台灣社會工商發展的歷程，大約等同於砍樹鋪水泥（或柏油）的歷程。

台灣島嶼博得福爾摩莎的美麗讚嘆，主要來自鬱鬱蒼蒼的山林。然而從日本時代，即有計劃性砍伐檜木、杉木等珍貴原生種千年大樹；國民政府來台，一九五〇年到一九七〇年間，更是台灣森林大浩劫年代。林務局主要業務，就是配合合法伐木權的林業公司，修築林道，深入中央山脈，貫通阿里山林場、太平山林場、大雪山林場……，斧鋸遍及台灣島各大原始林區。

林務單位有人稱為伐木局，和民間財團聯手，捲起全面殺伐台灣山林的狂潮，短短二十年間，千年萬年原始林，幾乎砍伐怠盡。彷如世界匪類的敗家子，將祖先遺留下來、龐大的自然資產，一夕之間敗得精光。

揣想當年一輛緊接一輛大型運材車，在各大山區林道，不絕如縷，來來往往奔馳的景象，怎不令人痛心疾首。

直到現今，山林大樹已所剩無幾，假藉清除枯木等名義，行盜伐之實的事件，還在發生；所謂的山老鼠，更是一直橫行無忌，在我搜集的剪報中，各式各樣偷盜行徑，絕不少於數百件。何況捉得到的，往往只是少數。每一件報導，都令我無比痛心，是什麼樣的社會背景，縱容盜採盜伐如此囂張猖獗？每一棵大樹，都是多麼多麼珍貴的生命呀！

不只砍樹，更不可饒恕的是，連根拔起，挖走樹頭不存留。我每次看到電視上，誰家客廳以樹頭當茶几的畫面，或許有人覺得很氣派，我總會深感難過、痛惡。據我所知，大都是從山區盜挖而來。

我常以千手觀音比喻一棵大樹。不但可以遮擋烈陽、垂下蔭涼、化解暑熱，每逢滂沱雨水，上有千枝萬葉可以承接，緩緩、緩緩滴落，避免直接沖刷地表，土壤有時間緩緩吸收；下有樹頭盤根錯節，牢牢捉住土石，不至於被沖走、流失。這才是最根本的水土保持。

每砍一棵山林大樹，就喪失一份水土保持的屏障，何況是全面殺伐，又將樹頭挖走，豈能不帶來大災禍？

緊接而來的禍源是，山林沒有大樹留住雨水，非但不知休養生息，反而大興土木，放縱水泥工程急急趕上山，建水庫、築水壩、攔沙壩、緊縮河道築堤岸、開闢道路砌擋土牆……。

還有一件又一件所謂的ＢＯＴ開發案，不知如何招標而成，有什麼資格，大剌剌上山，砍樹毀地，設遊樂區、蓋大飯店、鋪大型水泥停車場……。

當年一輛一輛運材車，換上一輛一輛工程車，在各個山區呼嘯奔馳。台灣島嶼地質原本就脆弱，地震頻傳，容易鬆動，既失去樹頭抓住土石，涵養水源，更那堪承受工程開發再開發、開挖再開挖，每逢豪雨，必然溪水暴漲、土石流必然處處氾濫，輕者毀橋梁，封道路；重者掩埋村落。

我們的行政官僚、地方民代，乃至全民的思維，沒有耐性從長遠的山林保育去扎根，從蓄水取代擋水、從留住雨水取代快速排水，去用心規劃，反而只求快速成效，年復一年，編列億來億去的「治水」預算，水泥工程轟隆隆不停歇。然而根本基礎不去顧，自然環境不維護，再多經費再多水泥，也阻擋不了土石崩塌，也治不了水患……。

3

二〇〇〇年二月，我從任教了三十年的家鄉國中退休，演講、評審、大學兼課等等文學活動的邀約，愈來愈多。而我偏居鄉間，交通不便，況且至今尚未學開車，每趟出門，總需依賴大眾交通運輸，以火車為主。

我走過不少台鐵沿線的城市。最直接最深刻的感觸是，火車站前的街道、廣場，大概每隔一段時日（短則四、五年，多則一、二十年）就會重新設計、重新建設，而不論怎樣改變，幾乎都被水泥牢牢封鎖，新植栽的少許樹木、盆栽，都還幼小，很少見到數十年以上年歲的粗壯大樹。

我記得以往的火車站，範圍擴及日式員工宿舍區，留下許多大樹，綠蔭盎然，而今大都消失無蹤；就像日本時代留下來的全台四十多所糖廠園區，多少珍貴大樹和房舍，連同歷史記憶，被連根鏟除，快速被「開發」掉了。

每個城市的每條街道，大都亦復如是，甚且更嚴重，幾乎凡有空地，一概鋪上水泥，多方便、多省事。每逢雨水嘩嘩而下，沒有土壤吸收，只能悉數傾入道路兩旁排水溝，而排水溝上的少數水溝蓋、少數細孔，一旦下豪雨，瞬間雨量太大，如何排得了？何況排水溝經常多年未清除而淤塞。

每座城鎮水泥牢牢封鎖，絕少綠地綠蔭，更遑論什麼大樹。炎炎夏季，愈拉愈長，每座城鎮水泥地，熱氣蒸騰，只能依賴冷氣機轟轟作響，排放出來的熱氣又回流給水泥街道，混合呼嘯而過的機車、汽車排放出來的廢煙廢氣，形成惡性循環。

很多鄉親去外國旅遊，最稱道的莫過於城市街道的綠蔭帶，像日本、新加坡、馬來西亞、歐美許多有歷史傳統的大樹，保存得很好。他山之石，可以攻錯，既然羨慕，何不學習？

4

砍樹風潮從大山迅速蔓延到平原到海邊，連鄉間也趕上流行，以開發之名、以建設之名，乃至遮擋店面、路面、落葉招惹麻煩等等理由，便可以理直氣壯砍除，以往童年的大樹，幾乎無一倖免，取而代之的是水泥地。

直到如今，輕率砍樹、鋪水泥的行徑仍很普遍，我確實很難理解，台灣人的水泥崇拜症，怎麼會迷思到這等地步，將基本的自然觀、生態觀，擠壓得蕩然無存；台灣社會怎麼演變到非但不知愛樹惜樹，反而如此輕賤樹木？

最奇特最莫明其妙、匪夷所思的景觀，無論是新栽植的路樹、或少數店家門前還倖存的路樹，樹頭周邊，一律被水泥緊緊圈住，植穴很小，少有空隙，還有竟然砌上石磚當裝飾，重重壓制得氣息奄奄，可以想見「不死也只剩半條命」，必然活不久的命運。

我們經常聽聞，某些社區碩果僅存的大樹，慢慢枯萎終而死亡，究其原因，大都是周邊地面鋪水泥廣場，甚且特意做花台圈起來「保護」，土壤和樹根，根本難以吸收水分，也不能呼吸。

台灣社會水泥崇拜，無盡氾濫，流風所及，不只橫掃大街小巷，企業公司、工廠、行政機關、佛院寺廟，處處是大片水泥地，少有綠地綠樹，連負責自然教育、教導學子愛護自然環境的教育機構，也不能倖免。

這股風潮侵入校園，大約興起於一九八〇年代左右，自用汽車開始普及，於是各級學校紛紛流行砍樹、鋪水泥、蓋車棚保護愛車，成為必要的建設。繼續延伸毀綠地，鋪水泥地走道、車道、廣場，乃至不惜緊緊包住已有數十載年歲的大樹樹頭。可惜言者諄諄、聽者渺渺。

這一、二十年，我去過很多學校演講，每當看到這種景象，我都會忍不住委婉建議校方，最好保留大片綠地，或是類似安全島的綠色廊道概念，至少要敲掉樹頭周邊數公尺水泥，讓樹根透透氣，留住些微生機。不少公園大樹，因很多民眾在樹下活動，經年累月不斷踩踏，導致寸草不生，土壤愈踩愈硬，終而過度硬化，變成我們鄉間所稱的「死土」，根部難以吸收水分和氧氣，輕者營養不良，一付病容，重者罹病死亡。更何況哪堪水泥全面封鎖？

事實證明，很多校園大樹，一旦水泥圈住，不出幾年，往往逐漸枯死。然而至今大多數學校首長、各級行政首長，還是不願意接受知識建言，主動去面對、去檢討、去改進，斷然敲掉水泥迷思。

5

我無意完全否定水泥的「貢獻」，然而水泥崇拜過度氾濫，對生態環境的迫害，確實不勝枚舉，我多次向人講述，大都獲得認同，只是某些價值觀一旦形成風氣潮流，花多倍力氣去說服，也難以扭轉；人的行為又很容易被習性、或說惰性所制約，一直因循難以改變。

每當我們檢討工業發展帶來的弊端時，最常聽到的一種聲音是：有什麼用？已經回不去了，不可能回得去了。

實在說，我總是很不以為然，很生氣、很難過。理性上，我不否認這項殘酷的事實。但我寧願堅持，不信美好環境喚不回。

既然確知錯誤，為什麼不願認真面對、多花心思去改正？是覺悟得還不夠徹底，沒有迫在眉睫的禍害危機感，因循拖延的心態作崇罷了。

很多事繫於一念之間。其實我們可以有很多作為。如果真正打破水泥迷思，可以做的事很多呀！可以去敲掉許許多多沒有必要、根本不該有的水泥設施，敲掉樹木周邊的水泥、敲掉大部分廣場、停車場，重新設計；敲掉河川水泥堤岸、敲掉U形水泥河床，讓土地活化、河川恢復生機……。至少至少，不應該再繼續氾濫、放任惡化下去呀！

從民間到政府部門，真的可以做很多事，小至許多社區的空地雜草叢生、形成環境的髒亂死角，可以種樹活化，千萬不要為了省事圖「乾淨」而鋪上水泥。大至國土永續與管制開發規劃的「國土復育條例」、「國土計劃法」，已擱置在立法院冰凍庫，長達一、二十年，應該趕緊見到陽光、研擬妥切、付諸實施。

聽聞九月間內政部修訂「全國區域計劃草案」，將取代「國土計劃法」，其中諸多法案，如「水庫集水區開發」大鬆綁等等，有甚多、甚深疑慮，如果貿然草率通過，必將更加速國土的殘破。

與其感嘆台灣自然環境破壞愈來愈嚴重，與其憂心極端氣候、地球暖化現象，愈來愈明顯，與其「看見台灣」的殘破而悲傷流淚，為什麼不轉化為行動能量。敲掉水泥迷思，多留綠地，多愛樹、種樹、護樹，是真心真意愛護台灣，具體可行的積極作為。

附記：本文為二〇一四年二月二十二日，「中華民國景觀學會」舉辦「二〇一四景觀學會二十周年年會」，「深耕台灣 看見景觀」專題演講修訂稿。（「千里步道協會」執行長周聖心推荐）

附錄－從廣告到實踐

直到二〇〇九年九月，我升格為「敬老票」族群，享有半價優惠，才敢奢侈去搭高鐵。我必須先到田中火車站搭區間車到台中烏日高鐵站。

初到烏日高鐵站，震懾於豪華大氣派的大廳，四處遊走，逛逛看看，忽然看到一幅大型廣告，佇立很久，深受感動。

這幅廣告主要畫面是一棵老樹。文字說明如下：

有心，把事情做得更好，時速三百公里的高鐵遇見三百歲的老樹，高鐵不但自動改道讓路給老樹，還請樹醫幫老樹治病，如今老樹洋溢生機，與高鐵共存共榮，創造全新的人文風景。

讓路護樹只是開始，多年來高鐵長期支持珍・古德協會，一同持續用心守護生態環境。

這樣的用心，多麼令人感動呀！

我也看過多家企業、工商團體，類似如何愛護樹木的宣傳廣告。例如：「一部車、種一棵樹」……然而，從廣告到實踐，似乎有不少距離。原初的感動，與事實景況對照，逐漸轉化為重重疑惑。「護住一棵老樹」或「買一部車、種一棵樹」等等「一車一樹」廣告，固然溫馨感人，同等重要的是，護住更多綠地，才不會辜負那麼大片的良田；同時要善加照顧更多小樹，長成大樹，留給下一代，才有大樹（老樹）可愛護，才不會愧對興建過程，鏟除了無以數計的樹木。

最近一期高鐵雜誌的主題是「看見台灣，疼惜土地」。再次掀起原初看見「讓路給老樹」廣告的感動。深切期盼更多人士，多用心，真正體會，少鋪水泥、多留綠地多種樹，真正發揮珍．古德（Jane Goodall）維護生態環境的精神。

附錄II 讓土地呼吸——多留綠地、多種樹

1

我任教三十年以至退休的溪州國中，校園最獨特、最受稱讚、喜愛的，是辦公大樓前面，那一大片碧綠如茵、寬濶的大草坪，及大草坪二側各一排綠意盎然、濃蔭密布的大樟樹。整體格局開朗清幽；漫步其中，總會讓人興起舒適怡悅之感。

我總以身為溪州國中一分子為榮；而這份榮耀感，具體投射在這片美麗的校園。有美的環境，才有美麗的故事呢？還是有美麗的心靈，才能造就美麗的環境？應該是二者相輔相成、相得益彰吧！

這樣美麗的校園，並非一朝一夕營造而成，而是歷經多任校長用心規劃，一屆又一屆全校師生共同參與、逐年改善，才有今日人人稱道的風貌。

溪州國中主體建物，基本上很「單純」，即校門口正面、一排二層樓辦公大樓，及左右二側各一排

二、三層樓教室大樓，形成大型三合院式的空地廣場，就是這片大草坪。

這片大草坪，不是原初建校時的設計，而是有其演變故事，但很少人知悉其由來，或有興趣探問。我知之甚詳，感受甚深。

一九六九年七月，我服完一年「預備軍官訓練」期滿，返回屏東農專重修，半工半讀，一九七一年二月修滿學分，很幸運地，在溪州公路局候車亭準備搭車北上工作，巧遇高中時期一位國文老師任世公，我向他打招呼，一起上車併坐，他還記得我這位愛寫詩的學生，印象良好，得知我剛從農專「畢業」，邀我返鄉任教。原來他已擔任多年溪州國中校長。交待人事室發給我聘書之後沒幾日，他即遠調他校。

繼任的賀玉琴校長，到任不久，很快察覺到一項嚴重干擾教學的設施。直接說，現今這片大草坪，原先是水泥地運動場，含籃球場。每天都有好幾堂體育課，數班合上，乒乒乓乓打球聲、叫喊聲，可想而知，必然大大「吸引」課堂內學子分心，大大影響教學品質。

怎麼辦？賀玉琴校長和家長會密切商量，一致共識，只有另覓運動場。

溪州國中四合院形校區，大門口設在西面，鄰大馬路，北面緊鄰溪州鄉農會；東、南二面則是廣濶的台糖甘蔗地，有發展空間可以爭取。

這時的家長會長，是溪州街上德高望重的中醫師林昆倫，是我父親地方上的伙伴，也是我們家人常問診的家庭醫師。

我多次見到賀校長到診所找林會長，或林會長約幾位家長會委員到校長室共同商討，一起奔走，去找有力人士出面、去台糖公司協調。

歷經二、三年不辭辛勞地奔波、鍥而不捨地爭取，台糖公司終於將連接校園、東邊那片甘蔗園，約二公頃，劃歸給溪州國中做為運動場。

校園運動場普遍稱為大操場，亦即「草場」的意思。整地、規劃跑道、設置籃球場之外，最重要的是，種草、種樹。

全校師生總動員。大部分是利用體育課或自修課時間，老師帶著班上的學生，整地、搬草皮、種草皮、灑水；每天早自習，也有各班值日生，拉起水管、提著水桶，來來往往，為草皮澆水。

我當然不落人後，直接勞動。每天看著這些勤快的勞動身影，青翠大操場的景象逐漸開展，深受感動，充滿希望與喜悅，逐漸醞釀而成〈草坪〉這首詩。

一首詩的創作根源，尤其是寫實的作品，往往和時代背景有密切連結。

那麼，創作〈草坪〉這首詩作，關乎什麼時代背景呢？

2

〈草坪〉這首詩作，發表於一九七九年十二月號《台灣文藝》。首段：

深秋了
秋得很深很深了
終於不能抗拒謠傳和恐懼的落葉
都在竊竊讚嘆
遙遠的異國
隨處是宜於閒步的草坪哪
秋風般吹起的讚嘆中
紛紛傳遞無限嚮往的訊息
紛紛和自己的祖先說再見
不願將眼光
稍稍注視自己的國土

是怎樣的「謠傳」和「恐懼」，紛紛傳遞對異國的無限嚮往，不願注視自己的國土？

必須簡略回顧，激發我創作這首詩作的一九七〇年代的台灣時局。

一九四九年中國國民黨從中國大陸全面撤退到台灣，接收日本統治權，將台灣當做反攻大陸的跳板，反共最高國策，實施戒嚴專制。在我求學階段，從小學到大專畢業，亦即一九五〇到一九七〇年，整整二十年間，正是「一切為反共」的年代。反攻大陸的標語隨處可見，反共歌曲隨處唱，反共文學充斥文壇，乃至全校師生都得觀賞「愛國」電影，「在英明的領袖 蔣總統領導之下，消滅萬惡共匪，解救大陸苦難同胞」，幾乎是作文、演講比賽一致的「結論」。

然而，在「仇匪」、「恨匪」的教育彌天蓋地、壓迫之下，「恐共症」同時在暗中滋長、傳染，很多上層人士、有能力的人，一面正義凜然倡導反攻「舊大陸」（中國），其實背地裡偷偷嚮往「新大陸」（如美國、加拿大……），想盡辦法為自己、為子女、為親人，拿綠卡、楓葉卡，辦理移民手續。

站在上位，享榮華富貴，帶頭呼口號，但打從心底根本不相信自己呼的口號，根本對台灣沒有信心。

七〇年代，國際形勢（台灣局勢）大變化，移民風潮更是迅速蔓延。

一九七一年十月二十五日，聯合國的「中國」代表權，由「中華人民共和國」所取代，「中華民國」政府堅持「漢賊不兩立」的立場，「憤而退出聯合國」。從此，世界各國陸續宣布和中國建交（和台灣斷交），斷交新聞應接不暇，一波未平一波又起，外交部形同「斷交部」，將台灣逐步推向「國際孤兒」的處境。到一九七九年「中美斷交」（其實是中美建交，台美斷交），並廢除共同防禦條約，斷交風暴達到最高潮，移民風潮也達到最高潮。

正是這樣風雨飄搖的時代背景下，我寫了一系列組詩「患直書簡」及多篇「向孩子說」，集中發表於一九七〇年代末，主題明確，多重思辨、探索移民風潮的社會衝擊。更重要的是，傳達「自己家鄉自己愛護」的堅定信念。例如：

雖然，有些人不願提起
甚至急於切斷
和這張番薯地圖的血緣關係
孩子呀！你們切莫忘記
阿爸從阿公笨重的腳印
就如阿公從阿祖
一步一步踏過來的艱苦（番薯地圖，一九七八・五）

〈草坪〉詩作，反覆叮嚀、期許家鄉子弟，近乎苦口婆心，並相互勉勵：

你們也知道
別人的草坪，再怎麼美麗
還是別人的草坪
孩子呀！不必欣羨
我們一起認真來開闢

一大片一大片
青翠而乾淨的草坪
即使秋得很深很深了
終於不能抗拒謠傳和恐懼的落葉
紛紛走避
我們仍然要信賴
大地的溫暖，泥土的慈愛
種子，必然有發芽的一天
幼苗，必然能挺拔地成長

3

一九七九年八月，溪州國中校長賀玉琴調任他校，從爭取到台糖地、整地、規劃跑道、籃球場、全面種植草皮……整整八年，新式大運動場，大致完成，可以使用。

繼任的程為山校長，一面繼續綠化大操場、種樹、種草皮，一面尋思，和同事討論，辦公大樓前面這片水泥地運動場，如何處理。

不少同事傾向保留水泥地廣場，只要拆除籃球架等設施，比較「乾淨」，還可以做為某些活動場地。

我和另一位美術老師，提議刨除水泥地，改種草皮，只要四周留水泥地步道，形成四方形大草坪。有幾位同事附議。

這個方案，在我醞釀〈草坪〉詩作的時候，腦海中就已經清楚浮現青翠碧綠的畫面。

我以移居日本、紐西蘭、加拿大、美國的親朋好友，寄回他們居家附近的楓紅行道樹卡片、社區公園綠地、就讀學校的大草坪美照，做為願景。

一九八〇年秋季，我應美國愛荷華大學國際作家工作坊之邀，訪問四個月，在愛荷華城、在各地參訪的時候，除了文學交流，我最留意、感受最深的是，社區、學校，遍處的遼濶青翠大草坪、高大清幽的樹林。

我們居住愛荷華大學附近五月花公寓大樓，面對一大片樹林，早晨、傍晚，我經常獨自來這裡散步，行走其間，每一個呼吸那深感舒暢悠閒。寫了系列「異國的林子裡」等詩作。

一九八一年初，返國、回校任職，我再次向程為山校長建言，應該是不謀而合吧，校長終於拍板，決定採用我們的方案，刨除水泥、砂石級配，大量填上土壤。

全校師生一起勞動服務，整地、種草皮，興緻高昂。

在水泥崇拜開始盛行的一九八〇年代，程校長「反其道而行」，做出這樣的決策，真是不容易。

一九八五年九月，程為山校長調任他校，陳佳聲校長繼任。

佳聲校長書法造詣精湛，文化底蘊深厚，一向看重環境的綠化、美化，持續進行大操場、大草坪的植草工程。

我印象最深刻、最有趣的是，每年「三八婦女節」女生放假，佳聲校長以身作則，穿著運動衫、布鞋，和全校男性教職員作伙，帶著全校男生，一起動手搬土整地、植樹、種草皮，個個都做得又起勁又興奮，這個活動通常延續到三月十二日植樹節，很有意義。

在全校師生悉心照料下，大操場、大草坪的整地、植草工程，大致底定；當時二排教室大樓前各有一排樹木，一邊是木棉、另一邊是鳳凰木，有次和佳聲校長在草坪邊聊天，他覺得太單一，我趁機以生物老師身分，表達意見，這二種落葉性植物，大都是為了賞花，樹齡不長、遮蔭性不良，建議在大草坪二旁，各種一排樟樹，形成林蔭道，佳聲校長也有同感，不久即種植，更增添盎然綠意。

退休以來，偶爾在假日悄悄返回校園，在這片寬闊大操場、大草坪，散散步、眺望一番，心曠神怡，又有許多人情往事足堪回味。

4

草坪與水泥廣場有什麼差異？我最大的感受是，年輕的父母會帶小孩、年長的阿公阿媽會帶孫兒來草坪玩耍、翻滾、奔跑，不怕摔倒；但水泥廣場可以嗎？哪堪小小撞擊。

多看綠地綠樹、多看遼闊遠方，是增良眼力、減輕近視的法寶；每天瞭望青翠柔軟、欣欣向榮的草坪，賞心悅目，心胸不自覺舒暢開展。尤其是酷熱夏季，相對於水泥廣場，熱氣蒸騰，升高氣溫，加速地球暖化；草坪多麼溫柔，散發芬芳的清涼。

鋪設柏油、水泥廣場，唯一的「優點」是不必整理，「一勞永逸」；草坪唯一的「缺點」，是必須有人定期推割草機除草等維護工作。

但，土地是有生命的有機體；水泥廣場封鎖土地，危害多矣！讓土地不能呼吸，會窒息死亡；不能吸收雨水，只能任其流入排水溝、地下水道，白白浪費；瞬間豪大雨往往排不及，造成水災的機率更大，循環使用更少；也不能吸收露水、濕氣，只能化為熱氣蒸發。

草坪、泥土地會順暢呼吸，吸收二氧化碳轉化成氧氣呼出來；吸收水分存入大地，經土壤過濾，變成地下水、溪流水，水資源不斷重生。

溪州國中校園草坪的由來，雖然只是小小的「故事」，卻是很重要的自然觀念，造就出來的美好環境。多麼希望提供給各級學校、各級行政機關首長，及各地大大小小宮廟、商場、大工廠的環境「建設」，重新省思，多留綠地、多種樹的道理。

附錄III 詩作〈草坪〉

深秋了
秋得很深很深了
終於不能抗拒謠傳和恐懼的落葉
都在竊竊讚嘆
遙遠的異國
隨處是宜於閒步的草坪哪
秋風般吹起的讚嘆中
紛紛傳遞無限嚮往的訊息
紛紛和自己的祖先說再見

不願將眼光
稍稍注視自己的國土

而每天早晨
和你們的小臉一樣煥發的朝陽
在校園出現
你們也穿越了重重欺罔的迷霧
提著水桶和噴水器
在校園來來往往
澆灑自己種植的草坪

你們也知道
別人的草坪，再怎麼美麗
還是別人的草坪
孩子呀！不必欣羨
我們一起認真來開闢
一大片一大片

青翠而乾淨的草坪
我們共同來維護
不容許口中講著大道理
手中亂拋垃圾的大人
隨意汙染和作賤

即使秋得很深很深了
終於不能抗拒謠傳和恐懼的落葉
紛紛走避
我們仍然要信賴
大地的溫暖，泥土的慈愛
種子，必然有發芽的一天
幼苗，必然能挺拔地成長
即使秋得很深很深了
沁冷的寒氣籠罩下

校園裡每一片草坪的小草
禁不住有些畏縮
仍然仰起那麼怡人的青翠
迎接你們煥發的小臉

每天早晨
每一條上學的路上
散佈重重欺罔的迷霧
而你們和朝陽一樣煥發的小臉
仍一一穿越，在校園出現
用心整理自己種植的草坪
孩子呀！我深深聞到
清新的氣息，逐漸散發

——吳晟詩作（一九七九・十二）

附錄Ⅳ 華人的習慣

加拿大刊出加人不滿華人移民的十種習慣：（七）、在自家院子裡砍樹鏟草，改鋪水泥。

我初來美國的時候……後來住定了，知道華人忌諱院子中間有棵樹（像一個困字），也忌諱對準大門有棵樹（當頭一棒）。「XX大師」來美旅行「講道學」，宣揚「密法」，殺樹形成華人移民的共識，門前的行道樹受法律保障，於是有各種殺樹的密法。草坪改鋪水泥則是省卻剪草澆水之勞，而且方便停車，這種行為破壞環保，增加市區淹水的危險。

——王鼎鈞《有涯散記・華人的習慣》

15 化荒蕪爲綠蔭——「萬頃好樹園」願景

1

世界上很多國家的墓園，不只展現了當地歷史文化的傳承，更具有獨特的藝術氛圍。美國好萊塢的「永恆公墓」，營造得像一處寧靜的休息場；英國倫敦的「海格特公墓」，被廣闊森林擁抱，名人馬克思的墳塚，和其他人一樣，安憩在美麗的花叢間；瑞典斯德哥爾摩的森林墓園，宛如仙境一般美麗，被列入人類世界的重要遺產，經年吸引眾多來玩賞的旅遊者，墓園周邊還有許多優雅酒店、咖啡店，遊客如織。這些世界著名的墓園，他們的共通性，便是都擁有碧草如茵的綠地和林蔭深幽的好環境，氣氛肅穆莊嚴，讓人可以隨處坐坐，輕鬆沉思、冥想、體會人與自然交融的生命意義。

全台灣公墓的面積總計約一萬公頃左右，分散在各個鄉鎮間，小則一、二公頃，大則十多公頃，但是，多半予人荒涼陰森的感覺。

公墓，民間稱之為「墓仔埔」，「埔」字有荒蕪之意。有一首台語歌〈墓仔埔也敢去〉，意指「非常好膽」，因為墓仔埔大都被荒煙蔓草掩蓋，雜亂的土丘隆起，加上傳說中的孤魂野鬼、靈異故事，更成為人們避諱的恐怖地方了。即使吾鄉溪州的公墓，早年雖經過規劃，有比較整齊統一的規格，但卻像老舊的「販厝」社區一般，單調排列，依舊荒涼。

我定居的村莊，緊鄰吾鄉的最大公墓，名第三公墓。一、二十年前，當我從各種資訊看到國外墓園的美麗風景時，便「心嚮往之」，期待將家鄉的公墓，也能整理成讓鄉人可以休憩、徜徉、喜歡來親近的森林墓園。

二〇〇一年，我們家二公頃田地，響應林務局平地造林政策，遍植台灣原生樹種苗木時，我便早有「預謀」，刻意種得比較密，等到成樹便捐出去，推廣原生樹種，推廣種樹理念，最想捐的地方，便是吾鄉公墓。

近些年，國人安葬觀念有了改變，火化儀式逐漸被接受，土葬率遞減，公墓空地愈大片，雜草叢生無人清除、或除不勝除，更顯得荒蕪；最糟糕的是，一車一車垃圾、廢棄物，偷偷（其實是半公開）載過來這裡傾倒，堆積如垃圾山，成為全鄉最髒亂的死角。

我心中森林墓園的願景，更急切想要去實踐。

2

公墓用地管轄權大多歸屬鄉鎮市公所，地方行政首長有權規劃，但也許礙於國人傳統安葬觀念的許多禁忌，過去的主政者，習慣墨守成規，不肯改變。

二〇〇九年本鄉新任黃鄉長，正巧和我有相同理念，一上任便積極設計森林墓園藍圖，依實際需求，集中土葬區，其餘範圍劃定為禁葬區。禁葬區「只出不進」，留待往後整理成為樹園。

土葬規矩限定，入土後八至十年，就必須撿骨，移入納骨塔，時限已到，尚未撿骨者，鄉公所人員盡量和其家屬溝通、勸導。只隔數年，大約有三、四公頃禁葬區，逐漸空出來。

時機終於到來。

二〇一二年中秋節，本鄉一位企業人士鐘董，來我家聊天，鄉長恰巧也在場。鐘董是我國中教過的學生，年輕時候歷經困阨、坎坷，才闖出一番事業，總想多為家鄉盡些心力，經常濟助弱勢家庭；他也很喜歡樹木，常買樹、捐樹給某些單位種植。我和鄉長向他提起「森林墓園」的構想，實在未料到，他竟毫不遲疑，立即爽快應允，所有整地、移植等工程費用，都由他負擔。

事業有成者的性格，多半是做事劍及履及毫不拖延吧，談話後約二、三天，鐘董即找來曾和他合作的園藝景觀公司老闆，約我和鄉長一起去公墓現場，勘察地形，設定納骨塔西側大約一公頃的範圍，規劃藍圖，並指示景觀公司老闆，如何進行工程。

依照行政程序，景觀公司必須出具設計圖給鄉公所核備，由社會課負責監工、配合，所有費用由鐘董直接支付；種植的樹木，則從我家樹園移植而來，如此條件俱足，即可改變一片風景。

工程進行期間，鐘董十分關切，兩三天就來看看，監督進度，發現問題隨時解決。

整治吾鄉這座公墓的最大麻煩是在於土質，原本一般田土的公墓區，在一九九〇年前後的鄉長和鄉民代表，不知什麼目的，竟然挖走大量土壤之後，全面回填深度數公尺的疏濬河床砂石，和來路不明的砂礫碎石塊，當年檢調單位曾經偵查過相關人士是否涉及弊端，雖然最後司法不了了之，但墳場土質的大改變，至今仍為鄉親所批評。

如今要種植草皮和樹木，必須刨起砂石，填上大量土壤，還要埋設澆水系統，增加大筆經費。因為添加的土壤只有薄薄一層，底下的級配都是大大小小石塊，太陽下一吸熱就蒸出高溫，新移植樹木，嬌嫩的新根，不但難以伸展，甚至被熱石礫燙傷，存活率不高，必須一再補植。望著一株一株枯死的樹木，我十分心疼。

前人的弊端，後人的承擔，很難收拾呀！

3

整地、植樹、種草坪，綠化後這片園區，放眼望去，煥然一新，一片平坦綠意，荒蕪盡除，還有一座手工典雅涼亭，休憩時更增添清涼氣氛。陸陸續續有人來「參觀」，莫不稱讚化荒涼為綠蔭的「工程」，一舉多得，正是各鄉鎮市公墓值得仿效的最佳模式。

這只是踏出第一步。新的贊助力量緊接而來。

二〇一三年春季，明基友達董事長李焜耀先生來我家樹園走走，我順便帶他到公墓，看看納骨塔西側、已經完成綠化的這片園區，再對照納骨塔東側、更大片的荒蕪雜亂景象。坦白說，我不無暗示之意，李董很貼心地笑了笑，直接回應道：這一區的整理經費，我來負擔。

我和李董二〇〇九年因某種機緣相識，理念頗為投緣。而我們最大的交集，都是愛樹人。李董曾數度來我家樹園，提供我不少種樹的寶貴意見。

我請人來設計藍圖。李董帶幾位重要幕僚來現勘，親自參與討論，他介紹我認識日本「明治神宮」的森林墓園，做為規劃參考。最後決定，請他的「御用」園藝師傅——豐田景觀公司的謝從地，全權負責執行。我以「御用」師傅戲稱，是因為謝從地和李董已有二十多年合作經驗，明基友達企業各處園區的景觀工程，大都是他一手包辦，深得李董信賴；指定他來負責，可見李董對這項綠化工程的重視。

有了前車之鑑，若只添上一層土壤，絕非植栽理想的生長環境。謝從地師傅有他獨到的創意工法。他先從改造機器開始，訂做新的怪手，把怪手的大手掌設計成大小規格不同的篩子，一勺一勺，先篩掉大垃圾、大石塊、水泥塊；再用更小縫隙的怪手，篩掉小石塊，最後留下適合植栽的沙土層，準備種植。

篩出來一大堆、一大堆的廢石塊、垃圾如何處置？謝師傅再發揮創意，將廢棄物集中，堆成圓弧狀假山，再覆上沙土，闢造出一條具有層次感的步道環繞而上。並就地取材這些小石塊，鋪成園區步道，適宜散步，是一處完全沒有水泥的自然園區。

謝師傅最奇巧的創意，在於揀選大小相近、造型完整的石頭，手工砌成淺淺的斜坡式滯洪池，池形像一顆正在緩緩滴落的大水滴，流蕩出優美的弧度。我想像著數年後沿著蜿蜒石砌步道，穿過樹蔭，沿斜坡登上坡頂眺望，想像和海格特墓園一樣，有一處「冥想之丘」。

整地完成，進行種樹。早在九月間，謝師傅已帶領工班來我家樹園，將預計移植的二、三百棵烏心石，先行斷根留土柱、養根，約三、四個月，長出茂密細根，正好年底初春，迎接綿綿春雨，最適合移植的季節。

移植樹木必須裁枝去葉，謝師傅特地運來一架「碎木機」，據本地顏宏駿記者所敘述：彰化縣溪州鄉近來出現「吃柴獸」，原來這是一台移動式樹木粉碎機，將鋸伐後的樹木枝幹，就地粉碎成木片渣。這台木材粉碎機約一輛自小客車大小、重達二公噸、外型有如一隻張著「血盆大口」的超大鱷魚，工人把枝幹丟進大嘴巴，肚腹裡傳來轟隆轟隆的聲響，片片木渣從高高翹起的「尾巴口」噴出來掉落地面，累積成堆。這堆木渣，靜置發酵約四個月，便可成為上等有機肥，可以改良土質，是花樹盆栽、有機農場、蔬菜種苗場的搶手貨。

據謝師傅說，這台機械要價約二百萬元，機腹內就是一具汽車引擎，高速帶動鋼刀裁碎樹材，像這樣的木材粉碎機，在日本就相當普遍。

反觀我們國內，大都把鋸伐下來的枝幹曝曬後焚燒。每逢颱風過後或路樹修剪，看到成車成車樹幹樹枝，大多還是載去焚燒，資源不能回收，徒然浪費，又大量製造空氣汙染，真是令人惋嘆。

其實，各鄉鎮市公所清潔隊，要編列、要「爭取」數百萬元經費，購置移動式木材粉碎機，並配置負責操作的專職人員，只看重視不重視的態度而已。

費時二、三個月施工期間，李焜耀董事長數度親自來「督工」、提供意見。李董對於工程細節的講究，還有設計美學的細膩要求，讓我見識到他的經營風格，有一句成語「治大國如烹小鮮」，李董即使贊助小地方的一項社會公益活動，對於每一環節都不能馬虎，如他的幕僚在形容他們上司時所說的：「管真闊、管真細。」明基友達基金會徐經理、黃處長、哲妮等人來過更多次。我也就近之便，盡量每天到現場看進度和謝師傅討論。

謝從地，果然人如其名，他的園藝觀念來自庶民傳統的自然觀，完全遵從土地倫理。他自我要求甚高，總是說：「不可錢賺走，留下背後讓人勦。」我向他學習甚多。

4

遠道而來看過這片園區的友人，和我們自己的鄉親，莫不一致稱讚：這就對了。這樣的模式，確實值得大力推廣、值得各縣市政府、各鄉鎮公所仿效。

公墓森林化的意義多矣！

不但化「埔」為「園」，將荒蕪、淒涼、乃至髒亂的墳場，改變為綠地綠蔭、可以休憩徜徉的好所在，等於每個鄉鎮市、無須另外徵地，便可多出數座遍植林木、清幽怡人的綠公園，提昇生活環境品質，同時為減緩地球暖化盡些力量。

有幾位好友半開玩笑半認真地說：「我也想來這裡認一棵樹，做為將來埋骨灰的最後歸宿之處。」

沒錯，樹葬，正是森林墓園的另一願景。

以目前通行的殯葬習俗，土葬，最終都要「撿金」裝入金斗甕，置入納骨塔；火葬後的骨灰，一樣要進塔。

納骨塔好像壅塞的小公寓，從地下室到高高的頂樓，像層層疊疊、密密麻麻的「置物箱」，但即使塔位再多，因為「只進不出」，很容易就「塞滿為患」，一位難求。於是，到處都在規劃增建納骨塔，私人的、公家的，蔚為新興行業，乃至有地方行政首長，藉機興建大型「殯葬園區」。

實在說，我每次進入納骨塔內，找到置放先祖、父母金斗甕的格子，打開箱門，總會興起一個念頭：以後，我不要擠在這裡，寧願將骨灰撒在天寬地闊的大自然之中。

肉體生命終結，若無靈魂，留存一罈骨骸或一小盒骨灰，無需二、三代，已無人記得，有何意義？年代久遠，終必散失；若有魂魄，悶封在一小格箱裡更難受。

骨灰回歸自然的觀念，已愈來愈多人接受，我預測不久將要成為普遍趨勢。「森林墓園」，既能引領樹葬風潮，也是為迎接新的潮流做準備。

以溪州鄉第三公墓已經完成的森林墓園區經驗，各縣市各鄉鎮公所，若要朝這目標去規劃，並不困難。因為只有整地、配水管、移植經費，不必什麼建設，所需不多，每座公墓，大約數百萬元就已足夠。

一場煙火秀，動輒花費數百、數千萬元，很快煙消雲散；一座森林墓園，卻是長長久久，意義深遠。

公墓管理，本來就是政府的責任，行政機關卻放任管轄區淪為髒亂之地，長年不改善，還得靠熱心公益的企業人士，自發性支持，政府的功能究竟在哪裡？

其實，溪州鄉公所曾經將「公墓森林化計劃書」，送交營建署，申請四百萬元經費，營建署人員有來現勘，表示認同，但必須等墓園全部「淨空」，保證沒有爭議，才能核准。那要等到何年何月呢？

每座公墓要進行改造，可能會遭遇各種不同問題，需要解決，但以我們的經驗，少數舊墳暫時保留，既無礙整地，也不會有糾紛，甚且更願配合，盡快遷出。

期盼全台灣公墓用地，化荒涼為綠蔭，遍植台灣原生樹種，成為萬頃好樹園。

16 樹與樹葬——致內政部（民政司、殯葬管理科）

1

公共電視節目《我們的島》，廣泛關注自然環境變遷，挖掘問題、深入探討、真實報導，雖然不「熱門」，卻甚獲好評，每周一晚間十點固定播出一個小時，至今已持續播出二十年、近千集，每集有二、三個單元。

二〇一八年四月二日，清明節前數日，《我們的島》第九四八集，第一個單元「一木換一墓」，播出十六分鐘，是公視年輕記者陳寧及其團隊費時數月，四處訪談製作而成，陳寧撰寫文字並旁白。

「一木換一墓」的標題，出自二〇一三年十月《天下雜誌》記者高有智的一篇專訪：「一木換一墓，共守永續千頃林」，報導我推動「公墓森林化」的願景與實踐。

「公墓森林化」，顧名思義，簡略而言，就是將公墓用地重新清理、整頓、綠化，種植樹木，成為一片小森林，將「墓仔埔」轉變為綠茵、林木蓊鬱的「墓園」。

公墓，俗稱「墓仔埔」，大都在偏遠「山頭」、荒郊野外，一向荒蕪、陰森，乃至於恐怖之地。

近年來國人殯葬觀念大改變，土葬比例快速減少，荒地增多，大都乏人整理，任其蔓草叢生，甚至成為傾倒垃圾、廢棄物的髒亂區域，不斷堆積；即使有人「報案」，向誰「報案」才有用？誰該來「依法究責處理」？

陳寧製作的「一木換一墓」節目中，訪談我的部分，同時介紹吾鄉第三公墓，已經略具森林化規模的「範例」，做為背景，並引用鐫刻在公墓石碑上，我的詩作〈森林墓園〉：

「種一棵樹，取代一座墳墓／植一片樹林，代替墳場／樹身周邊闢一小方花圃／亡者的骨灰依傍樹頭／埋葬或撒入花叢／送別的親友圍繞／合掌追思、默念、話別」。

這是我醞釀、構思多年，發表於二〇〇五年《聯合文學》雜誌的系列組詩「晚年冥想」其中一首，已經清楚描繪公墓森林化的想望，進而推動樹葬的觀念。

這一集節目播出後，引發一些回響，有談話性節目跟進，「熱烈」討論，但話題都集中在樹葬、花葬、海葬等等「環保自然葬法」的儀式，未見公墓如何整地、如何種樹的討論。

樹葬，先決條件當然要有樹，有大樹；沒有樹，何來樹葬？沒有大片森林，如何稱為「樹葬區」？至少要在埋葬骨灰之地，種植小樹苗，善加照顧吧！

我看到多篇新聞報導，某些鄉鎮的公墓，開闢一方「樹葬園區」，鼓勵樹葬，但我留意這些「園區」，只有花花草草、斑爛「玉石」等繽紛的擺設、裝飾，卻少有、甚至完全沒有樹木。顯然這幾位鄉鎮首長，接收了「進步」的環保殯葬觀念，任期內就急於展現「政績」，沒有心思做基礎工作，不願花費時間規劃大環境的改善；媒體也著重在「現成」美美畫面的報導。

我深感悵然若失，這和構想中的「公墓森林化」，未免本末倒置吧！

2

我萌發改造公墓的起心動念，和我家鄰近公墓有必然關聯。

我的父祖舊家三合院，和吾鄉第三公墓只相隔一條牛車路，幾乎是面面相對。在我五、六歲進小學之前，我父母才搬遷出來，在舊家附近另建新家，距離舊家、距離公墓，也只有數百公尺。

公墓，是我和村莊童伴飼牛牧羊的大牧場，也是尋野果、灌肚猴的遊戲場……和我們的生活息息相關；年歲增長，自然而然特別留意各處公墓的景況，包括歐美各國的「墓園」。

一九八〇年我應邀赴美國短期遊歷，「參觀」了一些墓園，驚奇發現，「墓園」與「公墓」，品質差別太大了。我們的「公墓」，大部分多麼荒涼、陰森，近乎恐怖；而歐美的「墓園」，何其靜謐、肅穆、清幽，綠蔭盎然如「公園」。

他山之石可以攻錯，我心嚮往之。

隨著國人殯葬觀念逐漸改變，土葬率逐漸下降，吾鄉公墓荒地逐年增多，我的「公墓森林化」夢想愈來愈清晰，輪廓愈具體、愈成熟。

近二十年來，我鍥而不捨宣揚理念，不厭其煩「說服」認識的行政首長，可惜至今成效很有限。

二〇〇九年，我的外甥黃盛祿當選本鄉（溪州鄉）鄉長，我理所當然和他「參詳」，他很快認同我的建議，著手畫定第三公墓納骨塔東西二側為禁葬區，占公墓一大半面積。禁葬區，只出不進，並積極勸導「年限」已到的墓地家屬，盡快「撿金」，二、三年內，只剩幾「門」新墳，及少數「無主孤墳」。

二〇一三年三月，溪州鄉公所依據內政部「殯葬環境永續發展推動計劃」、「一〇二年度申請作業要領」，提出「彰化縣溪州鄉公所第三（圳寮）公墓環保多元化殯葬設施示範計劃」，申請補助經費四百萬元。四月初即接到彰化縣政府公文，因「規劃設施要點為示範公墓非傳統公墓，核與該計劃補助要項規定不符，惠請修正，以利報部申請」。

溪州鄉公所計劃書修正後再次提報。七月中，鄉公所收到內政部「補助計劃核定本」，審查意見「本項列入替代方案」，亦即未通過。

在公文往返中，一拖再拖，溪州鄉公所終於放棄申請，「囿於內政部申請公費不易且建議事項確有窒礙難行之處，擬不提報一〇四年度計劃補助案」。

所謂「窒礙難行之處」，簡化二點，就是要求全區「淨空」，並經代表會通過。

「淨空」，處理「無主骨骸」較容易，但需經公告、發包等程序，至少也要一年吧；而少數新墳，按規定，土葬年限八年至十年，需遷葬（即撿金），則二任鄉長已到期。

至於「代表會通過」？代表會結構，不談也罷。

溪州鄉公所放棄申請補助經費，但並未放棄願景：「未來擬朝向民間資源贊助為主，並積極推廣樹葬觀念，逐步落實環保自然葬目標。」

我聽黃鄉長說明申請經費公文往返過程，聽得頭昏腦脹。

我無意討論、批評繁瑣的法規條文，只能配合鄉長「朝向民間資源贊助為主」。「禮」失求諸於野。機緣降臨有心人。

某日，有位鄉親，我昔日教過的學生鐘德順，來我家聊天，正好黃鄉長也在。鐘德順歷經多年奮發，事業有成，提到回饋家鄉的心願，有不少想法；我趁機介紹公墓森林化的構想，探問他有沒有意願贊助。沒想到他當下一口應允，無須我再費唇舌，承諾負擔整地、種植草皮、樹木等所有工程費用。

他的態度十分積極，過了數日，便找來景觀園藝工程公司老闆，約鄉長和我一起去公墓現場討論、畫定範圍，設計藍圖。

劍及履及，工程開始進行，完成整地，再從我家樹園移來兩百多株、約十年生的烏心石種植。整地、種樹、植草坪，綠化後這片園區，一點多公頃，煥然一新，青翠綠意取代荒蕪髒亂。還有二大特色，其一是種植樹木的巧思，採取「八卦陣」，從每棵樹的位置，任何角度看過去，都是直直排列整整齊齊，有綿延縱深之感；其二是有一座純手工打造的五角涼亭，石椅石桌，古樸典雅，清涼宜人。

贊助緊接而來，這片園區綠化工程剛完成，明基友達基金會董事長李焜耀，來我家樹園走走，我們最大的交集，都是愛樹人、愛自然，理念頗為投緣。

他看我家樹園有些蕪雜，透露可協助我整理。我靈機一動，帶他到吾鄉第三公墓看看納骨塔西側，已經完成綠化的這片園區，再對照納骨塔東側的禁葬區，面積也是約一點五公頃，荒蕪雜亂的景象，「暗示」他需要有心人贊助整理。

李焜耀會意，笑了笑，直接回應道：「這一區的整理經費，我來負擔。」只隔數日，李焜耀便和我約了時間，親自帶著和他多年合作的園藝師傅——豐田景觀公司老闆謝從地，還有幾位重要幕僚，來公墓現場勘查、規劃；經多次密集討論藍圖，拍板定案，報給鄉公所同意、行政配合；隨即進行整地、植樹工程。

最令我佩服、感動的是，費時二、三個月施工期間，李焜耀董事長數度親自來「督工」，提供意見，他對於工程細節的講究，還有設計美學的細膩追求，讓我見識到他的經營風格，學習甚多。

這一區域最大特色是完全沒有水泥「建設」，以碎石鋪設步道、以石塊圍砌水池。

其實，這二處園區，並未「淨空」(不符合內政部營建署要求)，還有幾座墳墓尚未「撿金」，卻無礙整地，只要小心繞過，勿毀損，予以保留，即不會有「糾紛」，等到年限到了，勸導家屬來遷葬，每年再陸續進行整地、補植的小工程。

有趣的是，有幾座墳墓的家屬，打趣說：「先人住在這麼清幽漂亮的地方，一定很喜歡，我們怎麼捨得遷走呢。」

3

二〇一四年，吾鄉第三公墓，納骨塔東西二側園區，約三公頃左右，我的鄉親鐘德順和明基友達基金會董事長李焜耀贊助，總計花費五、六百萬元，即完成整地、種植等工程，在鄉公所約僱人員、公墓管理員用心照顧、維護下，園區維持綠草如茵、清幽宜人，樹木逐年成長、樹型逐年開展如傘而成蔭。

年年清明節日，沒有「雨紛紛」，而是日頭「赤炎炎」，大批返鄉掃墓、祭祖的鄉親，都由衷稱讚這片綠蔭。

公墓森林化的意義多矣！不但化「埔」為「園」，將荒蕪、淒涼，乃至於髒亂、陰森的墳場，改變為綠地綠蔭，可以休憩徜徉的好所在，美化環境、提升生活品質，同時為減緩地球暖化盡些力量。

公墓用地所有權，六都屬市政府，縣屬鄉鎮市公所，無須徵收土地，絕大多數居民不可能反對自家附近的「墓仔埔」變「公園」，只有少數特例，如牽涉「保育類」物種，或文資保存價值，必須另行評估、規劃；因為不做水泥「建設」，無須編列太多經費，即可進行（少則約百萬元，至多千萬元吧）。從公告禁葬、勸導遷葬（撿金）、處理無主孤墳，到整地、種樹，約二、三年即可完成。

依我想，這是多麼容易做的「綠化工程」呀！全國有三千處公墓，如果各縣市鄉鎮積極進行公墓森林化，十年，全國即可增加千處綠蔭盎然、清幽美麗的公共休憩園區，多麼美好的願景。

一九五〇年至今七十年，消失了的公園及其預定地，不計其數，例如彰化市的中山公園、員林市將近十處的公園預定地，都早早就被「開發」掉了，「公墓森林化」正可以追補回來。

然而，從中央「官員」到地方首長、民意代表，顯然大都「興趣缺缺」，一拖再拖，少有進展。

再次想起幾年前我專程去「拜會」某位熟識數十年的行政首長，解說「公墓森林化」的意義及實踐；他很有耐性地聽我「報告」完，懇切地回覆我：「吳老師，我知道種樹很重要，這個構想也很好，不過，實在說，沒有那麼急迫性……」

這真是「經典名言」呀！種樹、公墓森林化，和「急迫性」的事務，有衝突嗎？

言者諄諄，聽者藐藐呀！

4

二〇二〇年七月中旬，明基友達基金會董事長李焜耀，請園藝師傅謝從地專程來吾鄉第三公墓，看看他們數年前完成綠化工程的那方園區「靜心園」，是否需要再補植、再加強，主動表達贊助意願；我本想提出「擴大清理荒蕪地、擴充種樹範圍」的新構想，卻聽到一項訊息，我和謝從地相看一眼，了然於心，默不作聲。

據公墓管理員說：「現任鄉長正在規劃『殯葬園區』，爭取建『殯儀館』，如果中央核准、動工，別說什麼種樹，幾乎不可能不砍樹。」

我無意討論「殯儀館」的必要性，只深深感慨，如同絕大多數鄉鎮市首長、地方民代、行政官僚，急急於熱衷「建設」，才有「前瞻」、才有「政績」、才有利益；而少許經費、改善環境，卻無意多花些心思。

我向前任鄉長黃盛祿探詢，更清楚了解溪州鄉的公墓情況。溪州鄉有五座公墓，開始使用年代不可考。初始都為亂葬崗吧。

第一公墓（二．〇公頃）：二〇〇九年，不知什麼建設名目，中央撥下一筆數千萬元經費，改為運動公園使用，其中設有壘球場，「委託」某政治家族基金會代管，民眾可以「申請」借用；公園其他部分仍是鄉公所管理。使用的人不多。

第二公墓（二．〇公頃）、第四公墓（一．八公頃）：這二座早已閒置形同廢棄，至今任其荒煙蔓草，「地下垃圾掩埋場」，無人理會。

第三公墓（八．〇公頃）：約在一九八七年整修，建納骨塔，啟用，為示範公墓。鄉公所整修工程，會遭檢調單位介入調查，雖然不了了之，但鄉內人士大都清楚怎麼一回事。

第五公墓（三．六公頃）：一九八三年重劃，重劃前有些私人土地，以買賣方式納入公墓用地；約一九九九年建造納骨塔。這其中似有不少「玄機」：

一、鄉內公墓用地，足夠使用，何須再重劃、納入私人土地？很顯然是為了納入私人土地而重劃，誰人土地？以什麼價錢買賣？

二、第五公墓納骨塔，目前（二〇二〇年七月）還有六四七〇個塔位；而第三公墓納骨塔，一九八七年建造完成，至一九九九年，尚多塔位，何以急急再建一座？

近日政壇爆發立委涉嫌收賄關說法案，其中最引我關注的一則新聞是：某殯葬業者旗下位於陽明山國家公園，富貴山墓園，近二萬坪土地，被營建署列入限建範圍「第三種一般管制區」而無法開發，行賄某立委施壓營建署變更陽明山國家公園地目。這家殯葬業公司，過去曾爆發四億元的掏空疑案，也曾捲入靈骨塔詐騙案件。

其實，歷年來，興建靈骨塔、殯葬園區的弊案，時有所聞。

依我判斷，時代潮流快速變遷，殯葬觀念也快速改變，儀式愈簡化，土葬率即將接近零，緊接著，樹葬等自然葬必然普遍被接受。

清明時節，進去通風不良的納骨塔內，看看先祖、父母的金斗甕，擠在密密麻麻、封閉的一小格樹櫃裡，不知有什麼意義？他們「住」得舒適嗎？以後，我絕對不要住在那裡，不能動彈。

我交代子女，我過世後，火化，將我的骨灰撒在我親手種植的樹下，天寬地闊、自由自在；和我的觀念「志同道合」的朋友，愈來愈多，這是必然趨勢；何須再建什麼樣式的納骨塔？

公墓森林化的最大障礙，大概是許多處心積慮、謀求「建設」，不在乎環境品質的政商人士，已意識到公墓用地「大有可為」，大動腦筋如何變更使用，如何開發工業區、綜合商業區、轉運站……等等，唯獨對綠地綠樹，無動於衷。

5

數年來，所有來吾鄉第三公墓參訪的政府單位，都非常認同、稱讚，只可惜「叫好不叫座」，「人人誇獎少人購買」，真正用心全面去規劃的鄉鎮市，似乎少之又少。

和我互動較頻繁，最積極推行的是林佳龍市長主政下的台中市政府，民政局生命禮儀管理處人員，多次來溪州鄉公所交換心得。從二〇一六年八月，台中市政府民政局發布推動公墓森林化政策，十二月，市長於市政會議核定，力推公墓遷葬綠美化，計劃內容四大政策，簡明扼要：一、公墓空地植樹；二、無使用需求公墓公告禁葬；三、已禁葬公墓公告遷葬；四、推廣樹葬及環保葬。

據我所知，台中市一七八座公墓，至二〇一八年，公告禁葬公墓超過半數，已有大甲區、新社區、大肚區等多處公墓完成整地、植樹；增闢大雅區等多處樹葬區……，不知新市長有沒有繼續推行這項政策？

二〇一七年五月初，內政部長葉俊榮，偕民政司殯葬科人員，百忙中撥空前來視察溪州鄉森林墓園，我全程作陪、解說。

隔了幾天，友人傳給我一則新聞，聯合報記者王騰毅報導，標題是：「詩人吳晟推森林墓園，葉俊榮盼普及各縣市」，大意是說：

「內政部長葉俊榮日前表示，他認同詩人吳晟在彰化縣溪州鄉推動的森林葬，未來希望和地方政府討論，鼓勵這樣的觀念，目前還在研議。」

「現在火化比例達九十%，原來公墓滿多撿骨完都已移出，如果可改為種樹模式，將公墓轉化成森林，是理想轉換模式。」

看到這則報導，我至為感動，充滿期待。但依據我的社會經驗，很擔心「三年官二年滿」，不立即推行，往往「一拖過三冬，三拖一世人」。我寫信給葉部長，向他致謝，並坦誠提醒他：「內政千頭萬緒，必須趕緊做、趕緊處理的事務，確實講不完，但相信部長很清楚台灣環境，種樹的重要性、急迫性，不能再拖呀！」

我將多年來推動「公墓森林化」的實行心得，整理出「備忘錄」（施行細則），隨信附上給葉部長參考。

不幸，我的「擔憂」成真，葉俊榮部長不久即轉任教育部，再不久，「銷聲匿跡」於「政壇」。二〇一七、二〇一八、二〇一九、二〇二〇，匆匆又是「一拖過三冬」，備受「認同」的「公墓森林化」政策，還是見不到多少實質進展。

不知現今「衝衝衝、會做事」的內閣，會不會重視？能不能「劍及履及」切實去推行？深切期盼。

附錄－公墓森林化（公園化）方案備忘錄

一、內政部擬定申請（編列）公墓森林化經費辦法及推行通則。公墓用地所有權，六都屬市政府、各縣屬鄉鎮市公所，需預防移作他用。

二、國人殯葬習慣改變，土葬率逐年下降，已低於一成，緩衝期還是要保留土葬區（約占十分之一面積即可，或一鄉鎮保留一小處公墓），其餘劃定為禁葬區，盡快公告（只出不進）。

三、公告後立即建立、核對禁葬區墳墓資料，積極進行勸導家屬「撿骨」。依現行公墓管理法規，土葬八年後即需「撿骨」移至納骨塔，超過十年（包括無主孤墳），公所即可公告，強制執行。

四、若納骨塔已滿，無須再增建，以簡單、素樸規格暫時收納「金斗甕」，集中管理，以備日後樹葬。最好「撿骨」後火化成灰，「金斗甕」建議使用有機環保材質。

五、禁葬區公告一年後，即可進行整地填土，必然還有一些墳年限未到，工程進行中需特別注意，予以保留，不可毀損，避免糾紛。

六、整地後即可進行園區設計、規劃，種植樹苗，設灑水系統，並植草，盡量維持自然狀態，不鋪水泥、不做「建設」。

七、種植樹苗二大原則：一、直接種植盆苗（袋苗），既可節省經費，盆苗成長狀況及釘根，遠比斷根移植方式優良得多；二、以種植台灣原生樹種為主，並考量適地適種，什麼地方、什麼環境，適合種植什麼樹種。樹苗向農委會林務局林管處申請。

八、種植樹苗適宜季節，年底（十二月）到年初（二月）最佳，天氣陰涼，迎接綿綿春雨。

九、每年十月左右，進行這一年內「撿骨」之墳重新整地，以備年底或初春補植樹苗。

十、鄉鎮區公所約聘雇人員負責公墓管理，定期割草機除草，切勿噴灑除草劑，並隨時巡查支架鬆綁、綠樹維護、枯樹補植等工作。

十一、全國目前約有二、三千處公墓，總面積約一萬公頃，全面種樹森林化，無須徵收土地，無須花費鉅額「建設款」，也不會有抗爭，全國即可增加二、三千處綠地公園，對改善環境，貢獻何其大。

十二、有綠地、綠樹、清幽美麗墓園，推行「樹葬」水到渠成。

附錄Ⅱ 九五四四公頃未來的森林（二〇一二年各縣市公墓統計）

縣市別	處數（處）	土地面積（公頃）
台南市	342	1,118
屏東縣	306	1,059
彰化縣	244	867
台中市	191	859
新北市	228	832
南投縣	206	794
高雄市	215	759
嘉義縣	297	524
苗栗縣	208	518
雲林縣	234	353
宜蘭縣	66	333
台北市	40	313
桃園縣	154	249
台東縣	126	215
花蓮縣	87	185
新竹縣	129	162
基隆市	5	119
澎湖縣	43	110
新竹市	12	92
嘉義市	1	57
金門縣	5	21
連江縣	5	5
總計	3,144	9,544

（高有智／製作）

附錄III 規劃美好的生命園區

二〇二五年三月十二日，植樹節，有一則新聞很聳動，標題：近「多死社會」，「未來十五年恐死無葬身之地」。

隨著多死社會的到來，各縣市陸續傳出「死無葬身之地」的警訊，殯儀館、火葬場、納骨塔等殯葬設施，數量不足。

配合種種論述，從而建言：政府必須設法解決、展現魄力，提出殯葬設施徵地規劃時，讓這些「生命園區」轉型為多功能使用……。

似乎很有道理。但直率而言，不無為擴大「徵地」、擴大「建設」鋪陳，合理化之嫌。

我簡單建言：

一、全國土葬率已非常低，三千多處遍布各鄉鎮公墓，現成公有地、多荒地（六都公墓歸市政府管轄，各縣市公墓歸各鄉鎮市公所管轄）。何須再「擴大徵地」？

二、建議各級「政府」單位，進行公墓「整地」，「公園化」、「森林化」（請來參觀彰化縣溪州鄉第三公墓，我願義務導覽、解說）。

三、至少早在二十多年前，就有人提倡樹葬，包括我的多篇詩、文。而今樹葬觀念已逐漸普及，快速廣被接受，建議中央政府（內政部民政司殯葬科）趕緊擬定「樹葬」慎終追遠儀式，積極推廣。

四、建議各級政府單位，趕緊規劃公墓「樹葬區」，美化公墓環境、成為美好的「生命園區」。

五、火化、樹葬，何來什麼「死無葬身之地」？何須再增建什麼「納骨塔」等設施？

悲傷溪州糖廠

17

請問，你知道嗎？

台糖公司溪州糖廠原有廠房、花木扶疏宿舍群、辦公廳、純檜木招待所……，如何全面毀棄、片甲不留？

溪州糖廠原址數十公頃土地，如何一塊一塊切割、出租，出售給誰？做何用途？

溪州糖廠原址，近千棵百年大樹，如何一棵一棵消失、去了何處？

1

二〇一七年台北國際書展會場，和文學好友汪其楣教授相遇，她告訴我有一篇我的家鄉溪州糖廠子弟的臉書貼文，敘述她對生於斯、成長於斯、夢中永遠的故鄉溪州糖廠，無盡的感懷。我表示很想看，但我還不會用臉書、我們還不是「臉友」，我請兒子從汪其楣的臉書搜尋，列印下來，收藏在我的資料夾。

這篇二〇一四年十二月寫的貼文，作者張樂濱，大學時代，曾經參與過一九八六年台北藝術季，汪其楣負責製作、導演莎士比亞戲劇《仲夏夜之夢》的演出，她是飾演小仙女之一，一起排練數月、從此結緣，稱呼汪其楣老師，一九八九年赴美定居，多年後她們在臉書重逢。

貼文篇名叫〈落腳〉，落腳溪州的生命歷程。不時流露滄桑、漂泊之感。

我讀之再三。

2

張樂濱的父母，一九四九年新婚不久、相偕渡海來台；父親剛從醫學院畢業，分發到屏東空軍醫院，而後落腳溪州，擔任溪州糖廠醫務室醫師，「成了一輩子的台灣溪州人」。

張樂濱出生於一九六〇年冬天，「有幸在台灣『糖盛年代』的溪州糖廠度過童年」，「那時的生活是甜的，甜到連公共澡堂的蒸汽都帶著甜味」。

她所說的「糖盛年代」，一九六〇年代，其實已是台灣糖業興盛的尾端，正在快速沒落。而當時溪州糖廠，做為台糖總公司的所在地，「營運鼎盛，載運甘蔗的小火車鎮日忙碌，從日出川流到日落」，資源豐沛，「兩千多戶人家」，而有繁華熱鬧景況。

然而好景不長。

一九七〇年，台糖總公司舉遷台北，人員全面撤離，廠區停止營運，溪州糖廠忽然成了廢棄的空城，沒人巡守管理，任其荒廢。

「交通車沒了，福利社關了，三角公園冷清了，左鄰右舍的房子空了，站崗的保警也撤了。」張樂濱的父親是少數決定舉家留在原地的溪州糖廠員工，見證了「失去系統的社區，在短短幾年間成為斷壁殘垣、入夜之後一片漆黑。」

「那個原本家家戶戶花木扶疏、夜不閉戶的安樂之地」，「忽然藏汙納垢連警察都敬而遠之。」

一讀再讀張樂濱的貼文，感觸良深。讀到這一段時，我的內心更是一陣一陣揪痛：

「我在北斗念國中，每天騎腳踏車去街上搭公車上學，經常路經兩旁早上還在的一片林子，放學時竟然見它們都成了木樁。砍了，因為台糖抓了點剩餘價值，把這些老樹賣了。砍樹的卡車總是一早匡噹匡噹空空而來，然後傍晚轟隆轟隆滿載而去。

「我媽媽常常站在大樹跟前，邊看邊難過地掉眼淚。那些年對我們這種多愁善感的人來說，大概天天都很折磨吧。眼見家園荒煙蔓草，幫派窩聚，那種荒涼感真是不健康，媽媽的病就是那時開始嚴重的。」

匪類啊匪類！什麼人有權力准許如此暴行橫行無阻？什麼樣無知無識、惡劣品質的社會，可以這樣摧殘百年大樹的生命價值？

「我上國中那段時間，開始拆空房，我家那棟兀自獨立於廢墟好幾年的帶院日本式房子，終於也在一九八六年夷為平地」。

張樂濱描述的溪州糖廠快速頹敗荒涼的景象，我很熟悉。

我在一九七一年返鄉教書，正是溪州糖廠關閉，畫下句點，人員全面撤離那一年。

我任教的溪州國中，就在溪州糖廠東側對面，僅隔一道馬路，繞過圍牆，只需幾分鐘，即可走到昔日糖廠大門，進入園區。我剛回鄉那年，還有警衛崗哨，不久即撤掉，無人管制、無人看守，自由進出。

一九七〇年代，我常帶學生離開教室，去園區上課。在綠蔭道逛逛、圍坐大樹下開講，師生輕鬆自在，是我很喜愛的自然大教室。

張樂濱國小畢業，去鄰鎮北斗國中就讀；我不認識她，但我認識她父親張醫師。

台糖總公司舉遷台北，張醫師想必是喜愛溪州農鄉、溪州糖廠的美麗純樸吧。他決定留在溪州，曾在街上一家診所看診，而後在台糖新社區自己開設了小診所。我曾帶小孩去看病，是一位溫文儒雅而客氣的醫師。我印象深刻的一句話是：「小孩需要多抱抱。」

張樂濱的國小同學，大都就近讀溪州國中；我的學生中，仍有台糖子弟，因為少數另有工作（如學校校工、老師），和有些已屆退休人員及眷屬，仍可繼續留住宿舍。多位教過的台糖子弟，左玉芳、張盛舒、王文蔭、羅慕貞……雖已畢業數十年，至今和我仍有聯繫，有時候談到溪州糖廠的變遷，都不勝唏噓、說不盡的感嘆。

在毫無任何願景規劃下，全面毀棄整個廠區，包含所有最珍貴的歷史記憶、文化情感，也連根鏟除呀！如果好好保留下來，這裡不只是台糖子弟如張樂濱、如我教過的學生，「夢中」永遠的故鄉，而是有寄託、有歸屬感的故鄉，不論身在何處，必然會召喚他們回來看看的心靈故鄉。

簡單整理溪州糖廠身世「年表」：

一、一九〇七年（明治四十年），台灣富豪林氏擬議在溪州創辦糖廠，藉用官廳權力強制收買民地（類似現今的強制徵收），設立臨時土地登記所，辦理此項土地買賣手續。所屬「農場地」，總面積約一千多公頃。

二、一九〇八年，正式成立林本源製糖合名會社，除了會社所屬農場種植甘蔗，也獎勵民間種植，為運送甘蔗之便，以糖廠為中心，向各地農場鋪設鐵道，通稱「五分仔車」。

三、一九一二年（大正元年），改名為林本源製糖廠，次年又改名為林本源製糖株式會社。廠區（含工廠、辦公廳及宿舍群）約二十多公頃；另在多處農場設「事務所」。

四、一九四〇年代初，太平洋戰爭，糖廠屬日本政府重要設備所在，成為同盟國（美軍）轟炸、掃射目標，廠區受創嚴重。

五、一九四五年，太平洋戰爭結束，中國國民黨政府渡海來台統治，凡屬日本人公私財產者，皆歸國民政府所有，糖廠由國民政府接管，時局動盪，多次更名，一九四七年更名為「資源委員會台灣省政府台灣糖業公司溪州糖廠」。爾後簡稱「台糖」。

六、一九五四年，溪州糖廠關閉。

幾乎所有「文獻資料」一致說法是「因逢國際糖價低迷、漲落無常……」，以致台灣糖業失去國際競爭力，快速沒落，日治時期留下來的四十多所糖廠，逐年陸續關閉，停止生產，溪州糖廠即是首波關廠並逐漸毀棄的「範例」。

應該還有人事制度、經營不善、重工業輕農業的經濟政策等等重大因素！只是很少見到誠實檢討。（我有一冊厚而重的《台糖七十周年紀念專刊》（二〇一六年五月一日出版），印刷十分精美，洋洋灑灑歷數輝煌政績，隻字不提四十多所糖廠（製糖所）怎樣消失。董事長的序文〈七十有成，再造輝煌〉，典型的塗脂抹粉官場文化，不知從何評述。）

七、一九五五年，台糖總公司部分處室搬到溪州糖廠來辦公，利用原有廠房、倉庫改設成辦公廳，宿舍區則保留，分配給員工使用。一九六八年，曾經短暫設立於此的台糖員工訓練所，又由台中潭子遷回這裡。

溪州鄉儼然成為台糖公司的重鎮。這十多年間，是溪州街區最繁盛時期。由於員工多、家眷多、來賓多，消費量大，小小溪州市街，就有二家大戲院、三家餐館、五間酒家、多家旅社，郵局電信局、冰果室、五金行、醫院、百貨行、大菜市場……生活需求、應有盡有，幾乎比鄰近的北斗鎮、西螺鎮還要繁華熱鬧。

八、一九七〇年，台糖總公司遷回台北；隔年，員工訓練所遷往台南糖業研究所。

人去、樓空、房荒廢，好景不長，迅即沒落。

九、一九七一年，溪州糖廠所有廠房、財產，撥交溪湖糖廠管理。溪州糖廠畫下句點。

3

溪湖糖廠如何「管理」溪州糖廠？主要「業務」大概有三項：

一、毀棄（或放任毀棄）所有廠房、宿舍、辦公廳，一律夷為平地，不留片瓦「遺跡」，包括大水井、大水池等等生產設備；包括非常有名、純上等檜木建造的招待所「拾翠樓」。你想像得到摧毀的拾翠樓原址，做什麼用呢？做水泥網球場。

近日，無意中發現，拾翠樓匾額，竟然收藏在溪州街上某家商店，甚為不可思議。聽說當年摧毀這棟樓房時，所有材料隨人拾取。

敗家，真是敗得有夠徹底呀！

二、販賣大樹，或假「移植」之名、「建設」之名而不知所蹤，或莫名其妙消失，約二十多公頃的原糖廠園區，眾多何其珍貴的大樹，樟樹、九芎、台灣黑檀、羅漢松、茄苳、桃花心木……早已所剩無幾。

所剩無幾的幾棵大樹，執政黨輪替再輪替這幾年，還在繼續販賣呀！

二〇一七年一月，在溪州鄉森林公園休憩的民眾，留意到公園旁台糖地，有人雇工圈圍多棵高大的樟樹、桃花心木，正在進行斷根作業。向溪州鄉公所舉報，公所祕書吳音寧趕往現場，以車、以人，阻擋怪手施工。隨後鄉長黃盛祿和關切的鄉民也趕來，要求停工，施工者態度強硬，毫不退縮，發生激烈言語衝突。

依據二〇一七年一月二十二日新聞報導，各方說法——

施工的景觀公司人員表示：「這是依照買賣契約，合法做移植動作，不知為何被擋。」

鄉公所祕書吳音寧表示：「上周才跟台糖公司達成口頭協定，針對該區老樹如何做保存，但是會議都還未召開，怎麼廠商就來挖……」

台糖公司則說：「與公所的移植協議仍未完成，已經告知業者先停工、覆土，下周一將召開協調會議。」

台糖溪湖糖廠農場課課長說：「這塊農地閒置多年，最近台糖進行閒置農地活化計劃，想出租給民間，因區內有二十七株原生種老樹影響整地，曾辦理三次招標作業都流標，後來有民間業者想買其中十三株老樹，洽談後以二十八萬元成交。」

農場課短短說明，有幾個關鍵詞：閒置多年、活化計劃、影響整地、洽談（議價），透露了溪湖糖廠如何管理溪州糖廠的玄機。

千百種理由賣樹呀！

經鄉長、祕書阻擋、民眾聲援、「高層」關注、媒體到場等「搶救」行動，台糖（溪湖糖廠）終於

「取消賣樹之議」。

如果沒有這些行動，這十三棵大樹的命運可想而知，勢必如數十年來許許多多棵大樹，悄悄消失。

三、蓋住宅（例如溪糖社區）、出租或標售土地；一地一地切割，變更為建築用地、工業用地、商業用地……蠶食鯨吞。其餘，任其荒廢（閒置），任由地方政治勢力的家族及其權勢依附者占用，沒有任何願景規劃。

誰，啥款人，做何用途，有權力、有勢力、有資格，來「承租」、來占地？太深奧的社會學，非我所能理解。

最近，又發現明道大學學生宿舍附近一大片台糖農地，鐵皮密密圍起來，怪手、挖土機、大貨車，轟轟作響，進進出出，二〇二一年一月請彰化縣議員行文給在地立委：

主旨：建請協助了解鄉親詢問位於溪州鄉俊勇路與中央路三段二〇四巷口之台糖用地工程事宜。

說明：一、民眾詢問上述地段，目前施作工程項目為何？二、該地段係出租或售出於何人或何單位？

台灣糖業股份有限公司中彰地區覆函：

說明：旨述土地使用分區為都市計劃乙種工業區，由本公司提供土地設定地上權予廠商作低汙染業設廠使用。廠商已申請取得建築執照與建廠房及辦公室等，目前施作基礎工程作業。

這是什麼樣的回覆？「有講如無講」。

提供給何人或何單位、何家廠商？憑什麼可以提供土地？出租或售出？如何取得？

含含糊糊，一概避而不回。

誰，啥款人、啥款條件、啥款需求，可以「申請」到台糖大片豐沃農田，興建住宅、工廠、商區？可否查查看，有沒有特定人士、特定集團、特定地方勢力？

4

我昔日溪州國中學生章靜蘭，任教國小，子女皆已就讀大學，中壯年才去台東大學兒童文學研究所進修，撰寫碩士論文《吳晟詩文中的「童年」探究》（指導教授杜明誠），數度來訪談。有一次問我一道題目：「人生有什麼遺憾？」

我愣了一下，隨即觸動我一直耿耿於懷的憾恨，我以前為什麼不懂得挺身而出，號召鄉親盡力去顧好那麼美、那麼有歷史意義和價值的溪州糖廠。

不只是我，這些年來，常聽到許多有文化意識的鄉親，大大感嘆：如果當年溪州糖廠寬闊廠區保留下來，包括廠房生產設備、純檜木招待所拾翠樓、辦公廳、一排一排規劃齊整、前院後院都有植栽、花木扶疏的日式宿舍，尤其是數百、近千棵的百年大樹……如果善加維護、管理、規劃，現今的溪州鄉，絕對是非常重要、非常吸引人的文化觀光好所在。

我的憾恨，來自於做為溪州鄉在地老師，在溪州糖廠全面毀棄的過程中，竟然只知感嘆，沒有任何阻擋的行動作為，是多麼無用的書生呀！

為什麼我的環境意識那麼薄弱而遲鈍？

一九七〇年代，我留意到整個園區，逐年荒廢，但因還有人居住，未見什麼拆除。不曾料想到，一九八〇年代後，毀棄得這麼快速、這麼徹底。

首先是位於廠區東側的大廠房，包括溪州地標、二支高聳煙囪、溪州人稱為黑白管（黑白講）等等製糖設備，忽然整片夷為平地，不知所蹤。而後興建國民住宅（取名為「溪糖社區」）。

一九八三年十二月十四日，我在《聯合報》副刊發表一篇文章〈又一簇新起住宅區〉，記述惋嘆；我的感覺是「一簇」，密密麻麻擠在一起的房屋，取代了有前院後院、植栽綠籬的日式房舍。

文章起首句：「巨斧交相揮舞，怪手肆意連根挖掘」、「砂石、水泥、柏油層層覆壓下，再也望不見一株小草掙扎得出來，每一處可坐可臥可打滾、青翠柔軟、芬香沁人鼻息的草坪，再也尋不到蹤跡。一點點綠意，也無處尋覓。」

宿舍群等建物，放任逐年荒廢朽壞；大樹，逐年消失。

一棵一棵大樹，如何消失的？

有鄰近的「勤奮」居民，紛紛占領荒地，開闢菜園，近乎「燒墾」，因為大樹遮蔭、妨礙種植而燒樹，或枯枝落葉雜草成堆而燒，一燒再燒，終而一畦菜園至少燻死一棵大樹。

有拆除建物時，順勢剷除……，有台糖公司發包的「遷移」……，還有被「愛樹」人士悄悄盜走。那些樹的去處，地方上大都了然於心，不少私下的「傳言」至今仍流傳。

一九九七年十二月十一日，我在副刊發表一篇文章：〈尖銳的諷刺〉，敘述我的教學心情。回想到這裡，我真痛恨自己，當時為什麼只知感嘆，卻不懂得出面阻擋，只能寫篇小文章，真是無路用的書生呀！

5

溪州糖廠關閉後，經常聽到地方人士提議，如何善用這一大片園區，促進地方發展，例如設立大學啦！設立大型醫院啦！也有人希望保留原貌、做為公園……我偶爾也加入討論，卻未曾想到文資保存，成為文化園區，既蒙昧無知、又沒有任何作為。

負責「管理」的溪湖糖廠、台糖總公司，完全擺爛，沒有任何願景規劃，只「負責」讓某些建商、廠商蠶食鯨吞，一塊一塊「合法」取得土地。

第十二、十三屆（一九九四—一九九八—二〇〇二）溪州鄉長任內（曾涉嫌工程綁標、圖利廠商，多人被起訴），溪州鄉公所「爭取」到緊鄰當年糖廠員工子弟就讀的南州國小園區，設立「溪州森林公園」，占地面積二．三公頃。謄本登記時間是民國八十八年，原因是進樂市地重劃，八十九年（二〇〇〇年）正式啟用。

設立公園原是美事，但最後卻又是一波大劫難，以建設之名，施工期間，堂而皇之進行大破壞。不只全面剷除「拾翠樓」等建物，闢建水泥停車場、兒童遊樂設施等等，必須「淨空」，還設計了多處「花台」，理所當然要「移開」（或除掉）大樹障礙。另有許多大樹，也「趁機」不知所蹤。

當年園藝工程大流行砌造「花台」，樣式很多種，最普遍的大致上有二種，一種是既有的大樹周邊，砌上圓形（或方形）水泥台當座椅，把大樹框在裡面，周邊再鋪上水泥地；另一種是以磚、以水泥砌上一整排長形花台，高與寬大約數公尺，填上土壤，再種植樹木。

小小美其名為森林的溪州公園，就有四、五座數十公尺的長形花台；更糟糕的是，都種上一九九〇年代前後一窩蜂流行的黑板樹。

黑板樹長得又快又旺，根很強勢，四處竄，而花台窄，沒幾年，多處被撐破，連花台周邊水泥地也被竄根拱起，影響行人安全。常在公園休憩的鄉民，多次反應，溪州鄉公所的作為是，豎立一個紅色警示標誌，貼張紙寫幾個字：「危險！勿靠近！」就算了事，拖過一年又一年。

直到二〇一六年左右，我多次向縣政府城觀處反映，才撥款，將公園門面的一座花台，連同黑板樹一併剷除、推平，重新設計、種植。種植什麼樹呢？換上這些年新流行的藍花楹、阿勃勒等等樹枝脆弱、壽命不長的外來樹種「賞花植物」。

好好的台灣原生種大樹，大量消失無蹤，換來這些不當建設、不當種植，何其悲傷；更令人浩嘆的是，這是全台灣至今非常普遍的「建設」模式呀！

錯誤的工程設計、錯誤的種植，一再惡性循環，不只平白消耗國家可貴資源，未來我們的鄉鎮城市生活環境，將永遠沒有可長可久的大樹。

6

二〇二〇年十月十九日，溪州青年洪嘉琪，看到森林公園周邊，築起鐵片圍籬，正在施工，公園內多棵大樹，綁上紅帶，編號，很顯然有所動作。

中興大學農企業科系肄業的洪嘉琪，遊歷澳洲、東南亞二年之後，決定返回農鄉定居，親身耕作有機蔬菜自產自銷，是兼具鄉土情懷、生態理念與行動力的知識青年。

她心生疑慮，立即探問，原來是溪州鄉公所向內政部營建署「爭取」到的一項工程，名為「一〇九年彰化縣溪州鄉森林公園城鎮風貌改善工程」，補助經費九百萬元。上網調閱承包的景觀公司規劃設計圖，驚訝發現問題重重，其他工項太複雜，暫且不論，只以「對樹施工」部分，對照園區內既有樹木實際狀況，太多輕率、離譜到不可思議的「設計」。

洪嘉琪試圖向溪州鄉公所反應，若依此設計圖進行工程，勢必又要砍掉不少園區內「倖存」下來的大樹。卻只獲得鄉公所於臉書澄清「本次工程並無砍樹計劃，僅移植至適當位置」，鄉長並透過新聞媒體再三強調「本次工程並無砍樹計劃」。

洪嘉琪十分氣憤，不得已號召鄉親發起「溪州愛樹聯盟」，並製作一張抗議海報：致溪州鄉親公開信，「為何溪州鄉公所要騙咱？」

「公所公告的工程規劃設計圖，明明白白，白紙黑字，寫到要『移除十一株＋移除八十株』，就是要砍掉九十一株樹。」

「移除就是砍樹！不然是什麼？欺騙鄉親看不懂中文嗎？」

她更進一步，多次現勘，詳細列出「對樹施工」工項名稱，附上公園樹木位置分布對照圖，一棵一棵標示，指出重重疑點。

工項名稱一，「全區既有植栽整枝修剪／兩百株」；二，「既有珍貴老樹整枝修剪／十三株」。疑問：一、「珍貴老樹」十三株，有沒有包含在「全區既有植栽」之內？二、修剪理由是「影響民眾出入安全」，全區大大小小兩百多株樹木都「影響民眾出入安全」嗎？三、如何修剪？像以往「修剪」黑板樹等方式，砍頭或剃光頭嗎？

工項名稱三，「既有植栽移植／三十株」。疑問：一、經現勘，規劃移植的三十棵樹，有二十二棵高度超過一層樓高，甚至高達十多公尺（其中有三棵珍貴樹種九芎）；而這項工程預定完工日期為二〇二一年一月十七日，即將到期，卻完全沒有任何養護計劃與動作。大樹移植，未經斷根（養根）、修枝剪葉等前置作業，說移植就移植，可能存活嗎？二、預定移植到哪裡去？去向不明。三、規劃公司人員親口說，移植後死活非他們負責。那麼，誰負責？死了如何負責？

工項名稱四：「樹根扶正移植／兩棵」。

疑問：經現勘，這兩棵約四層樓高的大榕樹，明明直挺挺，蓊鬱茂盛，何須「扶正」？又要「移植」？簡直莫名其妙。

工項名稱五：「既有枯木移植／二十二棵」。

疑問：一、明明是活生生的樹，卻被列為枯木；二、既列為「枯木」，竟然又要「移植」，真懷疑設計者識不識字。

工項名稱六：「生病樹種由公所移除／十一棵」。

疑問：一、其中有三棵、目測數層樓高，生命力旺盛，活得好好的大樟樹，竟然也被列為生病樹種；二、如果真是生病了，就應設法醫治，而不是移除（砍掉）；三、為什麼這幾棵樹是公所要處理？

工項名稱七：「既有植栽移除（認領）／八十棵」。

疑問：一、移除等同砍掉；八十棵呀；連同莫名其妙被列為「枯木」二十二棵、被列為「生病」十一棵，總計一百多棵，公園內超過一半的樹要被砍掉呀！二、既要「移除」、又要讓人「認領」，是什麼意思？誰可以認領？如何認領？三、最啟人疑竇的是，其中有三棵約二、三層樓高、市價高昂「珍貴老樹」九芎，「一魚雙吃」，既被列為「既有植栽移植」（工項三）、又被列為「既有植栽移除（認領）」，到底是要移植，還是要移除，還是要免費讓人認領？是否涉嫌偷偷送人？

綜合而言，如此充斥荒謬、離譜的工程規劃設計圖，竟然可以審核通過，進行施工，太不可思議。我不厭其煩列舉疑點，記錄下來，提供給所有景觀公司及行政部門工程審查人員做借鑒，知所警惕。

7

洪嘉琪鍥而不捨，做圖表、說明書，明確指出工程規劃圖諸多荒謬、離譜，獲得愈來愈多在地青年、鄉親及護樹團體的響應、聲援。（一〇九年十月二十三日，透過立法委員林淑芬辦公室、在地黃盛祿議員服務處，行文給內政部營建署：「一〇九年彰化縣溪州森林公園城鎮風貌改善工程一案，工程預算書圖錯誤百出，與現地實況不符，涉及不當修剪、不當砍移樹木之情事，要求重新規劃設計，確保樹木原地生存，並經營建署審核通過，依法召開說明會之後，始能重新施工。」）

二〇二〇年十月二十七日，內政部營建署發文給溪州鄉公所：「請貴公所立即通知廠商停工，本署邀集中央委員於本（一〇九）年十月二十九日辦理現勘，重新檢視工程設計書圖，經同意後再行施作。」

經多方人員重新現勘、檢討、設計、公開說明會等等程序，若工程單位有得到教訓，真正按照新設計圖進行施工，園區內大樹應該可以「原地生存」吧。

我深深感慨，若非返鄉青年洪嘉琪有警覺，及早發現、鍥而不捨追查，有知識、有能力指出工項的荒謬、離譜，多人聲援，原溪州糖廠至少千棵以上大樹，而今僅存少數這幾棵，勢必又是悄悄消失的命運。

有多少人在乎？一旦消失了，在乎有什麼用？

一個鄉鎮，顯現一座島嶼。

溪州糖廠從全面毀棄，直到現今這項小小森林公園小工程，絕非個別事件，而是長年以來全台灣普遍模式，具體而微的縮影。

見微知著。一項小工程，可以看出台灣人的工程品質，從設計規劃圖到施工作業，是多麼粗率、散漫、輕忽，多麼青青菜菜、馬馬虎虎、便宜行事。

長年以來，全台灣不計其數的珍貴大樹，是在這樣無良品質的工程之下而消失。無比悲傷。

最最悲傷的是，滿朝（從中央到地方）大大小小行政官僚體系，怠惰、因循的習性；大大小小土木工程、景觀公司的輕率態度，有在意、有警惕、有認真檢討、改進嗎？

附錄 守護最後幾十棵老樹

〈我愛溪州〉社群二〇二三年十一月三日

〔守護老樹群、原地保留〕

溪州森林公園旁台糖地的珍貴老樹

大家知道嗎？溪州森林公園外圍，還有一片廣袤的台糖地。這裡曾經是台糖總公司的所在地範圍，群樹茂密。

但這些年來，台糖陸續將地「釋出」，或租或賣，連帶那些生長在台糖地上的樹木，也都遭殃。以溪州森林公園旁的台糖地為例，近百歲的大葉桃花心木、羅望子、樟樹等老樹群扎根於此，二〇一七年時就差一點被台糖賤賣掉，好在當時「我愛溪州」團隊發現後，仰賴全台愛樹人士們轉傳訊息協助，才保住老樹們的生命，使其活在溪州的天地間。

二〇一七至今，每次路過溪州森林公園旁的台糖地，看見藍天綠草地上樹木盎然生長，都覺得很美，也衷心希望這裡可以成為讓溪州人值得驕傲的公園美地。

一百四十一萬林木補償費

但是沒想到，活在台糖地上的老樹們，命運如此多舛。

昨日有鄉親向我們反應，說台糖地上的老樹們又被「動手腳」了。

我們一查，原來是經濟部轄下的溪湖糖廠——台糖公司中彰區處把這塊約六公頃的台糖地租給和泰集團長源汽車，連帶把老樹們都賣了。

近百歲的老樹啊，像這片土地的人瑞一般，和溪州居民、和外地來的朋友們，度過多少年歲月，有過多少記憶，讓多少鳥類棲息，涵養多少地下水、給予過人類社會多少無聲無息的幫助。

但是，台糖竟然打算收取一百四十一萬的「林木補償費」後，就任憑長源公司去「處置」這些老靈魂、老生命，去「處置」溪州這塊土地上的老樹群們？！

老樹何辜！

尤其，生長在台糖地上的老樹。

因此「我愛溪州」團隊不得不再次懇求大家，請幫幫我們的樹木老朋友們。

樹木不會說話，說不出話來，但樹若有靈（我們相信有），一定會希望大家幫忙……。

讓老樹們原地活著。

守護百年老樹，原地保留。我們訴求：

一、樹木原地保留。

二、請台糖將樹木提報為「彰化縣珍貴樹木」，由縣府列管。

一棵樹的成長，乘載著數代人的回憶、見證歷史、提供人類「庇蔭」。

這些老樹，在溪州，大多活得比你我還要久。

百年老樹的命運，需要你我共同守護。

純園兒童遊戲區（上，攝影／Colly Chen）；入園意象（下，建造／黃民豐、書法／黃民豐、設計師／劉凱群、詩作／吳晟、攝影／黃民豐）。

純園樹屋：基石華德福學校師生與家長的「工藝課」作品（攝影／Colly Chen）。

2024 年 11 月 10 日，紀念母親一百一十歲冥誕以及種樹二十年，舉辦「小森林音樂節」（上，攝影／ Colly Chen）；台中藝術家兒童合唱團獻唱（下，攝影／ Colly Chen）。

小森林音樂節，夾腳拖劇團的演出（上，攝影／Colly Chen）；小森林音樂節全體大合照（下，攝影／吳瑄宸）。

小森林音樂節，與樹展覽（上，攝影／Colly Chen）；小森林音樂節，吳家大合照（下，攝影／吳瑄宸）。

2014 年 9 月，紀念父母親一百歲冥誕以及種樹十年，舉辦純園紀念音樂會，參與民眾與親朋好友超過千人（攝影／林煜幃）。

溪州鄉第三公墓，在吳晟積極爭取，以及李焜耀、鐘德順兩位企業家的支持之下逐漸森林化（上）；吳晟〈森林墓園〉詩作，傳達「一木換一墓」的自然理念（下）；打造森林墓園，一直是吳晟的心願，如今樹型逐年開展如傘而成蔭，清幽宜人（左，攝影／林煜幃）。

溪州國中辦公大樓前一大片碧綠如茵、寬闊的大草坪，是由重要的自然觀念，造就出的美好環境。這樣多留綠地的思維方式，值得借鏡（攝影／林煜幃）。

濁水溪帶來的黑色土壤，十分肥沃，除了農作上得天獨厚的優勢，甚至舉辦「黑泥季」讓孩童可以盡情玩泥巴（上，攝影／黑泥季提供；下，攝影／林煜幃）；溪州公園「森林區」長達一千多公尺的「芬多精步道」，是散步、遊憩的好地方，也是「平原森林」美麗憧憬的實現（右，攝影／林煜幃）。

毗鄰純園的稻田，以「三不主義」耕作：不施化肥、不噴農藥、不灑殺蟲劑，和樹園相互「保護」，不受化學物質侵害，擴大自然生態區域（攝影／Colly Chen）。

溪州住家，綠蔭環繞，孩子從小有自然相陪。吳晟長孫女也選擇就讀屏科大森林系，成為阿公阿媽小學妹，持續推廣種樹、愛樹、護樹的理念（攝影／林煜幃）。

吳晟與莊芳華，攜手走過兩人共同為子孫留下最珍貴的自然資產「純園」。

18 芬多精步道——致農委會、台糖公司

1

我一輩子定居的農鄉，彰化平原最南端，原本也是濁水溪下游輻射狀沙洲，因而名為溪州；介於東螺溪與西螺溪之間，一九一〇年代，西螺溪東西二側，修築堤岸，形成濁水溪下游單一河道，水流引導在寬約二公里的河床，不再漫渙，溪州地質才逐漸穩定下來。

溪州鄉緊鄰濁水溪北岸，地形狹長，約十三點五公里，有一條水圳，名曰「莿仔埤圳」，貫穿全鄉，通向海岸，總長約三十多公里，是台灣第一條「官設埤圳」，在溪州鄉最東邊的村莊大庄村與榮光村交界處，築水堤、設圳頭，引進濁水溪水流，灌溉沿岸萬頃農田，水源豐沛、源源不絕。

濁水溪上游山壁頁岩、板岩、片岩崩解，落入河床，沖刷成砂，引入圳溝、農田，沉積成黑色土壤，含有豐富有機質，十分肥沃，無論種植水稻、蔬菜，或芭樂、番茄等瓜果，品質保證優良。這是溪州鄉得天獨厚的特色。尤其是彰化平原許多鄉鎮已被工業侵占，甚至是嚴重汙染，溪州鄉還能維持純淨，

多數務農的鄉親，都懂得珍惜。

近些年溪州鄉又增加一大特色，有一座一百二十多公頃、全國面積最大的平地公園「溪州公園」，約為台北市大安森林公園四點七倍大。

溪州公園分為三大區域，彼此相連，一為花博區，約為二十一公頃；二為森林區，約五十公頃；三為景觀苗木生產專區（簡稱苗木區），約五十三公頃（扣除公共設施，可租地三十三公頃）。原本都是台糖所屬農地，每一區各有不同的「歷史」。

花博區設立於二〇〇四年，為彰化縣政府舉辦台灣花卉博覽會的會場，園區內繁花繽紛多彩、青青綠樹圍繞草坪，有一處大型生態池，「魚兒水中游、鴨鵝戲綠波」，景致開闊優美；設置了三座大型展覽館及完備的公共設施。

博覽會結束後，園區轉型為常設性質的花博公園，由彰化縣政府向台糖公司承租、管理。每年春節，舉辦為期半個月到一個月「花在彰化」的展覽活動，熱鬧滾滾；平時做為縣民旅遊、休憩、舒展筋骨多元休閒的園區，我和妻也常帶孫兒來園區遊玩。

花博公園後門，緊鄰森林區。

二〇〇四年這一大片森林區，才剛種植小樹苗；二〇一四年已成樹成蔭，彰化縣政府重新規劃，將花博公園、森林區及森林區不遠處、二〇一二年設立的景觀苗木園區，連接起來，闢建自行車道相通，擴大到一百二十多公頃，取名為備受爭議的「費茲洛公園」，經鄉民抗議，譏諷為「肥豬肉公園」，二〇一六年才正名為「溪州公園」。

當年縣政府選擇花卉博覽會所在地，緊鄰廣闊森林區，造就了今日的溪州公園，早有預想遠見嗎？

2

森林區只有二項「建設」，其一是從花博區後門，穿越樹林，開闢一條水泥自行車道，中間有分隔島，汽車也可通行，延伸，直達景觀苗木園區。另一項是在樹林中，迂迴環繞，在一排樹與一排樹之間，鋪設寬約一百八十公分及一百五十公分的木棧道，取名為「芬多精步道」，以我平常步伐計算，總長約一千八百步，有一千五百公尺吧！漫步、徜徉、健走皆適宜。步道延伸出幾處小平台，可歇息、做瑜伽、打太極拳、活絡筋骨。木棧道、木棧平台，皆以不毀損樹木為原則。

每天都有不少鄉親來行走，清晨、傍晚時段人最多；假日更有不少外地鄉鎮遊客，人流不斷。不過，大家都專注、靜默，各走各的，遇到相識熟人，點頭、笑一笑、揮揮手，打聲招呼，很少停下來開講，更不可能有喧譁。

我和妻也算是常客。溪州公園花博區入口，距離溪州街道只有數百公尺，苗木區則緊鄰我的村莊。我們通常是去街上採買、去郵局取信寄信，回程順道來走走，繞行芬多精步道二、三趟，流流汗、舒展身心，不只有運動效果，常浮現某些詩文「神來之筆」的靈感。

森林區分區種植苦楝樹、無患子、光蠟樹、茄苳等落葉、半落葉性台灣原生喬木，鬱鬱蒼蒼，四季景致悄悄變換。

春風輕柔吹拂，喚醒新葉萌發，嫩綠青翠，生機盎然；滿園細緻花穗爭相綻放，以苦楝樹淡紫、粉紫、深紫色，夢幻而迷離的光，最令人沉醉。

炎炎夏日，樹冠飽滿，開展傘狀繁盛綠葉，遮蔽芬多精步道，清風微微，十分蔭涼；又有蟬聲鳥鳴嘹亮相伴，傍晚可以發現光蠟樹獨角仙出沒。

整個園區綠草如茵，瀰漫著芬多精清香氣息。

秋冬季節落葉紛紛，光禿禿枝條，寂寥而蕭瑟之感，略有「歐洲風情」。苦苓子、無患子果實掉落，常見鄉親蹲下身、彎下腰，滿地找尋、撿拾無患子果實，帶回去做天然手工肥皂，總會興起珍惜大自然資源的感動。

3

占地五十公頃的溪州公園森林區，其實周邊還散布多處半荒野狀態的小樹林。

溪州鄉親很多人來這裡運動，非常滿意有這麼美好的園區，卻很少人知道這一大片樹林的由來，也不太有興趣去探究。而我恰巧清楚來龍去脈。

二〇〇〇年，台灣首度政黨輪替，新政府提出「綠色矽島」政策，台灣南社社長曾貴海、執行長鄭正煜策劃，邀集台灣環保聯盟、綠色陣線、台灣綠色和平組織、生態保育聯盟、彰化縣綠色協會、台南縣市環保聯盟、高雄市綠色協會、台灣中社、台灣教授協會、台灣筆會……等約二十多個關注環境的民間團體，以及全國教師會生態教育委員會、立法院永續發展促進會，發起「台糖國土造林運動」，主要訴求是「闢建台糖萬頃森林」，發表〈「綠色矽島應先將台糖土地收歸國有」的建言〉，要求新政府「綠色矽島」政策，以台糖萬頃平原林方案，具體予以落實：

「台灣若想作『綠色矽島』的平地造林，新政府與台灣人民最大的寄望，應是從擁有五萬四千餘公頃的台糖公司切入，提撥至少三萬公頃闢建都會平原林。此事果然成功，台灣的國民居住空間環境品質大幅提高，國際觀光地位驟然躍升……。」

「可惜闢建台糖萬頃平原林企劃案，台糖公司以國產為私產毫無意願釋放權利。台糖公司的主管上司國營會與經濟部，亦無借重台糖廣袤土地綠化國土的導向式思考，因此本文直陳行政院與陳水扁總統。」

我也忝列發起人之一，參與推動、討論，出席多場記者會、座談會。

雖然「國內媒體大多冷漠以對，不禁質疑記者對於建設性議題的認知與支持」，還是有多家平面媒體的社論、新聞，有深入的回應、報導。文學好友周益忠教授有一篇好文〈期待平地森林公園〉。

我也寫了一篇文章，篇名就是〈平原森林〉，發表在二〇〇一年十一月六日、七日《台灣日報》副刊，陳述我的想望：

台灣天氣愈來愈燥熱，民眾愈依賴冷氣機，大地水源也愈來愈枯竭；其實平原森林便是效果最佳的大型冷氣機，也是免於土地漠化，最有持續作用的水庫資源。尤其在每個都會區周邊的生態林，可吸納大量二氧化碳等廢氣，空氣品質大大提升。

那麼居家鄰近就有清幽遼闊的平原森林，民眾就近遊憩方便，晨昏午時皆可攜眷伴友來臨，在遊憩中享有沉靜的心靈，無須每逢假日，人群、車輛蜂擁趕往山區，匆忙呼嘯來去，帶給山林非常沉重的負荷。

這是唯一搶救台灣環境品質、恢復台灣美麗容顏的契機。台糖龐大土地實有遠比一般國營事業營利取向，更為重要、責無旁貸的使命。

在台灣南社社長曾貴海、執行長鄭正煜的積極奔走，立委曹啟鴻、王麗萍等多方人士協助推動下，經過二年鍥而不捨地遊說、爭取，要求將台糖休耕蔗園闢建為平原森林，涵養自然土地、保育生態資源，終於獲得台糖董事長吳乃仁善意回應，初步規劃五千公頃土地配合農委會「以森相許」造林計劃。

二〇〇二年十一月，行政院農委會林務局推出「平地景觀造林計劃」方案，擬定造林對象、申請方式、補助及獎勵金給付標準等，有一小手冊《以森相許——平地景觀造林參考手冊》，詳細說明。

二〇〇二年六月中旬，林務局與某報系合辦「以森相許」系列宣導活動，「深入各鄉鎮推廣平地造林，活動包括針對各縣市政府、鄉鎮公所、各地林管處推廣人員，舉辦十五場執行單位說明會；以農民為主要對象，舉辦二十三場一般農民說明會……。」

事實上，以農民為對象的宣導活動，成效顯然不彰。只因「申請對象」有一條件限制：「以集團造林為原則，個人造林面積至少二公頃，且需毗鄰；與其他農民合作造林，須在同一地段且毗鄰達五公頃以上。」

現今農民耕地大都零散化，符合「毗鄰二公頃」條件，又有意願造林的農戶，少之又少。林務局應該是了然於心，「志不在此」吧！

最大「造林戶」，當然是台糖公司。若說「平地景觀造林」方案，是為台糖公司「量身打造」，似乎也不為過。

據我所知，「平地景觀造林」獎勵辦法，台糖公司與林務局協調，化主動為被動，由林務局擬定造林計劃，台糖公司配合、「響應」，去申請，成為最大宗造林戶。

台糖公司規劃的造林範圍，包括台中月眉等農場、嘉義蒜頭鰲鼓、東石農場、花蓮光復大農大富等農場……，以及嘉義、雲林各縣市，目前道路兩旁田野看見的大片樹林，包括我們溪州公園森林區及其周邊各處小樹林，都是二〇〇二年左右的台糖造林地。

我在二〇〇一年十一月發表的那篇文章〈平原森林〉，最末有一小段願景：「茂密林蔭下縱橫穿梭的步道，彷彿就在眼前迤邐開展，經常浮現非常美麗的憧憬。」這正是現今溪州公園森林區一千多公尺「芬多精步道」的景象呀！「憧憬」，終於小小地實現。

4

早在一九九一年七月，「為因應社經環境之改變」，農委會就曾推出「獎勵農地造林」政策，「符合改善生態環境、增進農業土地利用效率，及提高國人休閒生活品質等三大方針」。

一九九六年，因應賀伯颱風災變，「山崩、土石流等災害頻傳，與山林保育、水土保持不彰有密切關係。」林務局推出「全民造林運動」計劃，「號召民眾一起造林，以達國土保安、涵養水源、減少災害」等目標；到二〇〇二年七月，林務局再推動「平地景觀造林」獎勵政策，引起不少爭議，遭到知名環保人士強烈質疑、嚴厲抨擊。甚至爆發多起林務局官員貪瀆事件。

二〇〇五年八月，媒體大幅報導「全台各地造林弊端叢生」，歸納出「假造林、真詐財」，詐領造林獎金的「九大花招」，許許多多犯行手法，真是花樣百出，牽涉問題甚為複雜。不予置評。

其中最受詬病、最普遍的一項是：「砍大樹、種小樹」。

這種行徑如何發生？我以「造林戶」的親身經驗，「見證」造林計劃的施行法令、規定，及行政官僚人員執行上有什麼問題。

先從二則地方新聞說起：

其一：二〇〇二年八月十四日《聯合報》彰化版地方新聞：「申請平地造林，作家碰釘子；基層農業官員搞不清楚業務。」

這位「作家」就是我；如何碰釘子呢？

二〇〇二年七月二十六日，彰化縣花壇鄉公所禮堂，有一場「以森相許」平地造林宣導會，友人告知我這個訊息，並陪同我去參加。

林務局南投管理處、彰化縣政府農業局等相關人員一一說明，報告後，我舉手發問如何申請。林務局人員詢問我有多少農地面積及地段，確定符合資格，詳細說明申請程序，「由各鄉鎮公所提報，交由各縣市政府審核，各縣市政府再轉呈林務局審核。」

我帶回「以森相許」宣導手冊，備妥土地所有權狀，去溪州鄉公所農業課辦理。

不料農業課無人知曉這項業務；課長從座位上站起來，手一揮回覆說：「沒啦！造林政策成效不彰，早就停辦啦！」

早就停辦？啥？說什麼？

我楞了一下，沉住氣說：「前幾天我剛去參加宣導會呀！」

課長卻重覆大聲強調：「沒啦！早就沒在辦啦！」

報紙明明說：「平地造林宣導會，共有全縣廿六個鄉鎮市公所數十位農業官員出席……」，難道溪州鄉公所沒有收到公文、沒派人去參加嗎？

我忍不住生氣，有些動怒：才剛開始推動的政策，你卻一直說停辦了？

幸好有位熟識的資深課員，趕緊打圓場：「課長，既然吳老師都這樣說了，你就打個電話問一下縣政府嘛！」

課長接聽電話後，略帶威脅口氣說：「是有啦！不過規定很嚴格喔，我們每年都會實地去檢查，不能做假……。」

我不耐煩、不客氣地截斷他的「說明」。「我比你清楚啦！你們只要負責幫我呈報給縣政府。」（果然年年按時來檢查、抽測，確實很嚴格；包括二〇一四年，我們申請合格建造一間農舍，三十坪面積，不但按比例扣除往後補助款，已領取的，也全部追繳回去。）

其二，二〇〇四年三月十二日《聯合報》地方記者簡國書報導：「平地造林，吳晟申請通過，兩年來第一位」，「縣府農業局辦理平地景觀造林工作，推廣二年成績掛零，今年打破鴨蛋，有溪州鄉本土作家吳晟一人申請通過。」

就是說，我從二〇〇二年八月開始申請，二〇〇四年三月才通過，超過一年半漫長時間。期間的「公文往返」，我大都保存下來，一大冊的資料夾。坦白說，若非我鍥而不捨、緊追公文不放，還有人協助，不可能通過。行政官僚的推託，不足為外人道也！

最後一關是現場勘查。

我並非為了「響應」平地造林政策才種樹。二〇〇〇年，我從教職退休，就規劃在自家田地植樹造林，並和兒子一區一區種植；申請平地造林之時，我們已經種植了三、四分地的桃花心木、烏心石；縣政府勘查人員，自然保育課課長（我屏東農專校友），堅持按照法規，必須「淨空」，拍照存證，才能核准。就是說，已經種植的樹木，不分年歲，必須移植或砍除。什麼道理也講不通，沒有「通融」

餘地，我只能配合。

我當然捨不得砍除，只好花了數萬元請園藝工人來移植。我算不算貪圖領取每公頃平均每年八萬元獎勵金（相等於「休耕補助」）、「移大樹種小樹」的「罪犯」？

5

「申請平地造林地，必須淨空」這項規定，應該是備受抨擊，「誘發」「砍大樹種小樹」的癥結所在！也可以說是主要「禍源」吧。

當然還有許多犯行及其背景因素，值得探討。

總之，因為造林弊案連連爆發，媒體追蹤報導，「二〇〇四年七月，行政院院長「親身聽取（知名環保人士）的簡報，終於下達停止這項錯誤政策的指示。」

我要直率提出，這是「因噎廢食」、「本末倒置」，最省事、最不需要花腦筋的「指示」。

其實，一再爆發的造林弊案，主要是發生於一九九六年推出的「全民造林運動」，很顯然波及二〇〇二年才推出的「平地景觀造林」計劃，二者混為一談。

無論是「全民」造林、或是「平地」造林，是「錯誤政策」嗎？因為發生多起「砍大樹種小樹」等弊端，就否定造林政策的原意，而下達停止的「指示」嗎？

尤其是「平地景觀造林」計劃，最大造林戶是台糖公司（占百分之九十多多），最大面積造林地是台糖荒蕪的蔗田；農民造林戶（如我），少之又少。

回顧二〇〇〇年，台灣南社等二十多個關注環境的民間團體，大力推動、積極奔走將近二年，催生的造林政策，是「錯誤」的嗎？

錯誤的，是某些施行規定、執行法令呀！

立意再好、再良善的政策，若是執行不當，總會有弊端，這是很簡單的道理；可惜行政院不去認真研究、全面檢討、用心修補執行面的缺失、疏漏，反而一聲令下就停辦，全盤否定當初擬定這項政策的「初衷」；十多年來，平地造林就這樣停滯。（原先「政策目標」，設定「九十一至九十五年度」將完成平地造林一萬五千公頃，卻只達到將近一萬公頃。）

6

平地造林獎勵政策，二十年合約即將到期，之後何去何從？做何規劃？關乎台灣環境品質，影響至大，已有多家媒體關注，討論甚多。我所知有二篇報導，十分全面、深入、精闢。其一、網路媒體「報導者」（二〇一九年十二月）：「台糖上萬公頃造林何去何從？」；其二、《天下雜誌》七〇〇期（二〇二〇年六月）「與地球和好」專輯：「花了二十年種森林，為何一夕要砍光？」都很值得參考。

近日，我直接打電話請教林務局林華慶局長，得到的簡單訊息是，基本上朝向繼續補助，正在研擬新方案。我請問他：「包括台糖嗎？」林局長回覆道：沒有啊，要看農委會和台糖公司……。

就是說，「政府」（相關單位）尚未想好如何對待台糖萬頃林地。我有無限期待、想望，與擔憂。

平地需要造林嗎？

從一九九一年的「獎勵農地造林」、一九九六年的「全民造林運動」，到二〇〇二年的「平地景觀造林」計劃，林務局宣導手冊，詳列許許多多功能：

蓄積雨水、涵養水源（減少水旱災危害）；節能減碳、淨化空氣（吸塵、防沙、吸收二氧化碳、釋放氧氣芬多精）；調節氣溫（遮蔭、招風）；減緩地球暖化、多樣性生物棲地、復育自然生態、發展林下經濟、休閒農業、提升空間美學、環境品質……。這些都是很普通的常識。

平原森林價值說不盡。但有一項較少人討論，就是「減輕山林負擔、減少山區空氣汙染」。

科技文明無論如何改變人的生活方式，親近大自然，是生物的基因、本能，不可能改變；每逢休假日，大批民眾紛紛開車上山，排放大量廢氣瀰漫山林；很多風景名勝區，為了「接待」蜂擁而至的車輛，不斷擴建水泥停車場。

以台大實驗林溪頭林區為例。南投縣溪頭風景區，是台中市、彰化縣等中部民眾最佳避暑勝地。

彰化縣府補助六十五歲以上長者搭專車到溪頭休閒，多數鄉鎮都有直達溪頭的公車，班班客滿。

很多退休人員（以退休公教人員居多），每天包遊覽車、小巴士、或共乘一輛轎車，早晨出發到溪頭，行走林道、舒展身心，午餐午休後，傍晚回程。

休假日更是車潮洶湧。

「暑假首週日，溪頭見四公里車龍」；「國三竹山交流道，往溪頭道路，遊覽車一輛接一輛，車陣嚴重回堵」；「溪頭人潮太多，塞車、汙染、引民怨」；「溪頭風景區端午連假天天塞車，交通打結，衍生噪音、揚塵、空汙等問題，嚴重衝擊居家生活品質，（鹿谷）鄉民不滿情緒沸騰。」

另有一則新聞，「嚴重空汙入侵，溪頭芬多精被轉化為PM 2.5」：

中央研究院環境變遷中心調查發現，嚴重空汙不只影響森林林相健康，甚至會讓原本有益健康的芬多精，被轉化為可能危害健康的細懸浮微粒PM 2.5；

溪頭林區空氣中，有高濃度的有機硝酸鹽微粒，分析是植物排出的揮發性有機物，和交通廢氣的氮氧化物反應產生，顯示空汙量已超過自然環境可吸納程度，且危害自然生態。（記者楊媛婷）

我常在八卦山脈山腳下，通往南投的山路，看到一車緊挨一車、大排長龍、龜速前行的景象，總會再度浮現「一鄉鎮一小溪頭」這句話。

這是曾任賴和基金會董事長、彰化基督教醫院陳守棟醫師，二〇〇〇年和我一起參與「關建台糖萬頃林」運動，多次向我描繪的願景。

簡單說，如果各縣市多幾處寬闊清幽、林木繁茂的森林公園，近似溪頭的縮小版，鄰近民眾幾分鐘路程，就有休閒、呼吸芬多精的好所在，相信會吸引不少年長者「捨遠求近」，免除千里迢迢坐車、開車的奔波，減輕山林負擔。

以彰化縣為例，很難想像，百萬人口、廣大的彰化平原，除了溪州公園，竟然沒有寬闊清幽、林木茂盛的公園，即使彰化市、員林市，原有的公園、公園預定地，早早就被「開發」掉了。

「一鄉鎮一溪頭」，其實就是一鄉鎮一森林公園，只有寄望大地主台糖公司才能實現。

7

我在一篇報導，看到一位台糖公司歷任數朝的資深董事長接受訪問，侃侃而談，幾乎都是本位立場、功利取向的思考，其中有一段話，最令我吃驚：

「大家都希望最好是一片綠油油，下面不要長草，很乾淨，鋪得很平，可以帶小孩子進去散步」，「但換成你家，沒有收入，就是一片地給大家散步踏青，誰可以做這個事情？」

這是什麼話、什麼思維？台糖公司是「誰家」的？是全民共有的國家資產呀！何況，台糖造林地，總共領了多少獎勵金？多少「租金」？

即使私有地，我家二公頃造林地，一直都是開放式管理，鄰近農民常來泡茶、休憩，不少鄉親常帶小孩子進去散步……。

台糖公司接收日產十多萬公頃農地，成為超級大地主，陸陸續續零星切割「釋放」出去，造就了許許多多科學園區、工業區、商業區、公私立大專院校、中學校區、國民住宅區、公家機構、民營企業，乃至大型醫院……等等，做出了很大貢獻。

而今僅存四萬公頃左右農地，該為日益惡化的環境品質，有所付出吧！可以為對抗氣候變遷、減緩地球暖化效應而盡力吧。

很多人深切感受到，原本四季分明的美麗寶島，幾乎不見春、秋了，只有夏、冬二季，而且夏季愈來愈長愈炙熱，氣溫節節飆升，最高溫已逼近攝氏四十度，這是很明顯的警訊、提醒，我們最迫切需要的「建設」，就是大片大片樹林呀！

目前台糖公司造林地，依種植面積分布如下：屏東縣（三千多公頃）、花蓮縣（二千多公頃）、台南市、嘉義縣、高雄市（各一千多公頃）、台東縣、雲林縣、台中市（各數百公頃）、彰化縣（一百多公頃）、南投縣（二十多公頃）；集中在南部及東部。

這萬頃林地，與林務局的合約即將到期，何去何從、如何使用，農委會大致上已有評估、規劃，據我的了解，看得出很用心，想要面面俱到；但我還是有不少憂慮，懇切建言：

森林（或者說大片樹林），一定要規劃做什麼「用」嗎？無用之用、是為大用；保留下來，即使成為荒野（只要不被藤蔓攀附、纏繞）、成為百年林木區，自有其重要價值。

當然可以分區做很多經營，我心目中最理想的方案，便是溪州公園模式。但無論什麼規劃，請務必以不砍樹為最高原則。十年成樹，百年成材；即使規劃樹材之用，才二十年樹齡呀！

我相信農委會陳吉仲主委，一定不會忘記，十年前，我們一起參與反國光石化運動，共同信奉的愛因斯坦一句名言：「不是所有可以計算的東西都是重要的；也不是所有重要的東西都可以計算。」

附錄　彰化熱到爆、溪州卻涼爽

受太平洋高壓影響，全台飆高溫，根據中央氣象署的測站資料，南彰化地區逾半數的鄉鎮，連日擠進全台最熱排行榜；北斗鎮更連二日以攝氏三十七．四度，擠進全台最熱前十名。但令人好奇的是，與北斗鎮相鄰的溪州鄉，為何連前一百名都排不上。

地方認為，這與溪州鄉擁有近兩百公頃的「平地森林」有關。包括詩人吳晟的「純園」。這些平地森林讓溪州降溫。

（二〇二四年六月二十五至二十七日，記者顏宏駿）

19

開闊歷史視野——《花蓮林業三部曲》閱讀心得札記

1

致力研究森林經營、環境與生態文化等領域，卓然有成的王鴻濬教授，二〇一六年六月出版《1922無盡藏的大發現：哈崙百年林業史》（部分章節由張雅綿小姐撰寫）；二〇一八年十月，再完成《森林、部落、人——太魯閣林業史》，仍由農委會花蓮林區管理處出版；二〇二一年五月，繼續完成《戀戀摩里沙卡：林田山林業史》。

哈崙、太魯閣、林田山林場，合稱花蓮三大林場。這三部書合稱「花蓮林業三部曲」，總計約八百頁，是台灣林業史研究非常重要而有特殊意義的文化成果。

史學研究，本就冷僻又艱深，何況是研究正在急遽變動當中的自然環境史，更是辛苦。整體台灣社會氛圍，喜歡關注各種人際政治勢力的起落跌宕，對生活周遭大自然環境變動的歷史，卻相當無知無覺。曾經宏偉壯碩的台灣山林，如何在短短百年間，遭受嚴重摧殘而破敗的真相，始終被掩沒在一波又一波快速開發潮的背後。尚留存可資依據的史料如此有限，王鴻濬教授多方蒐集資料、參考文獻、尋找圖片，細心爬梳、整理、嚴謹查證；並親身帶領研究團隊，進行現場踏查破敗遺址，深度訪談曾經身歷其境的耆老、庶民，對象以參與林業工作者為主，涵蓋了多種族、多群落、多行業、多年齡層……，來記錄土地生態森林的巨大歷史，呈現多元樣貌。如此浩繁的學術研究，終於完成這巨著，讓我非常佩服王教授專業治學的功力。

「花蓮林業三部曲」文筆平實、自然、流暢，敘述脈絡清晰，親切引領我們漫遊知性大道、感性小徑交錯，在台灣林業史觀的建構下，深入認識花蓮三大林場的林業經營、地方林業文化的內涵。訪談採擷而來的感人小故事、有趣的經驗談，增添現場感、生活化所帶來的新奇。尤其是附多幀珍貴的歷史影像圖片、繪圖插畫，生動美觀，版面活潑、賞心悅目，增進閱讀興趣。既是嚴肅的「學術著作」，也是大眾化的「優良課外讀物」。

閱讀這三部史書，最先感動我的是，王鴻濬教授完成花蓮林業三部曲的「起心動念」，也就是通稱的「創作動機」，流露在《哈崙百年林業史》扉頁，作者簡介：「民國八十三年獲得美國密西根大學博士學位，適逢國立東華大學新創，獲聘任職於自然資源管理研究所，舉家由美遷居花蓮，成為新一代花蓮移民。東華位於木瓜大山山腳的沖積平原上，二十二年來每日面對虛無飄渺的哈崙，感覺既親切又陌生，但漸漸產生深厚的感情是無庸置疑的。由於教學與研究興趣，未來將持續林業歷史的調查研究，希望逐步描繪出花蓮的森林、人與環境變遷，為爬梳台灣東部的發展盡心力。」

不可諱言，長年以來，台灣多數高等學府，往往自成一個「國度」，和在地太多疏離、太少交集；多數教師與學生，彷如過客來來去去，少有在地歸屬感，不太關心地方事。

王鴻濬教授正是以東華為家，以花蓮為安身立命好所在，以新一代花蓮人自許的在地情懷，滿心歡喜的深刻「痴」情，這般「源源不絕的動力」，融入教學研究，催生了探究花蓮林業史的念想，開始醞釀、規劃、提出系列研究方案，並積極實踐，至少耗費七、八年時間，鍥而不捨，逐步去完成這項浩大工程，特別值得敬佩。

2

誰把我們的檜木砍光光？

森林，是上蒼給予台灣島嶼最大的恩賜。在人類尚未出現的更早以前，從荒原上的蘚苔發展到蕨類，從矮小地被到高聳巨木，都是歷經千千萬萬年才孕育成型的。綠色植物始終以它們不屈不撓的意志，繼續成長、演替，繼續繁衍它們豐美的森林王國。在地球生界中，森林始終是最慷慨的布施者，默默奉獻甘美的花果食物，清泉流水，潔淨空氣，也奉獻出自身堅實的軀體，孕育著大地眾生命的和諧與永續。

最早的台灣原住民，在林木間營造生活家園，在叢林間追逐呦呦野鹿，迅捷的身影，穿梭在眾生群聚的林野間，那時，森林不是誰的財富，是生態共生的家園，是豐美完整的生命循環體。往後台灣經歷過一代又一代的移民潮，將山林視為理所當然的財富，才有了一連串據山占林，攫取掠奪的開發。

漢移民帶來了所謂的財產制，除了授予屯墾民的屯墾地契之外的所有山林，都是「官地」，造就了往後所謂的國有地。一八九五年，日本政府取得台灣統治權後，以集體經濟規劃者介入這片森林王國，進行森林資源精確調查，訂出百年尺度的開發政策，依照永續使用計劃，制定伐木、造林、國土保安，水源涵養並行的林業開發政策，力圖達到林業資源永續利用的目標。

一九四五年之後，國民政府接收林業資源，沿用日治時代的基礎，在促進國家經濟發展，增進人民福祉為理由，砍檜木外銷賺外匯，砍針闊葉林供應造紙原料，不分母樹林、水源林、保安林，路開到哪裡就伐到哪裡，正是山林大災難的時代，而沉默的森林，任人予取予求。

有關這一段歷史，王鴻濬教授的敘述不偏不倚、不多做評論，只以史料還原史實。整理出台灣在日治時代與國民政府時代伐木量的比較資料：

「台灣光復前，銷日檜木原木，……二十二年間，每年平均17,211立方公尺。台灣光復後，以農林輔助工商發展的政策，使得台灣銷往日本的檜木量大增，為國家賺取不少外匯。台灣林木砍伐高峰期間，自民國五十一年至六十三年（1962—1974），十三年間平均每年銷往日本的檜木原木為166,173立方公尺。」

我們讀這本書，從他所整理出來的「檜木外銷數量的變化」，可以看出國民政府在林木砍伐工程的「效率」，遠遠超過日治時代許多倍。

台灣政權多番更迭，歷史記憶也一再被迫斷裂、嫁接、置換，而多紛擾；普遍重現實、輕史實的台灣民風，加上國民政府的教育政策，嚴重忽略台灣史，尤其自然環境史更是匱乏，諸多為了擁戴政權、刻意裁剪，偏離史實的宣傳品，造成多數人對許多事務的認知與評斷，很容易「去脈絡化」，而流於片面。我們閱讀「花蓮林業三部曲」，可以真正認識完整的台灣林業史。

3

《太魯閣林業史》有一段敘述一棵參天巨木、又直又高的台灣扁柏，樹靈再現的神奇故事，提及日人「感有生之物皆具靈性」、「有感於太多神靈巨木遭遇伐除禍害」，遂於一九三五年豎立「樹靈塔」，「以告慰神木英靈於天上」。這是大多數遊客沒有印象的景點。

「曾經去過阿里山國家森林遊樂區，想必對阿里山的森林鐵路、日式車站建築、天空步道、神木群與櫻花林，曾留下些許記憶，但大概很少人會去注意日本人在阿里山林場裡所立的『樹靈塔』紀念碑。」

我便是那「很少人」之一。

二〇一二年，我初次遊阿里山，這是一趟文化之旅，同行的多位詩人朋友交出的詩作，大抵是描寫日出、雲海、晚霞等美景，我則交出一首〈樹靈塔——阿里山上〉，抒發我單獨佇立在樹靈塔前，沉思良久的領悟。

即使遭受人類斧鋸的放肆摧殘、烈火焚燒，落在地表的每一顆種子、每一種生命，依然不懈怠地努力展現他們的生命活力。

留下樹頭，還可保留生機；甚至可長出二代木，三代木。不論是以「林相變更」為名，以「清除枯倒木」為名，或營私勾結，將樹頭連根挖走，造成土石鬆動、地表裸露、山林崩塌，是伐木作業對山林最大最不可原諒的傷害。

4

花蓮三大林場雖然比其他林場更晚開發，而最大規模的伐木，始於戰後一九五〇年代，至一九六〇年代，為伐木全盛顛峰期。砍完高海拔針葉林，一九七〇年代，更以「林相變更」計劃為名，繼續將低海拔的保安林、防沙林、水源涵養林等等闊葉林區，全數皆伐。一九九〇年發生銅門村土石流滅村事件的秀林鄉，不正是林田山林場被過度砍伐之後的災難嗎？

其實，豈只花蓮三大林場，全台灣北中南東各大林場，一九五〇年代到一九七〇年代的「伐木事業」，都是全盛顛峰期呀！

我年輕時候讀過詩人余光中發表於一九六三年三月的一首詩作，長達七十多行的〈森林之死——二月廿六日大雪山所見〉，甚為震撼，想必是詩人去大雪山林場參訪後所作，與天地同悲的詩句，至今仍經常在我胸臆間迴盪，慨嘆再三。余光中一生詩作千首，不乏佳構，這一首，我感觸最為深刻。

節錄數段：

整個下午，大屠殺進行著
滅族的大屠殺在雪線上進行著
鏈鋸砉砉，磨動著鋼齒，鋼齒
白血飛濺，自齒隙流下。殺！
殺十七世紀的遺老！殺！
殺歷史，殺風景，殺神話！殺殺殺！

倒下雲杉倒下高高的雲杉倒下
紅檜倒下華貴的紅檜倒下冷杉
倒下寒帶的征服者冷杉倒下
美麗的香杉倒下森林的旌旗

大屠殺進行著，絕壁高高舉起
悲劇的舞台。雪峰無言
冷峻的陽光無言，惟鋼鐵勝利

整個下午，原始林在四周倒下
悲嘯呼喊著悲嘯答應著悲嘯

「森林之死」詩作的時代背景，《林田山林業史》一書中，王鴻濬教授有一節敘述：「民國四十年代，林務局ＸＸＸ局長因官營材配售弊端案而下台，接續上任的ＸＸＸ局長以『多伐木、多造林、多繳庫』政策，鼓勵官營伐木，並賦予了伐木正當性理由。……形成官商勾結的弊端。……，又強化了利益共構的勾結關係。政府為了滿足市場需求，以及擴大木材外銷，賺取外匯，直營林場大量伐木，官商勾結弊案頻傳，甚至促進了盜伐的盛行，台灣社會與森林環境在民國五十年代付出了代價。」

當年以林田山林場木材做為紙漿原料的「台紙公司」，幾乎全山皆伐，大小通吃掉所有綠色植物。官商合營的「台紙公司」輝煌事業體，藉股票上市來吸收大量投資人資金，最後公司頭人隱匿資產，移轉海外，於二〇二〇年落得股票下市，坑殺掉多少投資人。林田山上，千萬樹靈，為人類所付出的犧牲，徒留一場空。

錯誤的政策，加上人謀不臧，林務單位歷年來一再爆發的弊端，真是罄竹難書，令人怵目驚心。

台灣珍貴林木的殺伐，直到一九八九年，專營伐木的林務局，由「事業預算」單位，改制為「公務預算」機關，無須再背負沉重的「生產」壓力、一味追求盈利；更準確地說，森林資源耗竭所剩無幾；

直到一九九二年頒布「全面禁伐天然林」的法令之後，各大林場才終止伐木事業。

5

林田山林場，在日治時期稱為「森坂」（日語發音摩里沙卡），意指林木叢生的坡地。長二十七公里，寬二十六公里，面積廣達七萬多公頃的山坡地，曾經是台灣原生紅檜、扁柏，鬱鬱蒼蒼的大森林區。這廣闊森林的生態狀況，隨著不同時代的推演而變動，曾經綿延無盡的森林區，如今隸屬於鳳林、萬榮、秀林三個行政鄉。近年來，各鄉鎮間交通便捷、生活繁榮，百年之前「摩里沙卡」的原生風貌，卻已經不在人們的記憶當中了。

而目前位在距離花蓮市區，大約四十公里車程，被規劃保留下來的「林田山林業文化園區」，屬於萬榮鄉，占地約十四公頃。但它只不過是早年數萬公頃廣闊林場當中的一處伐木基地而已。林田山林業文化園區的林業生產設備、日式建築房舍、林工生活聚落，最後在地方文史工作者努力下，受到官方重視，得以留存下來，也算是一場歷史幸運。但全台灣島嶼，多少其他更大規模的林場、林業生活聚落、林業開發設施，在更早之前，就已經被毀棄到不知所蹤了。

今日，生活在人造城鎮的我們，體能被文明馴化得非常軟弱，若要親身探索原生森林的風貌，是非常困難的。但是，人總是懷抱著親近自然，重返森林的渴望，好像漂泊的浪人對故鄉的思念一般。因此，好好讀史，懷想森林的前世、今生，並窺探它們的可能未來，好好走讀難得被保留下來的「森林文化園區」，是我們更靠近森林的初步。

每一次我有機會來到花東，「林田山林業文化園區」始終是吸引我一再踏臨、一再體驗、一再沉思的地方。我總愛在園區四處遊走，穿梭在目前僅存的林業遺跡之間，想像這些雄偉的設施，曾經如何擔負起浩浩蕩蕩的鉅工，想像它們在荒廢的歲月中如何淪落到腐朽、敗壞，得以保存下來。我漫步在寂靜的林道樹蔭下，佇立每一幀影像記錄之前；我揣想台灣林業興衰，從「輝煌」步向「滄桑」的歷程，也經歷著人類放肆殺伐「美麗森林」之後，所必須承受的「災難哀愁」而興起無限感懷。

6

愛與關懷，從了解開始；建基在真確的了解之上，庶幾免於偏差的行為。了解，是愛與關懷最根本的功課。

我們回顧台灣史、探究台灣林業史，正是為了理解過去、省思過去，進而正視現在、檢討現在、策劃未來，探索可能依循的道路。

誠如現任林務局局長林華慶所言：「高山是台灣的倚靠，森林是台灣的血脈。……林木被當作支撐台灣經濟的後盾之一，值得國人緬懷，然而懷想林業黃金年代之餘，也必須正視我們加諸山林的創傷。」

「花蓮林業三部曲」多處讀到對山林創傷的感觸，我常停頓閱讀，陷入沉思：

「（台灣）森林的開發充滿了戲劇性，反應了歷史發展脈絡下的必然性，回顧過往，常常掩卷而嘆，帶有許多的無奈與感嘆。」

「有生命之物皆有靈性，……樹靈再現來警惕世人，身為萬物之靈的我們，應為森林的砍伐，做最深刻的沉思反省。」

「人類貪婪的自利心，更擴大了伐採的範圍。它的進程似乎依著現代市場規律而走；追求更多的生產與消費，帶動更多的需求成長。直到發現我們已經所剩不多，大自然也開始反撲，才發覺必須停止對森林的掠奪，而思考與大自然和諧相處的方式。」

王鴻濬教授最念茲在茲的反思，是「人與大自然和諧相處的方式」，是「讓失序的森林恢復生機，就是永保每一個國民的生機」。總體而言，是「大浩劫之後，如何讓山林休養生息」。

這些理念，具體落實在「永續林業」的重視：「森林經營貴在永續利用，在伐木之後，有接續的造林，及森林的撫育，才有林業的永續。」

然而，林業如何永續？如何撫育？「林業」如何與「休養生息」共存？在在值得探討。台灣山林的「開發政策」，從一九一〇年代到一九九〇年代，一直是「伐木」與「造林」「並行」。只是，比重太懸殊、太傾斜。

「花蓮林業三部曲」大部分章節，每個年代的「伐木」與「造林」狀況，交互出現。可以看見王鴻濬教授的心意所在。

台灣的造林政策與執行，一直存在或發生很多問題。即使一九八九、一九九二年之後，各大林場轉型為國家森林遊樂區、自然教育中心、林業文化園區……等等，符合世界自然保育的潮流，仍然有很多值得檢討的現象。例如工程迷思作祟、不當水泥「建設」一件又一件；例如為了衝人氣、拚人潮，一窩蜂盲從潮流，違背「適地適木」基本生態觀，大量種植櫻花等（水土保持不佳）賞花植物……。

被規劃成適合一般大眾旅遊的文化園區，不只要細心修復古老文物，妥善保存，也要補植適合該區水土的原生植物，更要以尊重歷史真相的思考，來教育民眾，達到真誠反省與尊重自然的目標。

森林比人類更早存在於大地，森林一旦死滅，人類絕不可能獨活。森林不是單為人類的利益而存在，它是創造萬物眾生和諧永續的根基。在受難的土地上，植林、撫林、護林，規劃成國家保育公園區的理念，啟發所有政權，必須負起保育的責任。用國家力量來守護我們尚存的森林資源，修復破敗生態，是全世界普世認同的價值，也是全民應有的共識。

原生天然林，不需要人為的介入，它最需要的是休養生息。如同每一顆種子，都必須仰賴大地的庇佑，才能存活成長，人類與眾生命的永續，更必須依賴健全的森林生態系。讓每一顆落在地上的種子，都能盡情發芽，盡情茁壯。

每一處林場的發展，是台灣林業的縮影，在台灣林業史上，不但具有共通性，也各有特殊性。閱讀「花蓮林業三部曲」，能讓歷史視野更開闊，對台灣獨特地理環境、台灣林業發展的時代背景，有更深刻的理解，一一轉換為堅定守護台灣山林，更深遠的想望。

附錄Ⅰ 詩作〈樹靈塔——阿里山上〉

先有了朝曦、晚霞與豐饒大地
才有了群山萬樹
先有了雲霧、雨露與千萬年歲月
才有了薄皮紅檜、厚殼扁柏……
原始林，至善純美之境

上蒼的懷抱何等慈愛
阻擋不了歷朝掠奪的斧鋸
沿伐木林班道入侵
橫過世紀的腰，狠狠切割

山林斷裂出巨大的傷口
殺戮之後，贖罪的樹靈塔
圓形台階如年輪、高聳塔身如樹幹
請安靜下來，肅穆佇立
傾聽萬千樹靈無言的痛

每一座殘留的樹頭
千年魂魄仍不捨離去
仍牢牢抓住土石
所有的痛，化作動人的生命力
繁衍二代木、三代木……
蔚成周遭子嗣、依依環抱

——（二〇一三・二）

附註：

台灣山林豐饒巨木群，從一九一二年日本時代，開始砍伐，到國民政府渡海來台接收統治權。從一九五〇年代延續到一九八〇、九〇年代，更是台灣山林大浩劫的時代，令人浩嘆。

樹靈塔是日本人一九三五年建造，矗立在阿里山山林中，高約二十公尺的石塔，底部有六層代表樹齡的環狀物，一層代表五百年，表示被砍伐的樹木，有很多不只千年歷史，而是二、三千年。

二〇一二年我參加彰師大蘇慧霜教授舉辦的阿里山文化之旅，獨自肅立在樹靈塔前，默思良久。

樹靈塔的建造，傳說故事很多，而我寧願相信無非是要警惕世人，有生命之萬物皆有靈性，樹靈再現，是要提醒、告誡世人，應該為森林的砍伐，做最深切的沉思反省。

附錄 II　錯亂的歷史記憶

誰，哪個政府把我們的山林大量砍伐？

大約二〇〇五年吧！我和妻退休後數年，首次搭阿里山森林小火車去奮起湖，上車不久，有一位四十歲左右的男士，帶領一群女生坐到我們對面的長排椅上。火車行進中，他扶著手把站起來，對這群女生導覽，大意是說：日本政府把阿里山珍貴的檜木砍光光，運去日本，直到我們的政府來了，才開始補種。

想不到這一番「導覽」，激起了這群女生的愛國心，群情激憤，齊聲喊道：「可惡，我們去日本把它搶回來。」

喊聲嚇了我一跳。我很冒昧地對這位男士說話：「不好意思，請問你這樣的導覽正確嗎？」這位男士理直氣壯地回我：「沒錯啊，這是我昨天剛從官方網頁得來的資訊呀！」

我很疑惑，我們的「官方」都是這樣「簡略」地教育民眾嗎？從此我的演講中，又多了這一題「問卷調查」：「誰，哪個政府，把我們台灣的山林大樹砍光光？」毫無例外，每次「問卷」，滿場聽眾的回應，以沉默居多，少數回答「日本」，極少聽到「國民政府」的答案。

二〇一九年，在網路上看了一支美美的影片，名為「花漾四季阿里山」，其中有一段「旁白」（逐字稿）如下：「日本政府為了開發阿里山豐富的檜木資源……一九一二年阿里山森林鐵路通車後，源源不絕的林木便大量運下山來。一直到台灣光復，政府為了保護森林資源，逐步停止伐木作業，將阿里山轉變為國家森林遊樂區，這些年來，在林務局嘉義林區管理處的努力經營下，阿里山已成為國寶級的旅遊景點。」

這真是巧妙的「刪去法」的歷史敘述，巧妙避開國民政府大砍伐的史實。我查問之下，才知這支影片由阿里山林管單位所製作，提供給很多媒體播放，包括官方的「央廣」，流傳甚廣，影響十分普及。

事實上，一九四九年之後，國民政府接收林業資源，沿用日治時代的基礎，以促進國家經濟發展、增進人民福祉為理由，砍伐檜木林外銷賺外匯，砍伐闊葉林供應造紙原料，不分母樹林、水源林、保安林，林班道深入再深入，路開到哪裡，樹就砍伐到哪裡，一九五〇至一九七〇，延續到一九八〇年代，正是台灣山林大劫難的時代。

公家單位的採伐數據，明確顯示（不包括放任盜伐的數量），國民政府在林木砍伐工程的「效率」，遠遠超過日治時代許多倍。

台灣政權多番更迭，歷史記憶一再被迫斷裂、嫁接、置換、竄改，而多紛擾。

二〇〇二年三月，我擔任南投縣駐縣作家期間，有一篇〈車埕小站〉，其中一段：

一九五〇年末，巒大山林場大肆伐木，並不是台灣的始例，在此之前有阿里山林場、太平山林場、大雪山林場，早都經歷過更慘痛的殺伐經驗。是怎樣的一種時代背景，政府的林務政策，可以容許某個「特別」的個人，如此肆無顧忌地開山闢路，毫無保留地將整個山林砍伐殆盡，來成就其個人家族企業，直到今日仍然不衰頹？

運材卡車如何往中央山脈深入？千年巨木如何被一一分割，再運送出來？冒著白煙的蒸氣火車，如何把台灣土地億萬年孕育的林木運出山，銷售國外？所謂的「林業興盛」時代，也就是「瘋狂伐木」的年代，那究竟是台灣經濟的「興旺生機」，還是台灣大地「夢魘」的肇端？

也許是環境意識的提升，也許是值錢的「巨木」幾乎早已被伐光，一九九一年國民政府才明令禁伐天然林。但是一切後患才正在上場。回頭看這一段山林的血淚紀錄，年年橫流的土石，就是土地對人類的控訴。

彷彿聽見萬棵大樹的千年魂魄
在山林間無依飄盪
因無處著力
抓不住土石的奔流而哀哭

20 適地適種——外來、入侵種的危害

1

台灣民風普遍重現實、輕史實，國民政府來台，教育政策、文化宣揚，嚴重忽略，甚至背棄台灣史，尤其自然環境史、本土生態觀，更是匱乏。

整體台灣社會，喜歡關注各種人際網絡、政治勢力的起落跌宕，計較現實利害關係，對於生活周遭大自然環境的變動，卻相當無知無感無覺。

大約一九七〇、八〇年代，台灣工商經濟「起飛」，邁向小康富裕，現代化民生設備逐漸普遍，自然環境則付出莫大代價。繼山林大浩劫之後，平原上的大樹、海岸的防風林，也快速砍伐得所剩無幾。「園藝景觀工程」開始興起，成為「建設經費」必要編列的重要項目之一。

所謂的景觀工程，除了水泥「建設」，簡而言之稱為綠美化；更簡化而言，就是種植花草樹木。

真正很無奈、很可悲，台灣人民長期浸染在殖民文化的薰陶，自主意識非常薄弱，絕大多數園藝

景觀設計，非但景觀偏愛歐洲童話故事等等外來文化的意象（例如：嘉義縣玻璃鞋大教堂），植栽更是很少就地取材，種植台灣原生本土植物，反而捨近求遠，大量引進外來物種，順應、或者說引領大眾盲目崇尚東洋風情、歐洲風情……，在淺薄的媒體報導推波助瀾下炒作，造成風潮，一窩蜂流行，一時追逐這種豔麗花樹、一時瘋迷那種「祕境」……。

我見識過最離譜的例子，在海風強勁、夏季炙熱的西濱公路，沿路設置水泥花台，種植櫻花，我追蹤調查，早就不見樹不見花，只剩花台（目前還在）。我曾擔任台中市政府「植栽樹木委員會」諮詢委員，某次去西海岸鄉鎮學校輔導校園綠美化，我建議種毛柿、榕樹、山欖等適應海岸生態的植物，校長竟然執意要種櫻花。我真疑惑，「適地適種」這不是很基本的生態常識嗎？

原生植物是指在某一地區，經過漫長時間的自然演化，已適應當地地質、土壤、水文、溫度、濕度及氣候，具有較強的抗禦病蟲害能力，和當地生態系共存共榮，一起生長，形成群落，可提供鳥類、昆蟲等野生動物較多食物及隱蔽棲所。

原生植物具有當地特色。有人文故事、歷史情感，可以強化本土意識、鄉土景致、鄉土美學。

即便從實用價值而言，原生植物常與住民生活所需息息相關。例如無患子果實可製作肥皂、樟樹可做樟腦、烏心石可做砧板、台灣櫸木、苦楝、九芎，櫸榆、茄冬、紅楠……，不只樹形優美，皆是樹齡長的上等木材，大多堅韌，具有深根性，抗風、耐旱，可增加土壤儲水，發揮水土保持的功能。

台灣原生樹種的特性是長得慢，卻質地堅硬、強韌，樹齡愈大價值愈高，台灣淺山、屯區、海岸，各地適宜生長、種植的優良植物太多太多了，幼苗取得容易又便宜。我們的園藝商，卻為了貪得商業利益，討好粗俗的「大眾美學」，輕賤本土，崇尚外來，一波又一波引進、炒作、帶動流行，對本土生態系的衝擊，造成無可估計的危害。

2

我一再強調台灣原生樹種，紅檜、扁柏、圓柏、台灣杉、大鐵杉、肖楠、櫸木、櫟樹、毛柿、烏心石，十分普遍的樟樹……，乃至百萬年亞熱帶島嶼，獨特的氣候、溫度、濕度、雨水、土壤孕育而生，分布高山、中低海拔、平原、海濱，哪一種不是多麼珍貴。

然而短短百年間，尤其是近幾十年，這許許多多台灣原生樹種，大量砍伐，繼之大量移入殖民國樹種、移入文化霸權樹種，又在浮誇的國際化滔滔風潮迷思下，移入一波又一波商業炒作、綁標設計，美其名為「園藝」的「昂貴」樹種。無論適宜性、功能性、未來性、樹型之美等條件，我們自己的原生樹種，哪一種不如？為什麼會被排擠到近乎絕跡？

任何物種都該尊重，我不該、也無意批評，然而每個地區，各自獨特自然環境孕育而生的「本土」特有種，不可取代，這是十分淺顯的生態知識，為何我們台灣社會，非但不知愛惜，反而莫名其妙的輕賤？

許多文化現象，不也是類似情況嗎？扎根腳下土地的台灣意識，在地情感，就像台灣樹種，在各種強勢文化衝擊下，不自覺一再流失。

3

外來物種是指在某一地區原來不存在，經由人為故意或偶然途徑而引入的物種。外來物種，尤其是強勢入侵種，不只排他性強，壓迫本土原生物種的生存空間，喧賓奪主，驅逐在地「良善」物種，導致生存危機，嚴重破壞生物多樣性平衡。當人們有所「驚覺」，已無盡泛濫、蔓延，「請神容易送神難」，不可收拾。

台灣數十年來，一波又一波，商業炒作等等多重因素，造成外來物種的危害，明顯例子舉不勝舉。從「綠色殺手」小花蔓澤蘭、銀合歡、毒草銀膠菊，到聯合國國際自然保育聯盟公布的世界百大惡性入侵物種：南美蟛蜞菊、刺軸含羞草（美洲含羞草）……。

從肯氏南洋杉、黑板樹、小葉欖仁、中國陰香，流行過後，愛之轉而惡之，持續砍伐；目前還在瘋迷落羽松……。

很多人種樹，是為了賞花，特別偏愛奼紫嫣紅、滿樹艷麗的「花樹」。以賞花為旅遊目標興起的顯花植物群，鳳凰木、木棉、吉貝棉、羊蹄甲、豔紫荊、阿勃勒、藍花楹、櫻花、黃金風鈴木，近期的花旗木、紫花風鈴木……大都是外來樹種，遍布人行道、公路、各種園區，各級學校校園……一波又一波輪番炒作。

這些顯花植物，幾乎壽命都不滿百，樹幹「冇柴」不成材，樹枝輕脆易折，淺根系、水土保持功能不佳。

其實台灣不少原生本土樹種開花植物，像苦楝樹、相思樹、黃連木……不只壽命長、樹材佳、水土保持功能良好，滿樹花色多麼優美雅致，令人沉醉。

外來入侵種動物，危害更明顯，很多「放生」做「功德」，反而製造生態多樣性失衡禍患。從金寶螺（福壽螺）占領水稻田、灌溉溝渠，噴灑了多少農藥，大大傷害農田生態，仍除之不盡，無限繁殖，全面取代農家傳統可食的田螺（「田螺含水過冬」，一九五〇、六〇年代，年少時，春天、夏天，我們常去稻田撿拾，一、二個小時，就有一大竹簍，煮九層塔清湯或醃漬，都很美味，是農家重要食物之一）。

南投日月潭魚虎，大量掠食日月潭原生三寶：「尊稱」為總統魚的曲腰魚、美味的奇力魚和鱸鰻，並已肆虐台南曾文水庫、虎頭埤水庫等湖泊；身姿強悍的白尾八哥，俗稱泰國八哥，適應力非常強，數量已多到無法估計，嚴重擠壓台灣八哥的生存空間，有可能滅絕。連我家庭院都大批出現，昂首闊步，強勢驅逐雀鳥，愈來愈稀少。

盲目引進外來物種、外來入侵種，繁衍快速，無盡泛濫，衝擊自然生態、危害甚鉅；最可怕的是，台灣社會毫無警覺、毫不設防，還是一窩蜂，趨之若鶩。

觀念引導行為，思維主宰我們的價值觀。就像我們所看見的台灣文化，被太多殖民國文化、大中華文化、異國風情所迷惑，模糊了、扭曲了、喪失了台灣主體意識，失去自我的面貌，不自覺地忽視，乃至輕賤台灣本土物種。

我常以「欣賞別人，看重自己」與人相互勉勵。

二〇二二年，農委會林務局出版一冊《原景綠境：台灣原生樹種景觀應用手冊》，篩選出二百二十七種具有景觀價值潛力的台灣原生植物，可做參考。序言中有一段說：「原生植物的推廣與應用，涉及中央部會與地方政府，從產業上游育種培苗，延續到終端景觀設計應用，乃至於社會大眾深耕社區及教育推廣，都要扣合著環境生態永續的議題，以完整產業鏈結。」

國人必須趕快補足基本的生態知識，建立台灣文化主體意識，才能真正了解台灣本土、特有物種的重要性，進而懂得欣賞與愛惜。

21 愛．樹．無可取代——植樹節省思

1

每年三月十二日，植樹節前後數日，各級行政機關從中央到地方政府，包括林務局林管處、縣市政府、鄉鎮市公所和民間社團，競相舉辦不同形式的活動；各家電子媒體、平面媒體，照例都有相關新聞報導。其中，最常見的是某某官員、某某名流親身種樹，帶領大家種樹的畫面。也有民間團體發起的活動。

彷彿人人都在為「種樹救地球」盡一分心力。

然而，種了之後呢？

每年各地種下的樹，誰在照顧？誰在養護？有沒有存活？生長情況如何？包括種樹的人，有誰關心、追蹤、過問？

我們常見的現象是：作秀式種完樹苗，即無人管、無人理會，一株一株生機蓬勃的小樹苗，很快

成為一支一支小枯枝，很快消失不見。或許有些撐過一段時日，終究長大成樹的比例，微乎其微。種植的單位、種植的人，往往形同棄養！

其次，最普遍、也是最受爭議的活動，應該是廣發樹苗，各種方式鼓勵民眾領取苗木的活動。行政單位大方送，領取不需任何登記，不需任何負擔，民眾不拿白不拿，十分踴躍。

發放樹苗的原意，是為了推廣種樹。然而，事實成效如何？

我們設想，每年植樹節發放出去、民眾領取的樹苗，每一株都種植在適切的土壤，獲得妥善照顧，現今的自然環境，綠覆率有多高呀！

曾有某縣長自誇是最愛樹、最愛種樹的縣長，任內種了多少多少棵樹。按照他宣稱的數量，該縣應該是處處綠意盎然；縣民的居家或社區，應該變成很美麗的家園。事實上呢？原來縣長是將縣政府「發放」了多少樹苗，當作「種植」了多少棵樹。

前《聯合報》記者何炯榮有一篇報導：「最近四年來，彰化縣政府經常舉辦贈送樹苗活動，每一次都吸引民眾爭相索取；根據農業處統計，縣府已送出一四五八萬株樹苗，平均每名縣民已種下十棵以上的樹苗，按理說，應該已是處處綠意盎然。」

事實顯然與理想有太大的落差。

很少民眾事先規劃好哪裡種樹、種什麼樹、種多少棵樹，才去領取樹苗。

大多數民眾領取樹苗之後，隨手放置某一角落，偶爾看看、觀賞一下，或許初始還會照料、澆澆水，熱度很快冷卻，或因事忙，或因出遠門，或失去興致，逐漸乏於照顧，枯死的愈來愈多，愈沒心思理會，終而棄置，成為消耗品，丟棄塑膠花盆、美植袋，製造髒亂、垃圾。

每一株樹苗，都是用心培育的珍貴生命，我們是怎樣輕率對待？

多數台灣人的居家，何嘗喜歡樹？何嘗需要樹？

建築法規有一項條文，明確規定「建物」與「空地」（綠地）的面積，有一定比例，但多少人遵守？我觀察到太多太多新建樓房、整排透天厝，每一戶門前「庭院」，隨意種一棵小樹。等建築檢查通過，小樹很快不見了，鋪上水泥，換上車庫。全國普查看看，真正符合建築法規，保留一定綠地面積的樓房、大廈、透天「販厝」有多少？

2

相較於三月植樹節種樹活動新聞；全年全國各地，伐樹砍樹爭議的新聞，從未停歇。砍樹理由千百種。從我的居家講起。

我一輩子定居島嶼中部農鄉小村莊，戶籍地址未改變。我們家是很普遍的三合院，童年及青少年時代（一九五〇、六〇年代），村中道路兩旁，有一大排竹叢（刺竹或麻竹），擋風遮陽，也有圍籬作用。竹蔭下，是水牛、村民休憩、孩童嬉戲的場所，夏季午時最為熱鬧，常有芋仔冰等小販在這裡歇息、做生意，一兼二顧。

村中還有不少棵大樹，榕樹、樟樹、黃槿、苦楝、龍眼、芒果，不只遮蔭避涼，也是孩童攀爬遊戲、鳥類棲居的所在。

文明產品必然改變人們的生活型態。大約一九七〇年代，電風扇普及，機械化耕作、耕耘機等農具興起，水牛快速減少、消失；竹叢也一叢一叢消失，水泥板「圍牆」取代竹叢、朱槿、七里香（月橘）等「圍籬」。

我最早警覺到吾鄉吾村樹木愈來愈稀少，表現在一九七五年二月號《幼獅文藝》發表的一組詩作「植物篇」，其中一首〈木麻黃〉：

日頭仍然輝煌的照耀
在同伴越來越稀少的馬路上
……
月光仍然溫柔的撫照
在同伴越來越稀少的馬路上
而我們望見
呼嘯而來呼嘯而去匆匆忙忙的機車

並不在意
以粗糙的皮為衣
以乾硬的果為實
笨拙的植立馬路兩旁
我們是越來越瘦
越來越稀少的木麻黃

到了一九八〇年代，農村跟著經濟「起飛」，水泥建築興盛，三合院一家一家毀棄，取而代之的是二、三層水泥樓房，一棟一棟矗立，同時家家戶戶裝設冷氣、電視，不再需要樹下乘涼、開講。

不再需要。於是，普遍嫌棄樹木很麻煩，落葉啊、枯枝啊、鳥屎啊、擋視線啊、破壞風水啊，振振有辭，村中大小樹木一棵一棵消失；大家印象最深的村莊柑仔店前面「榕樹下」，也不見了。

而今，我居住的村莊，約有三、四百戶，只剩少數居家周邊有種樹，除了我家庭院(沒有誇張喲)，全村幾乎看不到樹齡超過四、五十年的大樹；甚至全鄉也看不到多少棵，更別說百年大樹。

從高山到平原、直到海岸，理直氣壯砍樹的理由千百種呀！

為了「促進國家經濟發展，增進人民福祉」，一九五〇至一九八〇年代，八仙山、太平山、大雪山、阿里山、林田山……遍布台灣島嶼北中南東十二大林場，大規模全面伐木，森林大悲歌，響徹中央山脈。

為了發展魚塭等養殖事業，為了闢建工業區、為了修築海堤，我在西海岸行走，親眼目睹大怪手，將鬱鬱蒼蒼防風林，甚至保安林一大片一大片剷除。

為了都市更新、重劃；

為了新興社區、改善周邊設施；

為了道路拓寬、整修工程；

為了河川整治；

為了蓋停車場、遊樂場……

為了興建……

為了擋住商店店面，影響生意；

為了遮蔭水稻、蔬菜等農作物，影響收成；

為了擋住居家（或神明）視線、影響風水；

為了清除枯枝、清掃落葉，太麻煩；

為了嫌惡某些樹種……

不論多少年大樹，一律砍除，毫不手軟。

於是我們到處可見鋪滿水泥、幾乎沒有樹蔭、熱騰騰的停車場；於是到處可見暴露在大太陽下的遊樂區、廟宇、商業大樓……寬闊的水泥廣場。

還有太多太多不可言說、不知如何言說的砍樹理由。

例如日治時期留下來的公家機構；台鐵等等員工宿舍區；最大宗的莫過於台糖公司四十多座糖廠廠區及所屬事務所，每座廠區至少千棵日治時期甚至更早種植的大樹，都早已所剩無幾，不知去向；至今（二〇二二年），我的家鄉溪州糖廠昔日廠區，僅存少數幾十棵大樹，還在「出售」、還在占地建工廠，蓋房子，「合法」剷除呀！台糖公司毫無保存大樹規劃，有誰在意？

少數在意的鄉親，也要顧生活，沒有那麼多力氣、沒有那麼多身命、時間去阻擋；阻擋不完、阻擋不了呀！

近些年有些地方會有抗議，工程單位為了應付「護樹團體」，發明了掩人耳目、掩耳盜鈴的動作，叫作「移植」。

然而移植一棵大樹，何其費時、何其專業，斷根、養護、移植照護，至少至少半年到一年，哪個工程單位有這樣的時間預算、工程規劃？

我多次見到「移樹」工程，沒有斷根等前置作業，怪手直接將整棵大樹連根拔起、運走。移植到何處？此處不容他、何處收留他？是永久居家還是暫時安置？有誰追蹤存活率？

事實上，攤開來說，結果呢？大多是「假移植、真賜死」的命運。

3

台灣人愛惜樹木嗎？台灣社會真正懂得樹的價值，理解樹木對地球、對人類的重要性嗎？一棵樹、一棵大樹，挺拔的樹幹，向上伸展寬廣的千枝萬葉；向下伸展盤繞的根系，簡略歸納，至少給予我們以下多項最有價值的東西。這些價值，都無可取代。

一、遮擋烈陽輻射、吸收熱氣、垂下濃蔭、招風納涼，調節氣溫。

台灣島嶼位處亞熱帶，超過半年時間，天氣炎熱，半世紀前最高溫度攝氏三十七度，而今早已超過人的正常體溫，逼近攝氏四十、四十一度。

我多次在夏日酷熱午時的陽光下，在自家庭院同時放置四支溫度計：（一）有樹蔭的青草地上；（二）有樹蔭的水泥地上；（三）沒有樹蔭的青草地上；（四）沒有樹蔭的水泥地上。放置約一個小時，每支溫度計依序至少升高三度，尤其是放置沒有樹蔭的水泥地上這支溫度計，飆得非常高，很快逼近攝氏五十度，幾乎破表。

有人比喻每棵大樹不亞於多少噸的冷氣機；但冷氣機怎麼和清風涼意的舒適、和樹蔭下乘坐開講的美好情景相比？

我家庭院大樹下，放置一張長方形原木桌；平日，我在這裡讀書、寫作，接待訪客。炎熱夏日，經常微風徐徐，來訪友人都誇讚：很涼快呢。

二、進行光合作用，吸收二氧化碳、釋放氧氣；同時每片葉面可以黏著懸浮微粒，吸附塵埃，是淨化空氣、減緩溫室效應、地球暖化，無需花費的超大型吸塵器、天然節能減碳清淨機。

光合作用所製造的新鮮空氣，和太陽的紫外線，都能產生陰離子，又稱空氣維他命，可以鎮靜自律神經、消除焦慮，促進血液循環等等作用。

三、我常比喻一棵大樹的千枝萬葉，彷如千手觀音那樣慈悲，炎炎夏季既可避阻烈日輻射，遮陽招風，帶來清涼，民眾、行人免受日曬之苦；又可以溫柔承接雨水，緩緩滴落，或順著樹幹緩緩流下來，土壤和樹根緩緩吸收，充裕涵蓄水源、補充地下水庫，河流密布、溪水潺潺。

落葉也能保護表土，腐爛後成為肥料。「化作春泥更護花」。

尤其是在山區，我經常留意到強韌的樹根盤繞，牢牢抓住石塊，固著土壤，減免土石流災害，是水土保持最大功臣。「山上每一棵樹，都是山下每個人的守護神。」

四、森林浴。島嶼中心南投縣有一處溪頭遊樂區，西部鄰居彰化縣，平日每天早上，至少有一、二百部中小型巴士、自小轎車開上去，傍晚下來，乘客以退休公教人員居多。

每逢連續假日，幾乎各處山林遊樂區，車輛大排長龍。遊客擁擠。都是為了上山做「森林浴」，吸收「芬多精」，顧身體保健康。

植物散發的揮發性物質「芬多精」，可殺死空氣中的病原菌，可降低空氣裡的塵蟎；不同樹種散發的芬多精，可殺死不同的病菌。

芬多精好處多矣！直接或間接，對人體的呼吸系統、循環系統、內分泌系統作用，都有莫大幫助。無論文明如何進步，親近「大自然懷抱」，是人性（動物）永恆不變的本能；而所謂大自然，最重要的資產，就是蔥鬱的樹木。

五、樹是鳥的家，樹林是鳥的莊園。我家庭院一、二十棵大樟樹，寬廣枝葉多種鳥類來棲居。雀鳥最多，每天傍晚看著一群一群雀鳥四面八方飛回來，棲息樹上，嘰嘰喳喳，家人般親切。還有綠繡眼、白頭翁、烏秋（大卷尾）等等；每年初春，總有一、二隻黑冠麻鷺，回來築巢，生蛋、孵育幼雛，夏季成鳥離巢，一起飛走。年年周而復始，親友般定期返回。

樹林是鳥類等野生動物的生活空間；花蜜果實昆蟲是天然食材，有大片大片樹林，才有生物的保育，才能維護生態多樣性，免於愈多生物瀕臨絕種。

六、每種樹、每棵大樹，種植、生長的背景、事蹟與地方特色，傳承在地居民的歷史記憶，是最寶貴的鄉土文化一部分。

七、噪音令人浮躁，沒有人不厭惡。微風吹過樹的軀幹，枝葉的搖曳擺動、花苞或樹上野生的蟲鳥，所發出的聲音輕柔悅耳，都可消除部分噪音，安靜情緒、減少浮躁……，沒有蟲叫鳥鳴的居家環境，是多麼荒蕪寂寞。

八、有一份國外知名期刊，發表一篇研究報告：孩童平時若能多接觸、多親近大自然，在綠化環境中活動，可以促進心理健康。

當孩子和大自然的關係愈親密，出現憂鬱、過動等情緒、行為異常的情況會愈少。涼亭、遮陽棚……絕對無法取代樹木的「功能」。

4

全世界很多國家訂定「植樹節」，日期及紀念意涵，各有其由來，宗旨則一，均為推廣植樹造林對國土生態環境的重要性。

中華民國政府原訂清明節為植樹節，一九二五年三月十二日，「國父」孫中山逝世，一九二八年，國民政府改訂這一天為植樹節，依據孫中山《建國方略》中指出：「造林是重要的民生建設。」建議在中國華北、華中大規模植樹造林。一九四九年，國民政府「播遷」來台，沿襲至今，年復一年舉辦多種「消費性」活動。

近些年有人倡議，不如以三月二十一日「世界森林日」（一九七一年聯合國通過），取代參雜政治意味的三月十二日「植樹節」，意義更深遠、更廣闊。

也有環保團體提倡，以四月二十二日地球日，取代植樹節，意義更擴大。這是一項世界性的環境保護運動，最早興起於一九七〇年代美國校園，一九九〇年代再從美國走向世界，成為全球環保主義的節日，不同國籍、不同地域的人們，以不同方式宣傳、實踐環保觀念。

眼見植樹節活動，普遍只種不顧，流於形式。有生態專家建議，種樹，必要追蹤存活率，平時懂得照顧、愛惜樹木更重要，不如將植樹節改為「護樹節」更實際。

還有人提議，將植樹節延伸為植樹月，擴大影響力。

無論是三月十二日植樹節、三月二十一日森林日、四月二十二日地球日、或是護樹節、植樹月，主體精神意義就是推廣種樹理念，提醒民眾體認樹木對生態的重要性。

什麼時候、什麼季節最適合種樹？

「台灣寶島，四季如春」，雖然近些年極端氣候愈來愈嚴重，台灣平地均溫尚穩定；澆灌水源仍不致太欠缺，基本上四季皆可種樹，但要考量樹種特性，和各地區氣候、土壤條件。

若以種類區分，例如溫寒帶落葉性苗木，可在冬末春初（冬至到立春）種植，讓根系適應新環境，等天氣回暖，穩定發芽，存活率高；熱帶樹種可在三月中、植樹節前後種植，適應力較強盛。

一般而言，種植培育好的「袋苗」（不是移植），除非棄置不顧，很少失敗。我一再提倡，路樹等景觀工程，種植「袋苗」，絕對比「移植」成樹，長得更好，也節省很多人力、經費。所謂「一年移栽，三年失力」，移植成樹，不好照顧、得不償失，絕對不如種植「袋苗」。

其實，比起種對時間、季節，更重要的是，種對樹種、種對地方、種對方法，亦即適地適種，千萬勿一窩蜂亂亂種，趕流行，尤其是引進外來種、外來入侵種，造成嚴重的生態危害。

最最重要的，會種就要會顧，真正懂得愛護。

5

「有人種，無人顧」的普遍現象，公部門很少真正檢討。

依我多年關注、推動種樹，參與台中市政府「樹木委員會」、擔任多次景觀工程審查委員等等經驗，綜合心得簡化而言，最主要因素，應該是全國「土地所有權」很分散。就是說，從中央到地方，各部會、各縣市、各鄉鎮等等行政單位，乃至於各級學校……都有各自所屬管轄權的土地，可以規劃種樹（「別人」都不可侵權，代為種樹）。

哪裡要種樹？種什麼樹？如何種？

通常是各單位爭取經費、編列預算，「外包」給景觀園藝工程公司；許多綠美化工程，包裹在土木工程標案之內，園藝景觀工程公司如何設計？如何通過審查？大有玄機。

最大的問題是，種植之後呢？

「發包」種植單位，沒有指派專業人員負責維護（沒有這項人員編制）；而「包商」依照合約，通常只有一年「保固期」。我們曾建議延長為三年。但不管一年或三年，驗收後，生長得如何？不再有人理會，任其自生自滅。何況，內行人都知道，所謂驗收，隱藏很多應付了事的弊端。

只有等到需要修剪、或傾倒枯死等特殊狀況，管轄單位再編列預算，發包出去。

什麼時候修剪？請誰修剪？

無論什麼樹、枝葉情況如何、需不需要，幾乎未有任何評估，長年來，一律在三、四、五月間，為了「防颱」做準備而發包出去，全面修剪。而七、八月正是最酷熱、最需要樹蔭呀！

如何修剪？

常見砍頭式、斷手斷腳式等等胡亂修剪的現象，一直為人詬病、甚至痛罵，至今仍隨處可見。

我初步建議我們的中央政府行政院，不妨以新加坡做為借鑑，設置獨立的植栽行政部門（類似負責治安的警政署，各縣市設置警察局），招聘專業人員，例如大專院校農藝系、園藝系、森林系、高中農校等相關科系畢業生，我們不妨稱為「綠領階級」。

最最起碼，「誰生、誰養」，每個種樹單位，要有專職訓練的「承辦人員」，全權負責綠化、種植、管理及維護所有植栽，定期巡查，隨時留意。

附記：二〇二二年七月二十四日，青平台基金會舉辦「台灣．下一步——二〇二二永續民主願景講堂」首發場次演講修訂稿（青平台基金會董事長鄭麗君主持）。

22 一窩蜂亂亂種

眾生平等，萬物有情，生命皆美，各有價值。

每一棵樹，不分樹種，無論大小，都有樹靈存在。

我無意批評、不敢冒犯各個樹種。

我要討論的，是人的觀念，觀念帶動的行為、風尚、政策。

本文想集中探索園藝商推廣的樹種，如何帶動社會大眾一窩蜂盲目跟從、流行的現象。

1 肯氏南洋杉

二〇二三年十一月初，澎湖縣政府行政處，邀我去做一場有關種樹的專題演講。我問年輕的陳鈺雲處長，為什麼想邀約我？

陳處長向我說明，澎湖縣種植不少景觀植物肯氏南洋杉，每次強力颱風總會折損一些。前些日邀請前文化部長鄭麗君來澎湖縣政府演講，向鄭部長請教植栽綠美化問題，鄭部長推薦，「可以找一向關心種樹的吳晟老師來看看」。

我曾經來過二次澎湖，因另有工作，粗略晃過，這次特意提早在演講前一天抵達澎湖，四處走走逛逛，專注留意澎湖的植栽狀況。果然在海岸、海邊公園、公路旁側等，到處見到肯氏南洋杉高聳直立的樹影，大為訝異。什麼時候，肯氏南洋杉已經從台灣流行到「離島」澎湖？

我再認真追查肯氏南洋杉引進台灣，如何流行的由來。

南洋杉是原產在南半球各地，如澳洲、新幾內亞、巴西、智利等地的針葉樹，共有十四種，引進台灣種植的有六、七種，其中最常見、也最有價值的、就是肯氏南洋杉。

台灣最早是在一九〇一年從日本引進，陸續在一九〇九年、一九二三年分別從澳洲引進。依據二〇一二年出版的《沉默的花樹：台灣的外來景觀植物》一書記述，大約一九七〇年代左右，「肯氏南洋杉是胡大維引入栽培」。

胡大維在民國六十一年六月一日出版的《豐年》雜誌，發表一篇〈南洋杉〉，非常詳盡推介南洋杉的特性、種植、觀賞美學……。

我認識胡大維。他曾經是我太太的二姊夫。就是說，他是我二姨子的前夫，曾經和我是連襟關係。我們曾經有些交往。

民國五十七年五月四日，胡大維被任命為「台灣省林業試驗所技正」；一九七〇年左右，曾任台北市植物園園長。他最有名的「功績」，應該是為宜蘭太平山馬告生態公園、棲蘭一百棵巨大檜木群命名——「依照其樹齡，比對中國歷史上的一些人物年代而命名，所以又稱中國歷代神木群」；我們看到的第一棵神木，就是園區最老的「孔子」，大約萌芽於西元前五五一年。還有楊貴妃啊！唐太宗啊！曹操啊！司馬遷啊！班超啊！等等五十一種有命名的標示。

我們去走棲蘭山林道，導覽員會如此熱心介紹、解說。

胡大維技正，還引進多種外來景觀植物。他的文化思維，我不予置評。

有人引進，必須有人強力推廣，才能蔚為流行。社會大眾很少人探究，每一種外來種植物的流行，都有「傳奇」故事。

一九七〇至八〇年代，隨著台灣各地經濟蓬勃發展，都市擴張、建設，綠美化成為進步的象徵。所謂綠美化，就是景觀園藝工程，植栽成為工程項目，花草樹木成為商品，商品講究創造時機、行銷通路、引領大眾所好，主要是有厲害的苗木商所操縱。

肯氏南洋杉如何炒作起來？

《沉默的花樹》一書有詳盡的敘述，從肯氏南洋杉到黑板樹、小葉欖仁，大為風行，是一位出身彰化田中陳姓園藝商所創造的奇蹟。

陳姓園藝商國小畢業後，一九五六到一九七二年間，就在全國最大的花卉中心——田中隔壁的田尾公路花園的胡氏園藝，幫忙管理苗圃。胡氏大家族，兄弟姊妹、子孫眾多，很有意思的是，大都承攬父祖業，經營園藝，分枝散葉，十分興旺。有幾位是我熟識的朋友。

一九七二年，陳姓園藝商獨立門戶，設自家苗圃，正式進入植栽這個行業，並不斷入學進修。

一九八二年，因緣際會，台塑旗下的綠美化都由他承包，主打的重要植栽，就是肯氏南洋杉，他打敗另外幾家競爭的同業，說服王氏昆仲接納他的意見。於是，「只要是台塑企業，隨處可看到肯氏南洋杉。」

原來一九八一年，陳姓園藝商就相中肯氏南洋杉，先買下胡大維在林業試驗所嘉義中埔分所栽培的幾千株苗木，再至恆春分所、屏東春日、滿州等地，全面收購，總計約兩萬多株。也就是說，壟斷市場。

「植栽就是新的黃金，可以憑此發財，他也確實做到了。」

如何發財呢？「天生的敏銳感，讓他嗅知某種植栽有前途、有潛力，就暗中進行市場調查，誰擁有多少株，哪裡種了多少株，於是逐一收購。待全部貨源網羅之後，獨占市場，他開始試用，開始宣傳，將名不見經傳，原先是為錯誤的投資，沒人願意採用或不知如何行銷的冷門樹種，一夕爆紅，他以百倍的利潤全部出清。」

百倍利潤呀！「十年生苗木原價四百元一株，他轉手可賣兩萬元；二、三年生小苗，原價二十五元一株，用心照顧兩年後，亦可賣二萬多元。」

「植栽就像時裝，帶有流行與退流行的本質：高獲利與高風險緊緊相隨。」陳姓園藝商最厲害的不只推廣能力、還有見好就收的「遠見」，「抓住流行的第一波，將名不見經傳的植栽推銷成功之後，全數賣出，他就不再跟進。」

他又去創造另一種流行，帶動另一波風潮，再引領大眾盲目搶種。例如：黑板樹、小葉欖仁。

肯氏南洋杉很快消退流行。跟進投資的苗農、苗木商，應該不再有那麼好的光景。而已經種植的，大約淪為自生自滅的命運，少有人眷顧。

就像澎湖縣政府，發現肯氏南洋杉的困擾，當然不會再種植；已經種植的，也有可能想辦法，藉機更換。

其實，澎湖列嶼自有不少適應本地的優良樹種，為什麼棄之不種？反而盲從園藝商的「設計」，貪圖新奇，捨近求遠、捨便宜就昂貴？

肯氏南洋杉的木材、遮蔭、防風、防塵、防砂、水土保持的功能都不高，大約只有「南美風情」觀賞價值，又容易受風摧折；一九八二年，彰化田尾陳姓園藝商，在同業激烈競爭下，一番攻防，打敗其他同業提出的樹種，說服台塑王氏昆仲，獲得青睞，廣為種植，引領一波風潮，真是不得不佩服他的「眼光」和行銷手腕。

2 愛之瘋狂搶種、惡之喊殺喊打——黑板樹傳奇

二〇一四年，林佳龍當選台中市長，發布一項願景：「八年一百萬棵樹」，就是說，預期二任八年，台中市每年平均種植十二萬五千棵樹，八年合計種植一百萬棵樹。

這項願景發布不久，我剛好有個機會和林佳龍在市長室會面。我稱讚他這項市政規劃，只要真正用心，一定可以做到，達成目標；但懇切提醒他，切勿像某些政治人物，流於口號、流於形式；同時要有正確知識，千萬不要再種錯樹種、種錯所在、種錯方法、疏於管理。這些錯誤案例太多太多了，我只舉一些例子，加深他的了解。

接著，我語重心長地說：「容我冒犯，多好的政策，也要有正確的執行力，以免偏差，不但原意大打折扣，甚至適得其反、留下不可收拾的後遺症。」

林佳龍市長很虛心，認真聽完我的意見，顯然頗有認同，邀我到市府做一場專題演講；我當然義不容辭，他立即請祕書進來，安排日期，利用「主管會報」時間，對市府中、高階主管，做一場四十分鐘，以種樹為主題的演講。

演講後，林市長、林陵三副市長（前交通部長）邀我到市長室小敘，結果「敘」出一項決定：成立「樹木委員會」，做為建設局諮詢、指導單位，負責審核綠化、植栽相關工程；委員會成員，由建設局長出面邀請在地中興大學森林系、林管處專家、學者，及民間團體園藝專業人士和我，約有十多位。

這是毫無報償的職務，只有每次會議領出席費二千元，而我不會開車，居住在彰化縣最南端的

鄉村，交通不便，若搭乘公共運輸，需多次轉車，往返太耗時間，只好雇用「專屬司機」計程車，車資打折，仍超過二千元，我還要倒貼。

我當作投入社會運動，實踐社會理想（哪有誰替你付車馬費），積極參與，幾乎每會必到，甚至發現有爭議、有問題，比較大的工程案，我常在審查會議前，專程去現場勘察、對照工程藍圖，了解到很多企劃書，與實際情況大有出入。當廠商做報告，我提出質疑，報告人還隨意糊弄，企圖矇混，我常忍不住生氣。

「樹木委員會」審核大小工程綠化、植栽部分，最常遇到，幾乎是「常態性」的棘手問題，就是如何處理原有的樹木，尤其是道路整修、拓寬工程，經常會遇到黑板樹。

原本在南亞雨林中生長的黑板樹，是在什麼時候、什麼社會背景，在台灣蔚為流行？

繼一九七〇年代「十大建設」之後，隨著「經濟起飛」而迅速發展的城市速食文化，這種生長快速驚人的樹種，能最快看見成果。

依據《沉默的花樹》一書的記述，我歸納出幾個關鍵點。

早在一九四三年，黑板樹就已引入台灣，但「大概材質太脆了，容易受風吹折，當地人深諳於此，遂無人培育。」

一九八一年，彰化田尾陳姓園藝商，具有「天生的敏銳感」，在某處林試所，初見成排高大聳立的黑板樹，立刻覺得極具潛力，「以每株五元」小苗買入，數量約有二、三萬株；栽種二年後，再委請苗農收子播種，一播幾萬株。「他默默地大量栽培。」

陳姓園藝商深得某位名建築師倚重，一九八四年，這位建築師接任台中科博館館長，植栽工程自然就找他「值得信賴」的這位園藝商。

這時，他培育、囤積的數萬株黑板樹苗木，找到機會「出來探探路」，首先種在台中科博館前的生命演化大道（館前路），高大聳立，名建築師館長很喜歡，這深綠偉觀的樹木，立刻引起全國注意。

接著用在中正體育園區、聯合報系「南園」、新竹科學園區等地，他便分批賣出，牽動全國仿效使用，蔚為風潮。

一九八八年，台中市長採用黑板樹做為台中港路的行道樹；台中市民票選為代表該市文化與精神的市樹，更是將之推至全國知名的最高峰。估計全台中市大約種植了五、六萬棵，遍布各級學校校園、公園、休憩園區、行政機關，占據大部分的行道樹。

陳姓園藝商趁勢出清囤貨，獲利不少；他見好就收，讓人接手，退出了。

這批苗木每株胸徑約十至二十公分、高十公尺，一株可賣二萬元（不可思議，有沒有寫錯、抄錯、看錯呀）！

為什麼有這麼高的行情、天價的利潤？

其中有一訣竅，叫做「樹種綁標」、「孤行獨市」。就是工程企劃、設計藍圖，「指定」要用，「什麼規格的某種樹」。

從一九八〇年代中期，黑板樹崛起，快速瘋迷全國搶種，維持不到三十年風光，問題明顯浮現，二〇一〇年左右，喊打喊殺的「民意」，逐漸「盛行」。

什麼問題呢？

黑板樹成長速度太快，又屬淺根樹種，最受詬病的是強勢竄根、浮根，嚴重破壞路面、車道，導致民眾絆倒、摔傷、車損等危害，甚至破壞教室等建築物，導致水管破裂……。

除了強勢竄根，黑板樹還有許多特性，令民眾嫌惡，諸如每年開花季，會產生濃烈氣味，刺鼻難聞，花粉棉絮飄散，誘發氣喘、過敏；以及枝條鬆脆、不耐強風吹襲、易斷裂摧折，砸傷人、車，防不勝防。

每年四、五月，各級政府都有「防颱」措施，大都會編列防颱經費，其中之一便是修剪樹木。我們經常會看見砍頭式、斷手斷臂式修剪的行道樹，以黑板樹居多。

黑板樹、小葉欖仁、鳳凰木等樹木竄根，除了樹種本身淺根特性，還有錯誤的種植環境。台灣社會「景觀工程」，流行水泥、花台圈圍起來的植樹「美學」，俗稱「樹穴」，小小樹穴空間限制生長；或是水泥砌造圈圍起來的植栽綠帶太窄小，而黑板樹適應力強、成長快速，樹幹高大粗壯，淺根「橫向發展」，才能支撐樹身，必然要和水泥拚個你死我活，掙脫水泥封鎖，拱起泥磚，撐破路面。

黑板樹病蟲害少。蟲是自然生態的一部分，有蟲就有鳥，然而黑板樹蟲不敢吃，鳥不敢來。很少人知道，黑板樹樹身不能做木材，栽培草菇的農民告訴我，黑板樹樹幹樹枝攪碎，也不能做蕈菇培養料（俗稱菇仔包）。

這些現象愈來愈明顯，民眾逐漸由愛轉惡，愛之盲目搶種、惡之喊殺喊打，找到種種理由砍樹。到二〇一五年，我「任職」台中市政府「樹木委員會」，台中市初估已砍伐了四千多棵黑板樹，很多工程單位，還是繼續砍（最新資料，二〇二四年，只剩一萬棵左右）。直接砍樹有時候會遭到愛樹人士、護樹團體抗議，工程單位不敢直接砍樹，假仙一下改為「移植」，編列更多預算，消耗更多稅金。

砍與不砍？保留還是移植？煞費心思。基本上，我有三項建議：

一、竄根已明顯破壞路面、跑道、人行道、建築物，危及人車安全，該砍除則砍除，重新規劃、重新種植適地適種原則的台灣原生樹種。

二、若是空曠之地，生長空間足夠寬闊，則予以保留，但要注意竄根、浮根之處圈圍起來，注意安全，須注意適度修剪。

三、盡量不移植。

此處不留爺，哪有留爺處？移植到哪裡？是永久性「移居」，還是暫時性「寄居」？有誰追蹤存活？有誰負責照顧？大樹移植那麼容易嗎？

首先，輕率移植、不易存活；需先斷根，還需養根、包覆根球，時日長；土柱面積大，移動困難；再者，移植費動輒數萬乃至十數萬元；若是暫時性寄居，需二度移植，耗費更高昂、存活率更低；而黑板樹、鳳凰木、黃金風鈴木……，等樹種，壽命不長。

很多移植，其實是，「假移植，真賜死！」

台中市大肚山山區，曾設一處「樹木銀行」，很有名；大家心知肚明，形同任其自生自滅的「樹木墳場」。

近日，二〇二四年五月中旬，多家媒體報導：「人行道三大惡樹，高市列黑名單」、「首惡」就是黑板樹，議員「責無旁貸」為民喉舌，要求編列高額預算「處理」。如何處理呢，看來又要有新工程，掀起新一波合理化的殺伐。

愛之高價搶種、惡之編列大筆經費移植（實則砍除）；損失的，不只是人民的血汗錢稅金，還有我們永遠只配擁有低劣品質的市容。

每種樹各有不同生命特性。什麼地方什麼環境，適合種植什麼樹？你要他可以長多大，你希望他活多久？需要留給他們怎樣的空間？種植之初，從選擇樹種到植栽空間設計，都應該審慎評估、長遠考量呀！

深深嘆息，無限感慨。

長年以來，我們各級行政部門，每一項建設，土木工程師、建築師、園藝設計師、評審委員、承辦人員，難道連「適地適種」這些基本的生物常識都茫昧無知嗎？

3 小葉欖仁

小葉欖仁和黑板樹，幾乎是並駕齊驅，同時崛起於一九八〇年代，掀起全國搶種風潮，若說是二大天王樹種，似不為過；以台中市最大宗，或者說是發源地，二者各大約種植了五、六萬棵，甚受寵愛。然而好景不長，繼黑板樹後塵，小葉欖仁也開始出現嫌惡的聲音，很多工程悄悄假裝移植，其實是直接賜死，不斷砍伐。

這個現象，早在二〇一三年四月，就出現新聞報導：植樹又號人行道殺手，雖綠化效果顯著，但後遺症大。「鎮公所十多年前票選小葉欖仁為植樹，廣植為行道樹，因易落葉，又屬淺根，樹根會亂竄突起，變成破壞人行道的隱藏殺手，也常絆倒行人。」「每年都要編列不少預算，雇工削除突起的樹根，及修繕被破壞的人行道磚」，十分困擾。

因此鎮代會決議，大量「移植」；其實是「移除」吧！

直到最近，更加喊殺喊打。

二〇二四年五月中旬，台中市有一波新聞：「當年種錯的行道樹，引起各黨撻伐」，「建設局長透露，最被市民嫌惡的問題樹種，其實是根系淺、容易倒伏的小葉欖仁。」

市議員認為，「市府應移除不合適路樹」。移除意思就是全數砍除，看來又要掀起一波合理化砍伐。

同時日，南投縣有新聞報導：「南投集集火車站旁，到生物多樣性研究所前道路，原本種植超過百棵的小葉欖仁，綿延一點六公里，整排路樹成蔭，不僅行人可乘涼消暑，更是火車站指標景觀。民眾最近發現，這些種植了三十多年的行道樹，突然被砍除，只剩下大量殘木推放在路邊。不少民眾、連前鎮長也覺得錯愕。」

鎮公所解釋：因為小葉欖仁竄根、浮根問題嚴重，不但阻礙排水造成淹水，也造成柏油路面隆起，易導致行人、自行車、機車絆倒，影響道路安全。

十多年來，各縣市類似地方新聞報導，屢見不鮮、舉不勝舉。

其實，小葉欖仁的樹型，的確優美。相較於多數枝枒參差橫生的植物，小葉欖仁主幹堅實，直直向上挺立，側枝以輪呈方式，逐年水平伸展，每輪約有五、六枝條，枝葉層層疊上，層次分明，開展如傘；從初春，細碎嫩葉跟隨細雨綿綿，輕巧萌芽，到炎炎夏日，枝梢葉片鮮綠、整齊排列，疏朗透光，迎風擺盪如綠波，婀娜多姿；日頭愈炙烈，枝枒上的葉片生長愈濃密，遮蔭性良好。

至秋冬寒風吹起，枯黃葉片紛紛飄落，光禿禿的細密枝枒，站立在冬季寒風中，顯得細瘦而蕭索。不過，這景象不會持續太長時日，新春氣息來臨，尤其雨水豐沛，就會迅速催促嫩綠新葉，爭先恐後補綴枯枝，又一場新的循環。

這樣的樹容變化，隨季節更迭增添無比風情，頗為討喜。難怪「眼光敏銳」的陳姓園藝商，能夠順勢推動風潮。

小葉欖仁的崛起，和黑板樹一樣，最大的推動「功臣」，是彰化田尾陳姓園藝商，但另有一番曲折傳奇故事。

小葉欖仁原生於熱帶非洲、馬達加斯加，最早引進台灣是在一九六〇年代初，台灣駐派非洲的農耕示範隊隊員，從非洲攜回小葉欖仁種子；在植物分類上，屬於種子如橄欖的使君子科植物，倒卵形的葉片碎細，因而被稱為小葉（或細葉）欖仁。

依據《沉默的花樹》一書記述：「論及小葉欖仁，可自一九七四年說起。那時，屏東農專的李瑞明老師，透過農耕隊從非洲帶回種子，默默地在南投埔里牛眠山栽種二萬多株，已有十來年生，胸徑達十公分以上，雖雇工種植，但苦無市場需求，以致積貨滯銷，每年還需負擔租地費用、維護費用，苦不堪言。」

屏東農專李瑞明老師，是我的恩師，教我們遺傳學。一九六八年，我該畢業而未能畢業，服完一年兵役，返校重修學分，多位老師擔心我不能畢業，都很照顧我。李瑞明老師經常提醒我，遺傳學已三修，再不過就要被退學，不可輕忽，特別盯緊我認真上課。學期末，他送給我們全班每位同學一本志文出版社剛出版不久、德裔美籍心理學家佛洛姆（Erich Fromm）的著作《愛的藝術》（*The Art of Loving*）中譯本，對我的為人處事、文化教養，啟示甚多。

李瑞明教授畢竟是浪漫的學者，不懂得營商推銷，幫他負責照顧苗木的何先生，找上彰化田尾陳姓園藝商，請他設法尋出路。

陳姓園藝商很中意，全數購買。「當時胸徑十公分以上，每株八十元；胸徑十公分以下，每株二十五元。而且全台只有這批苗木，完全沒有外流，是獨門生意。」

陳姓園藝商，人脈廣潤，「建立不錯的信用和商譽」，有很強的推銷能力，「他將苗木善加照顧，外型整好，二年之後，枝葉更加優美，每株可賣到二萬元。」

小葉欖仁一九七七年最初出現在台北市一些學校附近，「都是在顯眼的交通要道，立刻引起眾人矚目」，緊接著一些學校開始種植。從此，「點燃了烽火」，興起風潮，蔓延到全國各地，瘋迷搶種。

陳姓園藝商趁勢「在二年內將苗木全數賣給其他苗商，一株不留，讓大家去追流行了」。

樹型這麼優美，曾經全國瘋迷搶種的小葉欖仁，為什麼短短二、三十年，步上黑板樹後塵，民眾由愛轉惡而嫌棄而砍伐？

最主要的原因，出在小葉欖仁大部分都種植在人行道、分隔島，做為行道樹；而小葉欖仁成長快速、高大粗壯，淺根性，易竄根、浮根隆起，撐破水泥、柏油路面，掀開人行道地板，導致行人、自行車、機車絆倒，造成意外交通事故，影響交通安全。

小葉欖仁種植建物附近，也會出現停車場凹陷、水溝被阻塞、水管破裂、球場地面龜裂等等現象。

然而，樹木無罪！樹木何辜！小葉欖仁何辜。這些現象，固然和樹種特性有關，但全部推給樹種本身，砍伐了事，是何其冤屈，何其不負責任。

直接說，這是人為的錯誤。是長年以來，全國景觀植栽工程設計，尤其是行道樹，普遍的嚴重錯誤，絕非少數個案。

「既有今日，何必當初？」根本問題是有沒有適地適種、慎重選擇樹種，了解其特性？有沒有預期、考量種下的樹，可以活多久、長多大？需要怎樣的空間、怎樣的環境？或者說，怎樣的空間和環境，適合種植什麼樹？

這些問題，確實太多太複雜了，我另有一篇〈始亂終棄話植栽〉，比較全面、深入探討根源，提供給社會大眾、行政部門、景觀園藝商做參考。

4 落羽松祕境

我從年輕時代至今，未曾中斷剪報習慣。近些年在我的大量剪報中，有四大冊「資料夾」很另類，是收藏報紙的建商廣告，一冊四十頁、一頁二面，總計約有兩百多則。

建商廣告大手筆，全頁廣告居多，也有雙頁，至少半版。

我無意、也沒有能力買房，更不可能「炒房」。為什麼會特別關注這些廣告、進而動念收集？

吸引我的主要原因，應該是這些廣告都和樹有關連！最先引發我好奇的是，明明是「住宅」廣告，卻極少訴求建築物本身的建材、結構、美學，幾乎都在強調周邊種什麼樹，種多少樹，環境有多優美。

隨手翻閱、抄錄豪宅名稱：「樹禾院、樹院子、綠海家園、桐林軒境、綠心引力、溪松行旅、櫻花濱城、極上森居、樹說浪漫、溫哥華莊園、順天風聆樹、一起算樹學、公園裡的別墅、靜巷大樹院落、森林裡的建築與詩……。」

配上大樹林立、綠意盎然的畫面，以及詩句般的廣告詞：「樹比人多，綠意美宅」；「代代森藏、自然的瑰寶」；「一棟長在樹林裡的房子」；「在公園與花園之間、看見無價的守護」；「大樹造鎮、垂釣綠意美學」；「人離不開自然、就住在大樹裡吧」；「最美的大樹森活社區、與自然同居」；「為一棵樹種一片林，為一片林蓋一座墅」；「格柵書寫光影、大樹成就日常風景」……。

多麼浪漫、多麼詩情畫意、貼近自然、令人嚮往的居所呀！其中，最引我訝異的是，「引以為傲」的樹種，以落羽松居多：「落羽松大道」、「私藏落羽松祕境」、「上百棵珍貴落羽松」、「門前落羽松挺拔」、「中台灣最頂級、落羽松豪宅」、「台中科技走廊正核心、落羽松花園宅」、「中台灣首見、落羽松別墅」、「落羽松紅了、家有一三八棵大樹、真的好幸福」……。

這些附有落羽松樹姿的建商廣告，集中在二〇一五至二〇二〇年左右。大約是落羽松風潮最盛行的時候。

我曾向熟識的大建商建議，台灣這麼多樹型優美、遮蔭性好、材質絕佳、容易培育的本土樹種，為什麼不種？可以營造樟樹豪宅、櫸木美屋、肖楠別墅、烏心石花園別莊呀！

建商很明顯不以為然，只笑笑回應：「那樣沒有吸引力。」

為什麼差別那麼大？

落羽松，原產地為北美洲密西西比流域兩岸、墨西哥灣一帶沼澤、溼地區，別名「美國水松／美國水杉」，什麼時候引進台灣？如何風行？有什麼傳奇故事？

落羽松最早是日治時期、一九〇一年引進台灣，都種在日本神社裡；一九八六年之後，「發跡」於宜蘭羅東公園。

依據二〇一七年八月某報一篇報導，前宜蘭縣政府賴姓祕書長透露，「種這些落羽松根本不在計劃中，是一場美麗的錯誤。」

「羅東運動公園在民國七十多年間辦理用地徵收，當時預定地都是田，沒有樹，但營造公司要植栽，因此規劃種植本土的茄冬樹等，並準備將買來的樹苗假植到田裡，等大了再移植，配置園區內。根本沒想過要種外來種的落羽松。」

「當時彰化地區有園藝商從美國引進，結果營運不佳，全數低價拋售，剛好羅東運動公園建園所需苗木數量大增，縣政府決定全數掃貨，把三千多棵十五公分高的落羽松苗木全數買回來。……，有部分配發到冬山河親水公園等園區。」

為什麼羅東公園原先「根本沒想過要種外來種的落羽松」，「縣政府」卻「決定全數掃貨，把三千多棵十五公分高的落羽松苗木全部買回來」？

依據《沉默的花樹》書中敘述，以及彰化田尾園藝商圈的流傳，另有非常精采的「傳奇故事」。

約莫一九八三年，有數名神祕人來到田尾，「帶頭的是一名瀟灑的男子」，在產地住了一週，看看苗木、找苗農聊天，「他們都是集體行動，既不亮出身分、也不擺架子，更不接受招待；態度誠懇，不殺價，不談回扣與傭金」。

終於到了最後一天，這批人要回去了，邀集苗農一起吃便餐時，大家才知道那名瘦瘦英俊的男子，就是宜蘭縣長陳定南。

故事有點長，有興趣自己再去打探。總之，可以確定的是：

一、引進、培育落羽松苗木，囤積多年，「營運不佳」的當地園藝商，靈光乍現，趁機把落羽松苗木「半賣半相送」成功推銷出去。

二、一九八六年，落羽松從羅東運動公園建設開始，受到注目，開始流行。大約一、二十年，到二〇一〇年左右，更加火紅、形成風潮，全民瘋迷，取代黑板樹、小葉欖仁……，成為身價最高昂的園藝「新貴」。落羽松為什麼能夠盛行？簡略歸納二大因素：

其一，當然是得力於大眾媒體青睞，一窩蜂吹捧、渲染，推波助瀾。我的剪報資料，就有三大冊落羽松美景的報導，但大都千篇一律，多年前我就懶得再收集了。幾乎凡有落羽松，就有「祕境」的標題、「夢幻之美」的詠嘆！

「田尾公路花園、落羽松新祕境」、「彰市深冬祕境、捧紅福龜村」、「落羽松、無敵海景祕境」、「祕境熱、燒到落羽松」、「落羽松祕境、踩著落葉人影相隨」、「三百棵染紅水田、落羽松祕境、太美了！」、「假日人潮暴增、無視公告闖園區、落羽松祕境喊封」、「最美落羽松祕境」……。全台搶種，落羽松祕境淪為連鎖店？

上網輸入落羽松祕境，會找到排名前十大的夢幻落羽松祕境、步道；遍佈全國各地這麼多「祕境」，還算「祕」嗎？也有不少愛好自然的作家，秉其生花妙筆，抒發遇見落羽松，驚豔「夢幻之美」

的美文，推上更高「境界」。

其二，台灣社會長年以來，輕視、近乎輕賤本土，崇尚東洋、西洋的美景，對自己周邊的原生樹種，視而不見，不知珍貴；園藝商迎合時尚，販賣異國風味、歐美情調、夢幻美學……。

「感覺有如開車到北美大陸」、「彷彿置身國外的美麗庭園」、「你不必到歐洲、你天天在歐洲」……。

落羽松為落葉大喬木，主幹直立、枝幹側生，小枝柔軟，小葉如羽片，線形互生於枝條。秋末天氣轉涼時，葉子開始變色，初為澄黃色，再轉變為紅色，最後為黃褐色，冬季黃褐色小葉如羽毛紛紛飄落，故名落羽松，羽葉掉落滿地，鋪成柔軟的落葉層，植株只剩枯枝伸向天際。有蕭瑟滄桑之美。

待春天來臨，原本只有枯枝的植株，紛紛萌發翠綠新葉。

從大片嫣紅到滿樹翠綠，四季變化，正是媒體報導的最愛，也是吸引大批民眾追逐的亮點；尤其是種植在湖畔、水池邊、溪流水岸，冬季成排橘紅色落羽松，隨著光影倒映在水面，相互呼應的景色，確實有北國風情、如夢似幻迷離之美。

然而，就像很多流行樹種，全民瘋「祕境」正盛，負面現象逐漸浮現。

早在十多年前，就有學者留意到落羽松對生態的危害，提出警告；我也一再發表文章，透過媒體不斷呼籲，不要再一窩蜂盲目種植落羽松，那會是災難。

為什麼我不厭其煩一再呼籲？

落羽松是沼澤植物，唯一可在水中存活的樹種，主要特性是根部含氧量低，必須冒出水面、竄出地面、進行呼吸，因而稱為「呼吸根」；又因每一支呼吸根，約成年人膝蓋高，故又稱「膝根」。

正是這樣的特性，做為園藝植物，不論是大廈中庭、居家庭院或是公園、校園等園區，只要有一棵落羽松，周邊就會有一支緊挨一支、密集竄出的呼吸根，綿延宛如鐘乳石群，範圍不斷擴大，占滿棲地，有很強驅迫性，排擠其他植物難以生存。也會破壞建築物。

尤其是每一支呼吸根，剛冒出頭、或到膝蓋高，頭部尖銳，行人一旦不留意，易絆倒，傷害有多嚴重，不堪設想。

宜蘭縣有不少家民宿、別墅的庭院，種植落羽松，只見整片庭院草地被呼吸根占滿，完全不能自在散步，也阻礙草皮整地。若是做為行道樹，呼吸根勢必蔓延尋隙冒出來，撐破路面，危害可想而知。

原本以黃槿花為林蔭特色的冬山河親水公園黃龍岸，有的黃槿倒了，不再補植，反而增加了落羽松；落羽松到處可見，完整的黃槿花林道卻消失了，真是太可惜了。

自古以來，人類社會大部分的知識、思想觀念、社會價值，莫非被灌輸、被操縱，轉化為日常行為，一旦普及、形成「信仰」，蔚為風潮，就很難改變。

直到二〇二〇年，台北市某單位和我聯繫，大安森林公園水域步道，規劃將種植百棵落羽松，徵詢我的看法，我苦口婆心建言：「落羽松雖然用以淨化水質，適合種在生態池、溼地公園，但呼吸根也會堵塞排水，絕對不如台灣原生水邊植物，淨化水質作用絕佳的水杉、水社柳……。」

台灣本土變色植物，如烏桕、山毛櫸、黃連木、台灣櫸木、欖仁樹，苦楝樹……，都很美呀（苦楝樹是我們年少時期非常普遍的水圳邊植物，秋冬落葉、枝條蕭瑟之美，掛滿金鈴子果實；初春滿樹紫色花蕊、夢幻迷離之美；盛夏枝繁葉茂翠綠之美；百年樹材非常珍貴）。

很可惜我的苦口婆心，還是未能改變他們追逐流行。

二〇二一年十一月某報有一篇報導：「台北市大安森林公園的落羽松步道，今年四月開放，預計明年開放的北市（雙溪溼地公園），也規劃落羽松廊道。」

近年我觀察到，落羽松熱潮，已悄悄在退燒；再過幾年，落羽松的危害愈來愈大、愈明顯，很多地方不處理不行，勢必又要步上黑板樹的後塵，甚至更嚴重。

不知道園藝界有沒有獲得省思、重新檢討？不知道台灣社會的盲從性，有沒有學得警惕？下一波，又會瘋狂追逐哪一種外來樹種？

5 錯把陰香當肉桂

二〇〇二年六月，農委會林務局推出「平地景觀造林」補助計劃方案，我家農地毗鄰二公頃，正好符合規定，立即響應，提出申請。

行政官僚體系，從地方到中央，或因不熟悉業務，或推拖習性，歷經將近二年，鍥而不捨，二〇〇四年初終於核准通過。

林務局無償配撥樹苗。我申請的樹苗，除台灣闊葉五木（烏心石、毛柿、櫸木、黃連木、樟樹）

之外，還有台灣肖楠、台灣土肉桂……。

大約種了三、四年，樹苗逐漸長大，陸續有人來「參訪」，我都很樂意當導覽員，一一介紹樹種，說明推廣原生樹種的價值與意義。

有一次，接待了幾位訪客，介紹到「台灣土肉桂」，我還有些得意。不料其中一位訪客，鄭重糾正：「你種錯了！這是中國陰香外來種，不是台灣土肉桂！」語氣略帶激動，講述中國陰香的危害。

什麼？我大為驚詫！難以置信，怎麼可能？這是公部門林務局林管處配撥給我的呀！幾經查證辨認，確定是中國陰香，實在不能接受。

陰香，原產印度、印尼、中國。

我找出二〇〇四年，「獎勵平地造林種苗無償配撥申請書」複印本，明明寫的是「台灣土肉桂」；我向林管處反映，林管處的處理方式，就是補發數百株「正宗」土肉桂，做為「賠償」。

不然呢？從何追究？提告詐騙嗎？提告誰？

這一大批陰香苗木，假冒台灣土肉桂發送出去，已經多少年？發送了幾千幾萬棵？林務農政單位，那麼多高普考及格、碩博士專家，竟然無人發現？甚至社會上已有多人明確指出來，林務單位仍充耳不聞、無知無覺無作為，繼續發送冒牌貨？

二〇一一年植樹節，馬英九總統參加一項活動，手植台灣土肉桂，結果被認出是中國陰香。

這一大批苗木從何而來？一是林務單位育苗中心；二是招標，委託苗木商培育。當初指定育苗品種，應該是土肉桂，為什麼變成陰香？

陰香和土肉桂二者的育苗條件，天差地別，育苗單位絕對不是疏失，絕對知道自己作假，為什麼如此膽大妄為，敢於冒充、魚目混珠，便宜行事？

推想有二大誘因：其一，二者外觀極度相像，尤其是幼苗，確實難辨識、易矇混；其二，土肉桂結實少，種子不易取得，嫁接更麻煩，不易培育，而中國陰香種子千千萬萬，繁殖力非常旺盛，「落土即發」，大量育苗，幾乎無須費多少功夫。二者價差，何只十倍。

苗木商以陰香交貨，如何驗收通過？驗收人員有三種可能：一，是盲昧疏失，真的分不清；二，是已發現「可疑」，但為了做人情、裝糊塗、不知嚴重性，睜隻眼閉隻眼矇混過關；三，是官商勾結、事先串通、默許。

無論哪一種情況，對台灣生態造成巨大危害，都不可原諒。若涉及貪瀆舞弊、不當利益，更是罪不可恕。這是明顯的詐欺罪，該負責的林務單位及承包苗木商，至今似乎無人受到懲處。即使懲處，又有何用？對台灣生態，已造成危害。

中國陰香何時入侵台灣？不可考，大量培育幼苗、發送，是在一九九九年九二一大地震之後，許多山坡地崩塌裸露，林務單位欲以早年台灣山林很普遍的特有種土肉桂，進行水土保持，苗圃中心卻出現大批陰香盆苗，冒名頂替。

從中央到縣市政府、鄉鎮公所、各級農林單位，不察、或察而不覺，將錯就錯，帶頭推廣，植樹節等節日，舉辦各種活動，廣為發送；苗木商、園藝商何樂而不為？大力配合、帶動流行。

多年來陰香大量種植，全台灣包括離島，公園、學校、行道樹、公家機構、私人庭院……到處可見。陰香成長比土肉桂快速得多，約六年即成樹，高達三、四公尺，一般成年人大腿般粗大；一株成樹陰香，每年可結果數萬顆種子，繁殖力旺盛，生命力特別強，種子隨風傳播，鳥類吃下，靠糞便四處傳播。

我家二公頃園區，任何角落，即使濃密樹蔭下、雜草圍繞，仍密密麻麻冒出陰香幼苗，除之不盡。甚至園區周邊農地田頭田尾水溝旁，也常見到。

陰香旺盛的生命力、繁殖力，具有強勢驅迫性，在人為管理的平地園區，還不至於明顯危害，若是入侵山區，漫山遍野快速蔓延、擴張、占領、排擠在地原生物種，威脅幾百萬年的生態演化，造成無可挽回的生態浩劫。

二〇一二年，「台灣生態學會」調查台中市都會公園中國陰香氾濫情況，提出嚴重警告，這個公園的陰香，就是政府單位以土肉桂之名種植，民眾都誤以為是土肉桂（張瑞楨記者有詳盡報導）。

二〇一二年十月，本鄉溪州鄉公所接到彰化縣政府函：

主旨：有關外來種陰香之後續管理與處置方式，請依照林務局一〇一年八月三十日「研商外來種植物陰香後續維護管理措施事宜會議」之會議決議事項辦理，並檢送會議記錄乙份，請查照。

說明：

一、依據行政院農業委員會林務局一〇一年九月二十七日林造字第ＸＸ號函辦理。

二、公有土地、公園綠地、校園、行道樹、私人農林地、私人苗圃等民間用地及其他機關用地，請各單位協助宣導切勿再培養及栽種陰香。

這一紙公文有多大作用？還是有不少苗圃繼續「清倉」、不少單位繼續種植。連全國最大苗木園區「彰化縣田尾鄉田尾公路花園，近年新植近百株陰香做為重要道路的路樹……」（二〇一三年六月顏宏駿記者報導），緊接著二〇一四年十一月再報導：

「公路花園公園一路及公園二路遍植陰香，最近紛傳枯死，種樹專家表示，陰香是適應力很強的樹種，鄉公所能把它種到死，實在太誇張。」

「國內護樹團體和林務局，近年來一再宣導國人或公務機關，不要再種植陰香，以免造成生態浩劫。但田尾鄉公所卻反其道而行。」

田尾鄉公所為什麼執意種植陰香？種植一棵陰香的造價多少？為什麼種植不久「紛傳枯死」？誰該負責？是否有人追查？

早年台灣山林隨處可見、很平常的土肉桂，和許許多多台灣原生樹種的命運一樣，國人不懂珍惜，數十年來陸續砍伐，數量已大幅減少；二十多年來，政府單位與苗木商，假冒土肉桂之名，推廣、種植中國陰香，蔓延氾濫，真正台灣土肉桂，幾乎難以見到。

不少愛好自然的民眾，拿到陰香樹苗，不會辨識，錯把陰香當肉桂，滿懷欣喜種在庭院，照顧長成樹，當做寶貝，不時採摘葉片泡茶；知心好友到訪，更是迫不及待泡「肉桂茶」「分享」。

這有什麼關係？我曾邀請樹木學專家楊國禎教授來純園演講，當場請教他：

台灣土肉桂整株都是寶。樹根可食，鄒族人當零食吃；桂皮可清熱解毒，有天然抗菌殺菌等效果，為五加皮酒主要原料之一；葉片富含肉桂醛，入口甘甜、清香持久，可以泡茶，茶渣持續散發天然香氣，身體寒涼的人每天飲用可以怯寒；可以烹調肉類，魯肉、爌肉、燉排骨；香腸、蛋糕、餅乾，加入土肉桂葉調料，別有風味；也是可樂、卡布奇諾咖啡重要香料；還可以提煉精油，做成天然防蚊液、洗髮精，可以製造健胃與怯寒劑、具有抗痛風等療效……。

二〇〇九年，林義雄「人民作主、千里苦行」隊伍，入冬遭逢最強寒流，仍只穿著印有訴求文字的白色T恤，人人配戴手套、圍巾、暖暖包，寒風中前進，到了花東，原住民朋友特地送上台灣土肉桂葉子，放在嘴裡咀嚼，可以增強體力及禦寒……。

陰香呢？可以吃食嗎？陰香的葉片較辛辣，有毒性，有害人體，不能泡茶。當然整株都不能食用。

從二〇〇〇年到二〇一二年，陰香大量流行，依據專家學者調查，全國陰香種植超過三十五萬株，包括花蓮光復糖廠「大農大富」平地造林園區、法鼓山金山園區、中台禪寺、台大實驗林、台中都會公園、台中大坑山區……等地，以及各地公園、學校、行道樹……。

二〇一二年，政府正式公文，「請各單位協助宣導切勿再培養或栽植陰香」，以及媒體不斷報導

「錯把陰香當肉桂」的知識，「民智漸開」；最主要的因素，應該是就像早年的黑板樹、小葉欖仁現象，苗木商囤圍的「存貨」已出清得差不多了，近十年，雖然還有零星種植，流行已退……。

然而，爛攤子如何收拾？遍布全國、已經種植的數十萬棵陰香怎麼處理呢？

不外乎三種方式：一，尊重生命，既然種了，任其生長吧！二，長痛不如短痛，全數砍伐，以絕後患；三，擺爛，不了了之，鄉愿式隨機處理，如同許許多多錯誤政策、錯誤「建設」，有人抗議、投訴，再評估再做決定……。

我家園區三百株陰香，發現種錯之後，我就陷入留與不留的痛苦折騰，年復一年猶豫不決，日日相處、漸生感情，但也理解其侵占強勢，壓迫多元生態的危害性。直到二〇一七年，終於狠下心腸，請來園藝師傅，全數砍除，改種台灣櫸木、台灣苦楝樹。

砍伐、補種的費用自己出，還算小事；我最大的損失是精神上所受的折磨，終生倡導愛樹、護樹，竟然狠心砍樹，是多大諷刺、多重難堪。

其次是耽誤了我十多年，如果種對台灣土肉桂，而今已是何等蓊鬱高大、豐榮葉茂，多麼可觀的景象。

不知陰香的禍害，林務農政單位，如何看待？除了一紙公文，勿再種植，還有什麼積極作為？

附註：本文參考、借用李瑞宗著《沉默的花樹》一書甚多；同時引用多則新聞報導。謹此一併致謝！

23 始亂終棄話植栽——致行政院

前言：

從被種下開始，就注定橫死？颱風來路樹倒災情背後，是亂種、亂剪、亂管理人禍。

警報發布四天四小時後才登陸高雄的颱風山陀兒，不管是速度、路徑與氣候預測都出乎意料，更在南台灣帶來強風暴雨災情。從新聞照片或社群網站可見，行道樹倒一片，路名招牌也被吹落，高雄市政府初步官方統計，逾一千八百棵路樹被吹垮。

回頭過往新聞，似乎每逢颱風，不論東西南北多多少少都有台灣行道樹斷枝、傾斜、甚至全倒，但這些僅僅只是因為天災風太大嗎？為什麼同樣地區有的樹可以巍然不動？每年都撥預算修剪樹木做防颱準備，到底有沒有用？

「樹頭若穩，毋驚樹尾做風颱」，彰化老家有二公頃的樹園、長年倡議種植原生樹種的作家吳晟，認為這是綠美化景觀植栽工程長年以來，普遍而嚴重的全國性錯誤。

他以個人長期經驗與觀察，直指台灣行道樹種植，從一開始的種樹空間、樹齡選擇就錯了，且標案要求保固期僅一年，業者更不會考慮過存活率；每年固定在春季發包的「修剪工程」，不論是美學和專業都被詬病已久……那麼台灣能如何脫離年復一年「把樹種死」的植栽工程？他也分享鄰近國家新加坡成立中央機構主導綠美化工程的經驗……。

（二〇二四年十月五日《報導者》）

1

二〇一三年七月，蘇力颱風強勁風勢，至少吹倒雙北地區三千多棵路樹。

二〇一五年八月，蘇迪勒颱風過境，挾帶了強風豪雨，造成的樹木災情更嚴重，以台北市為最，列管的九萬多棵樹木，超過一萬多棵受損，包括斷身斷枝、傾斜、及全倒。

據多方報導，新北市也吹倒一萬五千棵以上的路樹，公園裡也倒樹一堆；桃園、南部災損也很慘重；高雄市至少倒了一萬三千多棵路樹，陳菊市長連日視察各路段，表情凝重，直說「心在淌血」。

這是全國性災情。是風雨真的太大，還是它們的生存環境出問題？是天災、還是人禍？

強烈颱風蘇迪勒肆虐過後不久，某位台北市政府首長，來我們家二公頃的樹園，共進午餐時問我：為什麼台北市每逢颱風，都會吹倒很多樹木，特別是行道樹。看你們這片樹園，上千棵樹，幾乎都好好的，沒什麼折損。

我回應說：因素很多，不是三言兩語可以說清楚。

這位首長當面邀我：那請你來擔任我們的市政顧問，指導我們。

我以路途遙遠為由，委婉拒絕，但一直放在心上。不是職位，而是，這確實是全國性問題，是長年以來全國所謂的綠美化景觀植栽工程，普遍的嚴重錯誤所造成，絕非一時一地的少數個案。

匆匆又過了將近十年，顯然這些問題並未有多少改善，災情如故，有時甚至變本加厲。

我願將多年關注、觀察心得，提供給行政部門、園藝商、景觀設計師、社會大眾做參考。

我以「始亂終棄」做總結，直接說：種錯樹種、種錯地方、種錯方法、疏於管理。以下再做申論。

2

俗諺說：「樹頭若穩，毋驚樹尾做風颱。」樹倒，很大原因，當然是樹頭不穩、不牢固。

樹頭為什麼不穩？

我們家庭院，二十多棵數十年齡大樹，樟樹居多，還有龍眼、芒果、台灣肖楠、桃花心木，歷經多次颱風襲擊，吹折不少樹枝，但都「老身在在」，始終直挺屹立，不誇張，從未有一棵被吹倒或傾斜。

有三大重要基礎：

其一，種植幼小樹苗，從小在地生長、在地扎根。

其次，良好棲地，土壤厚實寬闊，根系和樹身得以自然伸展、同步生長，上下成正比，不會失衡。其三，排水良好、不積水，不讓根系浸泡水中。

基於自家庭院大樹的經驗，和長年對路樹的觀察，我一向主張，行道樹等綠美化植栽，種植幼苗（盆苗、袋苗），二、三年生最適宜，造價低、效率快，根系完整，即種即長，好照顧，存活率高。但我們長年以來大大小小植栽工程，幾乎都是以「移植成樹」的種植方式。

園藝界私下流傳一句話：「樹種綁標。」就是說得標廠商植栽設計，指定樹種、指定規格（胸徑多少公分），往往是某園藝商「孤行獨市」。這就是為什麼園藝商「鍾愛」外來樹種，價格得以飆高，一棵胸徑十公分左右的樹，可以高達萬元的行情。

移植，其實很傷樹身。

俗諺說：「一年移栽，三年失力！」

一棵成樹移植之前，必須斷根、養根、包覆根球、修枝剪葉等等處理，損傷太多元氣，至少需要三、四個月休養期，才能移植。大部分工程，哪有這樣耐性的「美國時間」？離開母土，種植到陌生之地，還要適應期，拚盡全力復原，至少需要三年，哪有餘力成長？

趕工、粗率移植，容易枯死。若是種植棲地不良，損傷更大。

人工移植之後，根系尚未釘根，必須倚靠支架撐住樹身。即使根系順遂伸展，蔓延到牢固，足以撐住樹身，承受颱風搖撼，樹齡愈大，復原需要的時間愈長。

但一般園藝工程，保固期只有一年，驗收之後園藝商即無責任。常見固定的支架經年累月無人拆除，反而造成環狀的傷害，成為樹的殺手。我們經常看到綁著支架奄奄一息的植栽，或綁著支架、繩帶深深陷入樹身，幾乎勒斷樹幹的景象！總之，無人管理。

如果種植袋苗，即種即長；三年，大約已超過六、七公分左右胸徑的移植成樹！最重要的是，根系和樹身同步成長。

3

人行道是人行道，另闢植栽綠帶種植行道樹，二者各自獨立分隔，各盡其職，應該是綠美化景觀工程最基本、最起碼的常識。

但我們遍處見到，全國最荒謬、最離譜、也最普遍的行道樹設計，竟然為了節省空間，二者混在一起，將樹木種植在人行道上的小小樹穴內。

就是說，先全面完成道路土木工程，車道、人行道，都已鋪滿鋪好水泥、柏油，人行道上每隔一段數公尺距離，留一個洞，俗稱樹穴，種植樹木。

絕大多數樹穴規格，周圍直徑約一公尺，不只太小，沒有預留未來樹冠成長空間，甚至也未預留樹幹成長需求。在都會區，還常見到樹穴有鐵圈圍住，或周邊砌疊石磚花台，加以「保護」，無異扼住、勒住樹脖子。

尤其大部分植穴太淺，底部少土壤、多砂石級配，乃至堆積廢棄物，易積水，根系不夠深、不夠廣，不易牢固。

「根系就是植物的自動導航系統，不斷尋找空氣和水源！」正常情況，一棵樹根系伸展，和樹身成長，上下成正比，才能撐住樹身。但樹穴太小太淺，周邊都是水泥、柏油，過度水泥化，受盡封鎖限制，根系沒有呼吸空間，又容易吸熱造成高溫，傷害樹根，生長條件困難。而且，每棵樹各自「獨立」，根系與根系無法「串連」、交纏、相互扶持。

如果種植榕樹、鳳凰木、黑板樹、小葉欖仁等等成長快速、強勢竄根的樹種，大約一、二十年，樹頭即占滿樹穴，浮根就會隆起，和周邊水泥拚鬥，你死我活，掙破路面求生存。若是種植非強勢竄根的樹種，更容易被封鎖枯死或倒伏。

樹穴占據人行道，行人根本難以行走，若再竄根破壞路面，更易絆倒；自行車、嬰兒車、輪椅，更不可能通過，完全失去設置「人行道」的意義。

不只是行道樹，在全國各級學校、行政機關、廟宇、商業大樓、車站、乃至公園……，我們到處看到鋪滿水泥的廣場，留幾個小小樹穴種植樹木，象徵一下；或是將原有空地上的樹木，砌上花台圈圍起來「保護」，周邊空地全鋪上水泥，不留綠地。在水泥重重封鎖、壓制下，這些景觀植物的成長狀況，可想而知有多艱苦。

台灣民眾普遍崇尚水泥，不喜歡綠樹綠地，因為需要整理太麻煩。媒體報導，很多遊樂園、公園遊戲場，幾乎沒有樹蔭，完全暴露在大太陽下，熱得發燙，孩童吃不消，根本無小朋友敢親近。

全國最大公路花園的彰化縣田尾鄉，善於爭取「建設」經費，動輒數千萬、上億元，名為公路花園，到處水泥路、水泥廣場，漫長夏季，熱氣騰騰，遊客稀少，因為不願頂著烈日買花。

以往多數街區大都有一、二排綠樹；農村居家的院落，尤其是店仔頭、廟口，也都有一、二棵老樹。一九八〇年代後，家家戶戶有了電風扇，又有了冷氣，快速盛行砍樹鋪水泥，乾脆不要綠樹，也不留綠地，省得整理草地、清掃枯枝落葉。

建築法規有很明確的「綠覆率」，空地比例條文，但有多少人遵守？我們看到，幾乎所有新建的整排樓房「販厝」，屋前一排空地，檢查過後，立即鋪水泥、搭起遮雨棚；甚至作假，水泥先鋪好，再鋪上一片草皮，等拍照檢查過後，草皮隨即拿掉，搭起嚴密的遮雨、遮陽棚，當車庫。而後，家家戶戶裝上大捲門，什麼也看不見。

這就是為什麼氣溫節節飆升，體感溫度最高已超過人體常溫，逼近攝氏四十一度，重要原因之一，也是都會街區，因為沒有綠地吸收雨水，每逢豪大雨、強降雨，即造成水患的根源。又可以爭取龐大「治水工程」經費。

4

植栽綠帶也要考量多大空間適合種植什麼樹，什麼樹種需要多大空間。植栽綠帶空間若是過於窄小，又種植不當樹種，勢必出問題。

種樹，要有「萬年久遠」的打算。你要它長到多大？你希望它可以活多久？至少至少，要預估百年成長狀況呀！

許多行道樹「移除」或「移植」（官方曖昧語言，其實大部分就是砍樹），肇因於植栽綠帶過小，又種植大喬木。

最近的例子。「植樹三十年一夕砍光，數十棵小葉欖仁全殺」：花園城市中興新村，三十年的樹說砍就砍，天氣愈來愈熱卻繼續砍樹，台灣樹木悲歌。

南投市公所官方說法：該樹根部會有亂竄的問題。現況已破壞人行道鋪面，造成行走有危險疑慮，樹根也竄入水溝及一旁鄰房，除了造成側溝排水問題，也破壞民宅地坪及排水，造成居民困擾。

當時亦請里長邀請鄰長、里民，並邀請議員、代表等，舉辦說明會，經表決多數贊同將樹木移除，將人行道縮減，讓出停車空間。剩下的人行道寬度不足以種植樹木。

就是說，要停車位，不要路樹！

有一篇留言回應：「種樹養樹不容易，砍樹只要瞬間，難怪地球暖化嚴重！花錢種樹再花錢砍樹，種樹永遠趕不上砍樹，當地居民非常生氣，抗議根本沒用，繼續砍！」

植栽綠帶太窄小，破壞路面而「不得不」砍樹，包括很多分隔島（安全島）。

以我最熟悉、經常搭車經過的斗中路（北斗到田中）為例。

一九九八年，斗中路進行拓寬工程，我發現正準備砍除兩旁二、三十年歲的芒果樹，趕緊向工程單位、鎮公所反應，並請當地縣議員出面協調，希望能夠保留下來，做為「現成」的分隔島：內側汽車道、外側機車道。

積極投訴、陳情、請託，得到的結論是：多數民意贊成砍除。

又是假託多數民意！

我太太莊芳華，在一九九九年七月《新觀念》雜誌一二九期，在她的專欄寫了一篇文〈鄉親的民意〉：

「我的鄉親不要樹，支持砍樹是多數鄉親的民意！」

「我開車經過這條樹屍橫陳的道路，只能假裝視而不見，以麻木來化解心中的悲傷。」

我們終究沒有能力阻擋砍除二旁芒果樹。

當時的工程設計，是在道路中間留分隔島（所謂安全島），重新種植行道樹。

二〇二四年，斗中路拓寬工程才二十多年，卻已出現問題。什麼問題呢？

我們明顯看見，因為分隔島總寬度只有一百五十公分，二邊水泥「路沿」占三十公分，實際樹木生長空間只有一百二十公分，太窄小，卻種植大喬木，多數強勢竄根的小葉欖仁，成長速度快，十分高大粗壯，「路沿」已逐漸撐破，不出幾年，勢必影響交通安全，又要大動工程。

這不是特例，而是全國普遍現象。

（二〇二五年三月初午時，我們開車經過斗中路，看到二個景象：一，分隔島整排行道樹小葉欖仁，剃光頭式修剪，全面光禿禿。依據三月七日顏宏駿記者報導，原來是因為「每到傍晚時分，就有上千隻八哥聚集吱吱喳喳……，附近居民因鳥噪音的疲勞轟炸而瀕臨崩潰；二，進香團走到道路旁，曝曬熾熱陽光下，不禁再想起，二十多年前，那二排路旁芒果樹，如果留下，會有多蔭涼。）

5

大約二十一世紀初始吧，護樹意識愈來愈多人覺醒，尤其是陸續有愛樹人士組成護樹團體，熱心成員經常發現哪裡「又在砍樹」、或接受在地民眾「報案」陳情，氣噗噗四處抗議……案例實在太多，疲於奔命。

有抗議、有衝突，而有新聞點，各縣市隨意砍樹，受到批評，檢討的地方新聞，愈來愈多，層出不窮。

理直氣壯砍樹理由千百種，最近發現又一種新鮮正當理由：怪罪前人種錯樹種。

繼黑板樹、小葉欖仁，愛之高價搶種，惡之喊殺喊打，以台中市為例，一九八〇年代黑板樹興旺時期，至少種植了五、六萬棵，而今二〇二四年，已砍除五分之四，只剩下一萬棵左右。

最新嫌惡樹種，以掌葉蘋婆為首。

二〇二二年六月：「高雄路樹掌葉蘋婆豬屎味炸市區，另三種也臭！」

二〇二四年五月：「人行道三大惡樹，高市列黑名單，分別是黑板樹、木棉、掌葉蘋婆。」高雄市行道樹與公園樹木三十一萬株，黑板樹、木棉和掌葉蘋婆占約四分之一。黑板樹易竄根，導致路面隆起；木棉棉絮與掌葉蘋婆開花時散發異味，引發不少人反彈，工務局還編列二億元做人行道改善工程，議員建議施工時一併移植疑慮樹種。

移植，移去哪裡？其實就是砍除。

掌葉蘋婆主要生長於非洲、澳洲、亞熱帶國家，樹蔭廣，枝條平展，具有良好庇蔭作用，但因盛花期會散發腐敗惡臭，因此又稱為「豬屎花」。

一冠上惡名，命運就注定。

二〇二四年七月二十日，台中新聞：「二十八棵行道樹全被砍，居民樂喊（終於免聞臭味）。」

原來被砍的路樹是掌葉蘋婆，是居民嫌惡樹種，不只是開花期會散發臭味，落果比成人拳頭還大，從高處掉落也會砸到汽機車，市府趁整建人行道，順應民意，居民狂讚德政。因為他們再也不用忍受「豬屎花」的臭味了。

啥？當初為什麼要種？種了又嫌惡，始亂終棄，砍樹成為「德政」？這是什麼樣的新聞？

6

每次颱風過後，都是綠美化景觀植栽工程，尤其是行道樹大檢驗。除了「樹穴」或綠帶太「儉省」、太窄小等不當設計，還可發現很多植栽錯誤。

例如很多路樹，而且是大喬木，種植在台電輸電電線下方，樹冠和電線交纏，怎麼辦？不大大修剪，可以嗎？種植之初、為什麼沒有考慮？

從許多倒樹發現，粗率移植、種植的情況，例如「土柱」包覆在塑膠袋中（俗稱包尿布）。為了避免泥土散落或根系受傷，移植前，斷根處理時，「土柱」都會包覆塑膠套、黑網、尼龍繩；種植時，應將這些不可分解的塑膠黑網製品，予以拆除，讓根系正常生長。

但我們常看到這些包覆物並未拆除，直接種下去，以致根系完全無法伸長出去。大概怕一拆除，土柱即散掉，種下去不多日就會枯死吧。不拆除、直接種下去，既省工又保險，反正只要不枯死，拖過一年保固期，就沒有他們的事。

也有些倒樹，樹根被切斷的跡象很明顯；或是不當修剪，長出一堆不定根枝條，斷裂樹身等等現象。

每年三、四、五月間，各級政府行政機關，包括學校，都會編列經費，做「防颱」措施，其中之一便是修剪樹木。

數十年來，這項「政策」，一直、一直受到民眾詬病、批評，甚至痛罵之聲不斷。但依然故我、我行我素，直至今年，各處路樹持續發包修剪，各級行政部門，聽不見痛罵聲連連。

可見台灣官僚體系，有多麼「神經麻痺」、多麼僵固，難以改變。

民眾有哪些批評呢？我歸納一下，總結三項：

一、修剪理由：

人為種樹，人民日常生活環境種植的樹，當然需要經常性維護，適度修剪。但這是為了維護樹木的健康、調適樹木生長條件，防範可能造成對人、車的傷害，以及市容美學的營造。

我們的行政部門，至今還是一成不變，一律為了「防颱」的理由，在每年三、四月間「發包」修剪樹木；而每次颱風過後，全國各縣市，樹木倒伏、折損的情況，有減少、有改善嗎？

二、修剪時間：

樹木生長，具有共通特性，依樹種不同，也各有相異特性。最基本的區分：「常綠樹」與「落葉樹」，適合修剪的時期，各自不同。但我們一概不論，集中在春季、夏初修剪。

每年三、四、五月間，春光明媚，萬物蓬勃生發，正是植物光合作用最旺盛的成長期，卻為了「防颱」大肆修剪枝葉，傷身敗軀，弱化體質，停滯了、阻礙了樹木生長，反而更容易倒伏、摧折。

四、五月修剪，六、七、八月間，所謂防颱季節，正是豔陽高照、酷熱難當，最需要綠蔭的時候，很多路樹，卻被修理得不成樹型，少有綠蔭。

最近氣溫飆高、天氣愈熱、樹剪得愈禿的怪象，在網路一片哀嚎、幹譙。

三、修剪方式：

這是最受詬病，一再被痛罵的批評。

各級行政單位，所有綠美化植栽工程，甚至除草工作，沒有專人負責，都是委外，發包給景觀工程公司（也有環保公司得標，不可思議）。

樹木修剪，不只必須具備普通植物學知識，也是一門專業學問與技術，乃至美學涵養，是很細緻的工夫，需要專業「師傅」。看看日本、英法歐美許多國家，修剪樹木何其慎重。

我們的樹木修剪，卻是任何工人都可為之。幾乎都是採取大刀闊斧、通稱「強剪」的方式，時常可見斷臂斷肢或「理光頭」、光棍「單身漢」，枝葉被修剪得光溜溜；乃至最殘忍的「砍頭式」，攔腰鋸斷，既傷樹體又破壞景觀，對樹木的傷害何其大，更不要說什麼城市景觀、市容美學了。

在我收集的簡報資料，有三大冊和「樹木修剪」相關的新聞報導，隨手抄錄一、二十年來重覆發生、相似的新聞「標題」：

一，樹木「斷頭」悲歌、請問市府修樹ＳＯＰ在哪？；二，老樹被剃頭、鳥兒有家歸不得；三，理髮變砍頭，修剪路樹引眾怒；四，理光頭反傷了樹、無法行光合作用；五，修樹理光頭、延平延合公園好淒涼；六，太平修剪樹木如砍樹、惹民怒；七，路樹剃光頭、過度修剪、專家批荒謬；八，南投國小老樹剃光頭、學童無處乘涼；九，路樹嗚咽、修剪變剃頭、剪成樹棍；十，路樹斷頭、以護樹之名；十一，溽夏砍樹截枝、談什麼綠化避暑；十二，有砍頭有禿頭、彰化行道樹修過頭；十三，秀水公園三十棵樹木斷頭，民眾不捨；十四，水里肖楠大道齊頭修剪、民眾：好醜；十五，台中改善人行道、整排行道樹被斷頭，民眾斥粗暴；十六，愈來愈熱、卻繼續砍樹移樹、台灣都市「不健康」

關鍵曝；十七，興賢書院十七棵老樹，不是斷頭就是光頭；十八，彰化防颱防蟲害，台灣欒樹才盛開，慘遭理光頭；十九，台東又見斷頭樹，鄉公所：憂妨礙音樂會看星星修剪；二十，城市樹木悲歌，斷頭、窒息、殘障、包尿布，傾聽路樹四大慘況；二十一，終結樹木修剪亂象，應速修森林法……。

每則報導，都配上很醜很醜、不忍卒睹的圖片，真是無言以對。

7

我見過非常多不可思議的「植栽工程」，最受震撼的是西海岸台十七線彰化二林段，綿延數公里，鋪滿水泥的公路兩旁，每隔數公尺，有一小小樹穴，樹穴周邊砌上花台。種植什麼呢？竟然是種植櫻花，可想而知，早就全部枯死。年年路過，多少年了，猶然是空空如也，或是長滿雜草的「死穴」，只剩花台。

繼續廢棄的景況，不知已經多少年，至今無人處理。甚至台一線各路段，也有不少這樣的景況，車輛來來往往奔馳，多少年無人管啊！

貫穿我的家鄉溪州鄉「莿仔埤圳」，水圳兩旁植栽，許多段落早已不見樹木，只剩雜草，還有許多東倒西歪的樹幹、枯倒木、蕪雜的側枝，無人處理。誰該負責？縣政府，鄉公所？還是河川局，水利會？

二〇二〇至二〇二二年，我常住在花蓮，常去南濱公園（太平洋公園），沿著海邊的自行車道行走，車道旁整排蓊鬱的原生植物白水木、草海桐，連接沙灘、連接寬闊的海洋，無比賞心悅目。但也隨處見到只剩支架、或只剩枯木、或歪歪斜斜綁著支架的枯木「植栽」。這些散布在海岸各處的枯死植栽，不知是多少年前的景觀工程留存下來，棄置至今無人收拾。

以上所見這些「景觀」，絕對不是特例。而是長年以來台灣各地隨處可見的植樹（有沒有哪個單位可以檢討、必須檢討）。

二〇二四年五月十二日，有媒體即時新聞：台南市六個行政區種樹三萬八千多棵，但也有高達四六一〇個行道樹是空穴；亦即樹木早已死亡、並已清除；以及一〇三五個樹穴只剩樹頭，尚未挖除。死亡原因，或是老死、或是棲地環境不佳，或是染患褐根病、或是倒伏……，也有居民刻意凌虐致死。

總之，這個數量確實驚人，不知是累積了多少年的「成果」？有誰該負責？

那麼，全國呢？

至今，可能還沒有哪個中央行政部門，做路樹調查，統計看看，全國交錯縱橫、大大小小道路，有多少人行道已遭破壞、不能行走？有多少行道樹已枯死，什麼原因？留下多少空空如也的「死穴」，多少年無人聞問、無人理睬；還有多少枯樹、傾倒木，尚未處理？是哪個單位的權責？

沒錯，哪個單位的權責？正是全國植栽問題，最主要的關鍵所在吧。

一窩蜂亂亂種、種錯樹種、種錯所在、種錯方法、亂亂修剪，畢竟都是「技術性」問題。最大的癥結，應該是權責歸屬，哪個地方、哪條道路的「樹權」，歸誰、歸哪個單位管理，非常混亂，很難分清楚。

以我們小小溪州鄉來說，依土地所有權，劃分植栽管理權，各自為政：

一，濁水溪北岸河床、堤岸，歸屬經濟部水利署第四河川局；

二，貫穿全鄉灌溉水圳，莿仔埤圳及其支流溝渠河道兩旁，歸屬農業部農田水利署；

三，通過溪州鄉高鐵車道下方空地，歸屬台灣高鐵公司；

四，通過溪州街區三、四個村莊、台一線公路兩旁，及國道一號兩旁，歸屬交通部高工局；

五，台糖土地數百公頃，含溪州糖廠、糖廠事務所舊址，歸屬經濟部台灣糖業公司；

六，一百二十多公頃溪州公園（含花博區、森林區、苗木區），歸屬台糖土地，彰化縣政府承租、管理；

七，明道大學校區及宿舍區，歸屬台糖土地……；

八，各級行政機關、學校、廟宇、私人工廠、居家……各自所有權；

九，其餘，溪州森林公園、公墓、公所、鄉道、村莊道路，管理權責，歸屬溪州鄉公所；

所有樹木種植、修剪、清理，都是各單位自行決定，外包給園藝商、景觀工程公司……。沒有專職人員負責、督導、維護。

（連溪州「公園」森林區，都經常放任小花蔓澤蘭等藤蔓叢生、攀爬，纏繞、包覆滿園樹身，以致一棵一棵枯死；枯木、枯倒木遍佈，久久無人處理。）

8

二〇二四年五二〇，新政府執政團隊上任，總統府六月十九日即宣布設立三大委員會，預定率先登場的是「國家氣候變遷對策委員會」，可見賴總統新政府，對「氣候變遷」的議題非常重視。

眾所皆知，地球暖化、氣候變遷、極端氣候、正負2℃，我們只有一個地球（我們只有一個台灣）等等語詞，大約一九八〇年代就不斷宣導，社會大眾普遍早已不陌生，甚至耳熟能詳。

河川死滅、水源短缺、自然資源耗竭、空氣品質嚴重惡化……，頻頻威脅我們的生存，尤其是氣溫不斷飆升，最高溫早已超過人體常溫，超過攝氏四十度。原先四季分明的台灣寶島，人人感覺到早已淪失春秋、只剩夏冬二季，而且暑熱季節愈來愈長，超過半年，家家戶戶、班班教室、辦公室、商業大樓，完全依賴冷氣機過日，耗電量節節攀升……。

「氣候變遷」涉及層面確實非常廣泛，我不是任何層面的專家學者，不敢妄議。我只確定：藉由「綠化」緩和「暖化」、緩和「熱島效應」；「種樹，拯救極端氣候！」「對抗氣候變遷，最有效的方法，是大量種樹。」絕對是全球無可爭議的共識。

但全國哪些地方可以種樹、必須種樹、種什麼樹、怎麼種？誰來規劃、推動、協調、執行？種了之後，誰來負責常態性管理、維護？

長年以來，全國種樹政策，行道樹等等所謂綠美化景觀工程，各單位各自為政，問題確實太多太多了，請容我野人獻曝，提出一些建言。

我曾多次建議中央、行政部門，組成種樹專門委員會，全面實際調查、彙整，從根本徹底檢討。最最重要的是，行政大改革，設置獨立的植栽綠美化行政機構部門，統一事權、樹權，專責執行。類似負責治安的警政署，各縣市設置警察局、分局、分駐所，招聘專業人員，例如園藝系、森林系等相關科系畢業生，我們可以稱為專職的「綠領階級」、「綠領師傅」，有固定工班、完備的機械；重新擬定法規。

俗諺云：「講一牛車，不如做一畚箕；講一畚箕，不如做一湯匙。」

千萬勿再因循苟且，淪為編列多少預算，解決一時一地一事，就算了事；或淪為堂皇有餘、務實不足的空泛論述，徒有「政策」，欠缺真正「對策」，不可能有大改革、新格局、百年願景。

不妨參考鄰近日本及英、法等歐洲國家，尤其是新加坡的植樹綠化管理，可以借鑑。

二〇二二年九月，有一項文學機緣，我首次拜訪新加坡，盤桓數日，特別留意、觀察全國到處青翠翠的植栽綠美化。最直接的發現是，完全見不到一棵枯木、奄奄一息（綁著支架）的枯倒木、空空的樹穴、沒有花木的花台、樹根隆起嚴重破壞路面……等等台灣常見的景象。

我四處觀察，多方請益我們的外交人員及在地人士。

還有一項機緣，有位新加坡資深建築師，改行攻讀農業博士，特地來溪州尚水友善農產公司做實務研究，我們多次交談，他問我農業耕作，我請教他新加坡綠美化植栽政策，並參考一些雜誌報導。

我粗淺了解，新加坡全國植栽綠美化的「人事結構」，由總理之下「國家發展部」的「公園局」和「都市規劃局」專業人員，統一負責規劃管理，定期巡查、養護。

新加坡法定機構「國家公園管理局」，成立於一九九〇年六月六日，法源是新加坡國會訂立的《國家公園法令》，負責執行新加坡全國綠化政策，分四個部門：規劃與資源學、園林營運學、濱海灣發展及新加坡花園城市私人有限公司。除了擬定及協調綠化地段的規劃，負責建設及管理公用綠地，也負起監護管理自然保護區。

二〇二〇、二〇二一年新加坡國家公園局，規劃了許多方案，目標是在未來十年，二〇三〇年之前，將新加坡從「花園裡的城市」，升級為「大自然裡的城市」。

綠化工業區是新加坡實現「大自然裡的城市」願景，關鍵政策之一，旨在緩解都市熱島效應，不只能改善空氣品質，也能打造為更具吸引力、更適宜的工作環境。

行道樹的種植，是有系統的管理與維護，每棵樹都有編號，建置網站、APP記錄全市「樹籍資料」、「樹木地圖」，精準追蹤，民眾隨時都能查詢每一棵都市林的狀況……。

漫步在新加坡任何一處街道，總有著巨大高聳參天的林蔭，遮擋著赤道的豔陽。

「所有開發案的最後審查權，都在國家公園管理局園林署」，並規劃所有植樹活動，為當地居民提供更多機會，參與綠化工作，「希望能為新加坡人創造更多具有包容性的綠化空間，將社區參與的精神，推廣到全島各地……」。

附記：本篇引用甚多新聞報導，謹此感謝！

24 小小樹園、大大夢想——從「純園」到「哲園」

1

我一輩子定居彰化縣最南端的溪州鄉一個小村莊。

溪州鄉東邊和八卦山脈山腳下的二水鄉、田中鎮相接；北面緊鄰北斗鎮，西邊接埤頭鄉及竹塘鄉；南面緊鄰濁水溪堤岸，呈東西狹長形，約十三多公里，分佈十九個村莊，每個村莊外圍，大片大片農田，目前還是維持鄉民耕作為主的典型農鄉。灌溉水源來自貫穿全鄉的水圳——莿仔埤圳。莿仔埤圳水源，引自濁水溪。

台灣第一大河濁水溪，發源於合歡山主峰與東峰之間的佐久間鞍部，匯聚大大小小支流，從南投竹山出山區、入平原，水流漫漶不定，分東螺溪、西螺溪、虎尾溪。

二水、田中、埤頭、竹塘，保留鄉土寫實、地理背景的地名；溪州，顧名思義，溪流中的沙洲，屬於東螺溪河床的浮覆地。日治初期，一九一〇年代，在西螺溪兩側，興築堤防，截斷東螺溪、虎尾溪，將水流引進西螺溪，形成寬約二公里的單一河道，溪州鄉農田才穩定。

我小時候，有些地方，還叫「溪埔」；許多地勢低窪的農田，還是「坔田」呢！耕作時，人畜還容易下陷。

很有趣的故事，據說，我母親的名字，單名「純」，其實原意是「巡」；因為我母親的娘家，在溪州最東邊的村莊，出生時，我幾位大舅舅，經常看到日本警察戴著鑲金邊的警帽，巡來巡去，監督築造堤防工程，很是威風，小孩心性，建議我外公外婆為這位小妹妹取名「巡」。「巡」和「純」台語同音，因為是女生，報戶口時，變成「純」。

我的家族世代務農，推測在我曾祖父那一代，就落腳我們現在居住的村莊。應該是開墾戶，不是大地主，也不是佃農，而是小地主、自耕農。

我祖父母有八個兒子，一個女兒，我父親排行第五；我未見過祖父母，也未查證父親他們兄弟何時分家，只知各分得一公頃多田地，都集中在同一條農路上，一畦一畦，大部分相連，可見是家族產業，俗稱祖公仔業。

我父親從小也要跟著兄長下田，但他是八兄弟中「唯二」讀到公學校畢業，少數有讀書的農家子弟（另一位是我小叔，幼嬰即「分」給北斗鎮街上一戶同姓商家）。

我父母同年，一九一四年出生，二十歲結婚。母親不識字，但，是一位很有智慧、毅力、進步思想的女性。婚後，嚴格要求家人早睡，每天半夜二、三點，點上煤油燈，叫我父親起來讀書，因為在大家族，晚上點煤油燈太久，會被妯娌「計較」，必須趁大家熟睡，還未起床的凌晨，偷偷起來讀書。如此勤奮苦讀數年，考取公學校教職，再考取警察學校，大約一九四〇年，派駐嘉義梅山大草埔分駐所；我一九四四年在那裡出生。

一九四五年終戰，中國國民黨政府跨海來台接收統治權，我父親選擇離職，舉家回鄉。這一年，父親他們兄弟已分家，我們和四伯父、二位叔叔共住第二舊家三合院，妯娌之間日常生活，難免有些紛爭口角，我母親的意志力堅強，要另立門戶。

不久，父親在溪州鄉農會謀得職務，上班有固定收入，但常出差，又擔任鄉民代表，要為鄉親服務，十分忙碌，少有時間耕作，母親攬起所有農事。

我母親身強體健，壯碩型，刻苦耐勞，又擅於家庭經營，除了農事，我印象最深的是養豬，從未間斷，在廚房外面搭起簡易豬舍，維持飼養一、二頭母豬，撿拾殘飯剩菜及番薯葉等做為飼料，一年平均二胎，每胎大約十多隻仔豬，仔豬攝取母乳，三星期左右逐漸斷奶，餵輕軟食物，一個多月即可出售，增加不少收入，是農家最低成本的副業。

2

一九五〇年，我入小學前一年，父母買到家族舊家三合院附近一塊農田，約二分地，建造了新家。很巧的緣分，這塊農田的地主，後來和我們結為親家，我大姊的夫家。

新家略為南北長方形，只建了「正身」五間房，純檜木梁柱、門窗，面朝南，背對道路，前面門口埕（曬穀場），東西兩邊置放穀倉、農具倉，形成簡易三合院，約占一百多坪；後院約一百坪，路旁種植莿竹當圍籬，夏日可以供左右鄰居「納涼」；前院最寬闊，約二、三百坪。

母親擴大經營「畜牧」副業，在前院蓋了一排豬舍，隔為四間，二間母豬舍，固定養二頭母豬；另二間養小豬、肉豬。

一年二胎的小豬，豬價起起落落不穩定，搶手就出售，價錢太低就留下來自己養。一般情況，小豬價錢不好，養到成豬通常會有好價錢。

養豬靠勞力，無須多少成本，幾乎等於全賺。因為三餐剩飯剩菜做飼料，還有自家菜園、番薯田供應蔬菜葉、番薯葉無虞匱乏，每天從田裡挑滿滿二大畚箕回家。冬天時節，我們小孩子也會去秋收後的田野，採豬母乳等野草野菜。

番薯田收成期，量多，刨成簽，曬乾，俗稱番薯簽，可儲存很久，是許多農家的主食，也是豬的主食。

母豬產前產後，要特別注重管養，準備些豆餅碎片等飼料。

每天晚餐後，我母親和失學的大姊，將菜葉、番薯葉剁碎，加一些番薯（或番薯簽），放入大鼎煮熟；如有飼養肉豬，還要切一些豆餅碎片加進去，煮二、三大鍋鼎，撈起，用大木桶裝起來，很費時，常忙到很晚才休息。

前院養豬，後院養一大群雞鴨鵝，也是從不間斷，不只家人平常有雞蛋鴨蛋可食，逢年過節，或是插秧、割稻農忙期，為工人準備不亞於正餐的「點心」，經常有豐盛的加餐。

一九五〇、六〇年代，農村子弟普遍失學，多數未讀到國小畢業，尤其是女生；在我就讀的國小，能夠升學到初中的同學，每年只有個位數。

我父親特別重視教育。二姊考取省立彰化女中；大哥就讀彰化工業學校初中部、再考取省立彰化中學高中部，當時全鄉少之又少。我也就讀省立彰化中學初中部。

我們居住在彰化縣最南端的溪州鄉，就讀的學校，位於彰化縣最北端的彰化市，上學路途遙遠，橫跨整個縣，交通不便，需住宿。每個月宿舍費、伙食費及日常生活費，即使現今一般家庭，已是不小負擔，何況當年的農家。端賴母親勤於農事之外，額外經營的「畜牧」副業，莫大助益。

搬到新家，獨立院落、獨立水井、獨立廁所、獨立門口埕（曬稻穀、番薯簽），不需數家共用，最大的改變是，有了電燈。

我的叔伯家，大約晚了十多年才有電燈。我父親不只重視子女的教育，也顧及親族，鼓勵侄子輩升學，要我堂兄弟堂姊妹晚上來我們家讀書、做功課。

3

時代快速變遷，工商潮流興起，我叔伯家的田地，種種因素，都已陸續變賣、易主，換人耕作；

我的眾多堂兄弟，都出外謀生，他們的子女也都不回故鄉。目前只一位堂弟一家，留住家族第二舊家三合院，新建二十多坪二樓透天厝。還有一位堂侄，獨身住在家族最早的舊家三合院破落平房。

我們家也曾瀕臨破產，守不住耕作的田地，甚至三合院居家。

一九六四年，大哥成大建築系畢業，服完一年兵役，結婚不久，隨留學風潮遠赴美國，自費留學，需繳交一筆不小的保證金，父親去農會抵押田產貸款。

一九六六年一月，農曆過年前三天，父親下班途中，騎剛買不久的摩托車，被卡車撞倒，身亡。

當時二位姊姊已出嫁，大哥已出國，我剛就讀屏東農專一個學期，二位妹妹一位弟弟就讀高中、初中。

母親獨自一人、不識字的農村婦女，必須扛起三項龐大負擔：

其一，我們四人的求學費用；其二，按期繳付大哥出國時的農會貸款；其三，父親生前替親友做擔保，未如期償還，擔保人必須負責。

當年的銀行貸款，利息至少十多％；民間利息約十五至二十％左右，我們家甚至有借過三十％高利貸。

不少親友勸母親讓我們休學，或賣掉田產還債，或是賣掉居家給人蓋房子。他們都是好意，估計母親撐不過去。

但母親堅持，父親最重視教育，絕不讓我們停學。

母親堅持，田產是根本，絕不可出售。

母親堅持，居家非但不可賣，也不可分割出售。母親有一句類似口訣的話：「咱兜頭前闊闊、後壁闊闊、孤門獨戶，無和人相『交插』，較無是非，好住就好，一定要顧乎好，千萬毋通賣。」

母親如何苦撐，如何東挪西借，身心要有多堅忍、多強韌，實在難以想像。

直到一九七一年二月，我正式畢業，很幸運偶遇溪州國中校長任世公，曾教過我高中一個學期的國文老師。任校長還記得我這位愛寫詩的學生，得知我剛畢業，邀我返鄉教書。八月，我女友也順利調來溪州新設立的另一所國中任教。

我們立即結婚，沒有聘金、聘禮、婚宴、蜜月旅行，甚至訂婚戒指都是向我一位伯母借的。

婚後不久，地方法院來查封我們家所有財產，到處貼滿白色封條，包括穀倉、豬舍、農田、大廳的大門和我太太的嫁妝——一台冰箱。村中廟宇牆壁，也貼上公告。

妻子芳華拿出娘家給她的所有私房錢解圍。

我們夫婦擔任教職都有穩定收入，鄉間生活簡樸，課餘假日幫忙農事，全力協助母親償還債務。

近日清理存藏資料，翻出一九八〇年愛荷華「家書」，第二封最末一段：「剛來第二天，即去銀行辦了存款簿，把第一個月的研究費支票存進去，請告訴母親，我會盡量節省開支，帶回去清償債務及繳會款。」

大約十多年，有了餘裕加建三合院東西二邊廂房（護龍），並有了一間夢寐以求的書房。

最大的轉機是，一九七〇年代、台灣經濟逐漸「起飛」，薪資逐年調漲，穀價也調漲，利息則慢慢調降，本金逐年漸少。

4

一九九九年九月中旬，大地震前幾天，母親急病過世。

大哥和二位姊姊、二位妹妹，放棄繼承權，家產留給我和弟弟。弟弟一家因職業關係，長年移居在外，不想居住農鄉。我遵從母親生前一再叮嚀：田園不可賣！弟弟的一半持分，我們另行處理，由我承續母親管理這一片祖產。

和大多數農民一樣，母親一輩子勤奮耕作。不一樣的是，母親也愛樹，常教導我們樹的重要。

我家前院、後院，有一、二十棵樟樹，和幾棵龍眼、土芒果，樹齡大都已超過四十歲、五十歲；我家「田頭」，也有幾棵大樟樹，吃點心時、夏日午後，可以遮蔭納涼。

二〇〇〇年，我和妻子從任教的溪州國中退休，都有退休俸，生活無虞，不需靠農田耕作收入過日。

我決定植樹造林！徵詢兄弟姊妹，也都贊成。

植樹造林是我多年的夢想。一九九四年九月，我曾發表一篇〈賞樹〉，最後一小段：「我多麼渴望擁有一大片蔥鬱的百樹園」，「我深盼不久即可積極進行、實踐這個夢想，在自家田野四周善加規劃，種植樹苗，待我年老，當已形成濃蔭密垂的小樹林，可邀親朋好友和子孫，來這小樹林，沐著清風、踩著滿園落葉，沙沙作響，漫步徜徉，共享恬靜。」
當時母親認同我的「夢想」，協助我在另一片田地，試種樹苗，可惜因有其他考量而作罷！
於今可以真正實踐，相信母親仍然會同意、支持。
我開始規劃種樹。但和原先的望想，有些改變。
原先只規劃在自家田地四周種樹，形成一圈綠帶，大部分還是保留耕作；而今決定全面種樹造林。原先望想一片台灣原生「百樹園」，而今大約分成十區，一區一種、或一區二種混合，以台灣原生闊葉一級木：烏心石、毛柿、台灣櫸木、黃連木、牛樟這五種為主。文學朋友簡雅惠（筆名雅子），教我一句口訣，很好記：「一隻烏毛雞、騎在黃牛背上。」另外有台灣肖楠、台灣土肉桂、苦楝、桃花心木……。
園區規劃好了，就讀大學的二位兒子，寒暑假回來和我一起種樹，先從最裡側一區，種植桃花心木；第二區種植烏心石。
烏心石苗木，是向林管處申請；桃花心木則是我在中興大學陪伴兒子志寧讀書，漫步校園，撿拾種子回來培育的幼苗。
真是巧合，才種植了二區，約三、四分地，二〇〇二年七月，友人相告，林務局推出「平地景觀造林計劃」，將在花壇鄉公所舉辦「以森相許」獎勵辦法說明會。友人陪我一起去參加。我現場表示有意願，林管處人員問明我的條件，回覆我符合申請對象。
只隔幾天，我即備妥相關文件資料，去溪州鄉公所辦理。二〇〇四年三月，核准通過。

樹苗全由林管處提供，我依照原先規劃一區一區種植。

三千棵苗木逐年長大。十年成樹，扎根穩定，主幹挺立，枝葉開展，綠蔭披覆滿園。

這片樹園完全開放，不設門禁、不砌圍牆，甚至沒有圍籬，經常有鄰近田地的農民，三三兩兩相約來樹園休憩、泡茶或小酌。假日常有遊客來「參訪」，或帶小孩來遊玩，常見小孩玩到大人叫了多遍，仍不願離開。

二〇一四年，我昔日國中教過的學生，營建師呂德鴻，幫我申請、建蓋了一間二、三十坪的簡易農舍，鋼筋結構，底部架高、地面不鋪水泥，「一樓」透空，沒有牆面，擺幾張桌椅，水電設備齊全，成為村中年長者固定休憩聚會所，每天早上九時左右，少則六、七位，多則十幾位，不約而同來報到。先到的人自動取出茶具開始泡茶，有飲水機很方便，一位一位來加入、閒坐、開講，約午餐時間一一離開。盛夏季節，還有「下午班」呢。

持續數年，我有空也很喜歡去和鄉親無拘無束交流，獲取農作知識經驗。直到二〇一八年，園區提供實驗教育等團體，做為教學場域，雖然樹園仍然完全開放，但農民朋友不好意思再「占用」農舍空間，泡茶不方便，只好散場了。

5

我們園區的管理方式，堅持絕不使用農藥、除草劑等化學藥品，因為要讓人可以親近、活動，還是必須開闢步道、小廣場，我借用母親的話，戲稱「半做半拋荒」。我們特地在最裡面一區樟樹、毛柿、桃花心木混合林，保留完全不侵擾的荒野狀態，目前有白鼻心家族等野生動物呢。

然而，最苦惱的是，周邊農地都使用所謂的「慣行農法」，水稻田、蔬菜園，經常噴灑農藥，必然會飄散到我們家樹園，難以忍受，只好快快離開；若是有訪客，遇上了，很尷尬、很不安，走或不走，不知如何是好。

所幸上好的機緣來臨。二〇〇九年，無意中獲悉，緊鄰我們家樹園一片農田，二分多地，正在法拍，妻上網查看，價錢不高，我再次去農會貸款標下來。女兒音寧要求給她使用，她要實驗「三不主義」水稻耕作：不施化肥、不噴農藥、不灑殺蟲劑；人工割田岸草、拔除稗草、人工撿拾金寶螺。她自稱是「自然荒廢法」。

實驗了兩年半、五期稻作，和「慣行農法」相較，她得出結論：照樣收成，只是量變少，約五六成，原因包括植株減少、行距拉大，避免太密集，減少滋生病蟲害，人工則增加。

音寧召集一、二十位志同道合的朋友，做為股東，每股十萬元，每位最多限定二股，成立「溪州尚水」農產股份公司。

這是一家很特別的公司，因為絕非個人營利事業，而是推動理念，做為農民與農產的平台。最大特色是，提供的不僅只是平台，更是生活的價值。

二〇一五年九月，我發表一篇〈溪州尚水，米——水田溼地復育計劃〉，有詳盡介紹，其中一段：

這家公司主要業務有二項，其一是負責農民組合、溝通，安排觀摩、講座，並和農民簽訂「保價契作」，翻轉一般通行的「以量計價」收購方式，採行「以地計價」，真正從最源頭把關，不論收成量多寡，每分地以合理價格保證收購，在沒有產量壓力下，相互信賴，安心做為生態復育、農村文化開拓、傳承，第一線執行者。

音寧一一說服樹園周邊田地的農民加入契作，和樹園相互「保護」，不受農藥等化學物質侵害，擴大自然生態區域。

什麼樣的土壤，長出什麼樣的作物。我們的水田，實施「三不主義」，絕對可靠；引濁水溪水灌溉，基本上也沒有汙染源；沉積的黑色土壤，又含有豐富有機質，生產的稻米，「有點黏又不太黏」，有適度黏性，既健康又好吃。

但產量減少、人工增加，和農民契作條件，比公訂價格更優惠、更有保障，成本提高甚多。

理想歸理想，實踐不易，最大困難是銷售管道。

有幾位中壯年農民朋友，表示認同、願意加入，公司不敢再增加契作面積，因為銷售壓力太大。

這固然是「溪州尚水」年輕伙伴，沒有商業推銷能力；和社會大眾消費習性，欠缺生態環境意識，也是莫大因素吧。

我曾擬一份「廣告詞」：購買溪州尚水米，一兼數顧、三大功德。一，顧及食用者的健康及美味；二，顧及生產者的健康及生活保障；三，為維護純淨自然生態環境，盡份心力。

很感謝十年來，眾多有共同理念的人士默默支持。不少熱心友伴大力推銷，讓「溪州尚水」能夠持續走下去。

6

林務局二〇〇二年推出的「平地景觀造林計劃」，有一項條文：「以集體造林為原則，造林面積應毗連二公頃，或同一地段毗鄰五公頃以上。」

我家二點多公頃田地，正好符合申請條件，歷經公文往返波折，審核通過，滿園樹苗，青翠清朗，吸引周邊農友好奇探問由來，我趁勢遊說，「同一地段」也可申請，邀大家加入種樹造林。

周邊農友大都和我同輩，或大我幾歲兄長輩，已有「倦耕」之意，了解造林獎勵金，等同休耕補助；同時二十年後樹木可以自行處理，或許遇上好價錢，或留給子孫做為資產。有七、八位農友響應。

太好了！我協助大家申請，並召集成立「造林產銷班」，向農會登記，定期聚會、彼此便於聯繫、交流。

二〇一四年，有二位產銷班伙伴，因另有謀生規劃，想要轉讓造林地，合計約五分地；隔壁農田約五分地，也想出售。我沒能力，想到好友葉宣哲醫師，或許有意願。

葉宣哲醫師在家鄉鹿港開設診所，溫暖細心，風評甚佳。

我和他相識，最早緣分來自他太太（施燕雯）的妹妹，我的文學摯友施懿琳教授。

不過，我們密切交往，則是起於二〇〇九年，我們一起投入「反國光石化」運動。緊接著，二〇一二年，我們再度投入「反中科搶水」運動。

他們夫婦生活十分儉樸，但對社會公義，特別是環境保護運動，每一場都積極參與，出錢出力，做有力後盾，長年實質支持環保聯盟。

和他們夫婦愈多接觸、愈多認識，愈敬佩他們默默付出，實踐環保信念的行動力。行醫、參與公共事務之外，葉宣哲還是優秀的文學創作者，是詩人江自得醫師的入門弟子，曾出版小說集《小鎮醫師診療物語》、詩集《老人與孩》、《瞳》等，純真風格、文如其人。

葉宣哲夫婦決定買下這片林地和農田，我妻芳華幫忙管理。林地繼續維護樹木的成長，農田則提供給共同理念的農民，從事友善耕作，免租金，維護自然純淨的環境。

二〇一四年，適逢我父母百歲冥誕，也是我們家樹園種樹十年，吳志寧籌劃了一場紀念音樂會。來參加的民眾、親朋好友超過千人。定居美國的大哥、姪女，定居智利的大妹及他們的家屬，特地回來。

奉母之名，我為自家樹園取名「純園」，同時為葉宣哲的樹園取名「哲園」，二園相距約二百公尺，近相呼應；取其做人單純、生活單純、環境單純的生命態度，及維護自然環境的信念與哲思。

我最大的期望是，能夠召喚更多有能力的人，實質投入植樹造林，為節能減碳、減緩地球暖化，為美好自然環境，奉獻些心力。

7

「平地景觀造林」獎勵期限二十年，今年期滿，不論林務局規劃造林地何去何從，我們將有一場「小森林音樂節」，邀請卡上的文字：

「二〇二四年十一月十日，是我們敬愛的阿公阿媽一一〇歲冥誕，也是『純園』響應林務局造林政策，植樹滿二十周年。這一天，社群伙伴與家族親友，共同舉辦了一場『純園感恩音樂會』，誠摯邀請親朋好友相約綠蔭下漫步。」

這場音樂會，再度由吳志寧籌劃，安排一場一場社群伙伴、家族親友組成的樂團演奏，聲樂、兒童合唱團的演唱，十分豐富，傳達我們無比感恩的心情、宣告持續維護這片小樹林的信念。

大哥、大妹、姪女及其家人，再度專程回來參加。

我確實滿懷感恩。

最感謝我的兄弟姊妹，信賴我，放心將這片家園交給我管理。

很多人以為種樹很簡單，好像種下去就會自己長大。事實上，整理這一大片樹園、照顧這二點多公頃、三千多棵樹，從整地、種下幼苗、到十年成樹、再到現今枝幹挺拔、濃蔭密布，必須經常性定期人工除草、清除小花蔓澤蘭等藤蔓植物。尤其，每逢颱風過後，樹苗根系尚未牢固，易傾倒，需扶正、架支架；成樹後，則須修枝剪葉、清除枯枝枯木……，每一項花費的人力及工資，負擔並不輕鬆。

二十年來，要感謝的，真是太多了。

除了全家人的支持、投入，還要靠很多單位、很多社會資源的援助。

首先要感謝林務局推動這項造林政策，二十年的獎勵補助金，平均每公頃每年八萬元（略有調高），分擔不少工資；南投林區管理處人員，熱心的輔導；及特有生物研究保育中心（農業部生物多樣性研究所）年輕研究員的合作……。

其次要感謝公教退休金，保障我們夫婦基本生活無虞，才有時間、有餘錢顧工（包括機械）維護樹園，盡量保持自然狀態，又能提供民眾漫步、休憩、活動空間。

還有……要感謝的，真的太多太多了。

這片樹園可以維護多久？

我當然希望可以百年千年長長久久，但人世多變遷，什麼時候、什麼因素會消失不見，不可能預料。大概可以確定的是，我子女這一代，還是會盡心盡力維護，因為他們各有工作、基本收入，生活習慣簡樸、需求不多，無須動用到這片樹園營利。最重要的是，都有愛好自然的共同理念。

大兒子賢寧夫婦都是醫師，對人智醫學、自然療法有一定心得，崇尚自然；小兒子志寧，受我「情勒」，就讀中興大學森林系，喜愛音樂、組團演唱，在外漂浪多年，前幾年受到鄉土召喚，攜帶妻女返鄉定居，協助管理這片樹園，發揮森林系所學。

最深感欣慰的是，我的長孫女采青，從小在樹園遊玩、參加活動、幫忙整理工作，耳濡目染。高中考完學測，參加大學推甄，「聽說」即將去面試，晚餐時，我問她想要讀哪所學校，她才笑了笑，告訴我：國立屏東科技大學森林系。

真的可以用驚喜來形容。這完全是她自己的抉擇，整個過程，我完全沒有參與任何討論。面試順利，大孫女采青成為阿公阿媽的校友、小學妹。

目前我們家三代同堂，住在一起，有四位就讀農業科系。采青已二年級，愈讀愈有興趣，每逢假日回家，我們有愈來愈多的交流。

我深信孫兒孫女這一代，仍會善加維護他們「阿祖」傳下來的這片「純園」，成為「百年樹園」，並持續推廣種樹、愛樹、護樹的理念。

附錄Ｉ　愛樹手札

1 種子

你曾經仔細留意過一棵樹、一排樹、或一大片樹林的成長嗎？無論多麼粗壯高大的樹，都是由一粒毫不起眼的小小種子、一株小小的芽苗發育而來。而你曾經仔細留意過一粒小小的種子，如何奮力突破外殼、扎根土壤、掙出芽苗，並深受感動嗎？然則並非凡是種子就必然有發芽的機會，並非發了芽就必然可以茁壯成長。真是一樣的出發，不一樣的參差命運呀！

自然情況下，一棵樹的種子成千上萬，掉落樹下，發芽的機會並不多，即使多數發芽，因太密太擠，伸展空間不足，彼此急於爭取陽光，莖幹往往瘦弱細長不易挺直；若太稀疏孤單，又很容易被草類圍繞掩覆，淘汰率很高，存活下來的比例少之又少，然而這就足以不斷擴張族群的領域。

每種樹又有各自不同的傳播方式，或借助飛禽走獸、或借助風力水流，將種子帶到任何地方，我們可以隨時隨處發現到許多令人驚異的奇特散布現象。

我從小在鄉間長大，特別喜愛自然景物，印象深刻的童年趣事，幾乎都和田野有密切關聯，常設計一些「生物實驗」，做得不亦樂乎！如嘗試種植各類種子，並細心觀察發芽情況，即是延續至今仍非常熱衷的生活趣味，對待每棵幼苗，由衷地愛惜。

種子若實施人為培育，大都很容易大量繁殖，不過，必須向樹學習不急不躁，默靜成長的耐性。從鋤草、拌土、小心翼翼將種子覆上一層土壤，定時澆水，乃至適宜高度一株一株移植，長到成年人胳臂般的莖幹，大致需要四、五年的時光。

而你曾經仔細留意過小小種子，如何由嫩芽而幼苗而小樹而挺拔，是經歷多少風折霜寒蟲害，及人類等動物無端毀損的劫難，是怎樣堅韌地奮發抽長。或者，你曾呵護照顧過它們嗎？

2 庭院樹

我家庭院寬敞，種了不少花草樹木。

樹有千萬種，每種樹，甚至每棵樹的主幹、枝枒、樹葉、及花果，各有各的丰姿；每一個季節，又各自展現不同的儀態風貌，只要留心觀看，總可獲取豐富多樣，賞之不盡的怡悅。

初春時節，溫煦的春風輕柔吹拂，溫暖的春雨綿密地滋潤，草木蔓發滋長不息，欣欣向榮。光禿禿禁錮了長長冬季的落葉喬木，如苦楝、欖仁、黃連木、台灣櫸木……，更是明顯，春風春雨中，紛紛迫不及待伸展新枝新葉，每日每日，都顯露新鮮面貌，呈現旺盛的生命力。

夏季陽光更充足，雨水更豐沛，樹樹枝繁葉茂，蒼翠蔥鬱，濃蔭密垂。午時前後，樹蔭下，常聚集年長輩鄉親乘涼話家常。

群樹不但招風引涼，也是鳥類最溫暖的莊園。我們家庭院，七、八十年歲，早期是茂密竹叢，現今是二、三十棵，數十樹齡的高大樟樹、龍眼樹、桃花心木、台灣肖楠……，和月橘、台灣土肉桂等灌木，引來眾鳥宿棲其上。有斑鳩、翠鳥、白頭翁……，還有黑冠麻鷺初夏定期回來築巢、生育雛鳥。最多的當然是雀鳥。

每天早晨在啁啁啾啾的輕快鳥鳴聲醒來，身心特別清爽。薄暮時分，群鳥紛紛飛回棲宿，吱吱喳喳鬧鬧聊一陣才安靜下來，更襯托出鄉間的寧靜祥和。

3 童年的大樹

童年的歲月，經常依循回憶的祕境，回來探望我逐漸年老的日子。清澈溪流的水草魚蝦呀！寬闊田野的野菜、蚱蜢、青蛙呀！最常回來探望我，走動得最頻繁的，莫過於一棵一棵大樹。他們都幽幽切切要求：我不要消失啊！我要回去陪伴世世代代的童年。

每棵大樹，我都多麼親切熟識。那是我和村中同伴經常攀爬而上，或坐或臥橫枝上聊天、玩捉迷藏躲匿的大樹；採摘果實的大樹；炎炎夏季枝葉繁茂開展如大傘的綠蔭下，大人乘涼開講，小孩追逐遊戲的大樹……。

在我只顧追求經濟數字，在轟轟作響的冷氣機掌控了我的習性，竟而不知不覺任其不見蹤影。冷氣機排放的熱氣真難受，怎能取代大樹自然的清風涼意？每棵大樹一再回來敲扣我的夢境：我不要消失啊！我要回去陪伴世世代代的童年。聲調愈來愈著急，我逐漸年老的日子也很著急。我多麼渴望接他們回來呀！而我怎樣使盡力氣，也捉不住他們飄飄蕩蕩的魂魄，常從夢中驚醒，滿身大汗，徒留無比感嘆。

有一個夢境中，我又在深深感嘆，近乎悲怨。所有童年的大樹突然相約出現，看來像是開過會的集體決議，由發言人鄭重向我宣示：感嘆悲怨無路用。我們已經認清回不去的事實，但我們可以散播無數小樹苗，你趕緊帶領子孫善加種植、懂得珍惜、呵護成長，那麼，你的子孫的子孫的童年，就有許許多多大樹可以攀爬，有大片大片綠蔭，免受熾熱煎熬。

我靈光一閃，一躍而起，將所有的感嘆悲怨，轉化為積極行動，將一棵一棵小樹苗——我童年的大樹、我的子孫的子孫的大樹，趕緊補種回去。

4 許諾——純園夢想之一

台灣島嶼千年萬年以來，從高山到平原到海岸，曾經鬱鬱蒼蒼、綠蔭遍野，博得婆娑之洋美麗之島的讚嘆。但在我成長的歲月，不計其數的參天大樹，卻快速消失在開發的潮流中。它們的魂魄，依依不捨，不甘離去，經常回到我逐漸老去的夢境裡。

我不是直接殺害它們的兇手，卻是眼見砍樹伐木的暴行不斷發生，即使近在自己的家鄉，也默不吭聲。我因掩藏不住目擊證人身分，愈來愈羞慚、愈悲傷。

夢境中每一株大樹的魂魄，化身為一株一株小樹苗，集合向我提醒，口氣明顯流露急切：羞慚，不如趕緊補救；悲傷，不如轉化為積極行動。一再催促我，快快將它們補種回去。

懷抱著贖罪心情，我開始規劃種植小樹苗，夢境中反覆出現，煥發無限希望的小樹苗。我鄭重許諾自己，認真學習做一名園丁。

然而消失的大樹何其多啊，每一株小樹苗，爭相搶著回來，而我的能力何其有限。還有各種聲音不斷干擾我。

一片小小樹園，區區千棵樹，不足以抵擋四處聳立的巨大煙囪放肆排放的濃濃黑煙、惡濁廢氣；不足以減緩地球暖化趨勢，於千萬千萬千萬分之一……。

你看、你看，少數僅存的大樹，還是繼續遭受無知的摧殘、無情的砍伐。許多剛種植的小樹苗，也未受到友善、細心的照顧而枯萎……。

一片小小樹園，區區千棵樹，如何去改善惡化的環境品質？

我又陷入無比悲傷，近乎絕望。

夢境中的每一株小樹苗，紛紛再站出來，略帶責備語氣，鼓舞我：個人之力當然微薄，但你可以一面實踐、一面宣揚、一面推廣呀！相信會喚起更多更多人覺醒，真正了解樹木是人類不可欠缺的忠貞朋友，發自內心懂得愛惜。

5 純園——純園夢想之二

奉母之名，我們家樹園，取名為「純園」。一則追念先祖、感恩父母，二則遵循行誼。母親姓陳，單名純，與台語「單純」同音，人如其名，正符合她生命最核心本質，一生奉行生活簡樸、心思單純，喜愛純淨的自然環境。

維護自然純淨，首要堅持，樹園絕不噴灑殺蟲劑、絕不使用除草劑等等泛稱的農藥，而是放任各式各樣的種子自由發芽，「雜草」繁茂共生。孩童放心奔跑嬉戲摔倒沾泥巴，大人安心徜徉深呼吸。

雜草，只要不掩覆樹苗，其實無礙樹苗生長，反而滿園奼紫嫣紅，多采多姿，增添無比新鮮熱鬧，有很多驚喜發現。

實在太蕪雜，高可及膝，掩蓋小徑，無妨手工操作割草機，青澀草味陣陣飄送到鼻端，特別清香。割除的青草混合落葉，回歸土壤，土壤永遠保持濕潤鬆軟，可以感覺地底下，有無數的蚯蚓，自由自在鑽來鑽去。

有草叢就有昆蟲。濃密樹蔭下繁茂的草叢，是多樣昆蟲最喜愛的家園。

有昆蟲就有飛鳥。尋常的麻雀、斑鳩、八哥、白頭翁⋯⋯，罕見的彩鷸、黑冠麻鷺⋯⋯，鳥鳴啁啾、微風吹響穿梭樹林間，多麼寧靜的天籟。

樹園周邊遼闊水田，實施自然耕作法，引進圳溝灌溉水源，注入生態水池，水草搖擺，等待魚蝦泥鰍青蛙一一回來，蜻蜓翩翩飛舞，螢火蟲一閃一閃照亮田野。

母親不只疼愛子孫，也很照顧鄰居，歡喜接待來臨親友，居家庭院向來開放。這片純園，延續母親敦親睦鄰、好客善意，更沒有藩籬、沒有圍牆、沒有鐵門、沒有設防，隨時歡迎任何人來休憩、徜徉。

6 邀請——純園夢想之三

溫柔種下，一株一株小樹苗；扎實種下，一排一排小樹園；合力種下一片小森林，在自家田地無限想望的土壤。不必然肥沃，卻有足夠的陽光呵護，有足夠的雨水疼惜，和我們耐心的守候。

這片田地二點多公頃，大都是父母承續祖先，再傳給我們，數代辛勤耕作照料，滴滴汗水換來粒粒米糧，恩養我們。母親耕作超過一甲子，一輩子堅貞信仰土地，而我們從年少跟隨母親分擔些農事，一輩子信仰母親的信仰。

母親種植水稻等糧食作物，但平時也教導我們愛樹、惜樹。如果母親還在世，必然會支持我們的種樹規劃，轉換成滿園盎然綠意，繼續蔭護後代子子孫孫。每當我有些勞累、有些氣餒，總會看見母親勤奮勞動的身影，慈愛而堅毅的面容，在田間向我招手，為我打氣。

從俯視、平視而仰視，我守候樹苗的目光，逐年調整，愈調愈高，終於調成向上、再向上的角度，連接天空。

百年才可成材，但十年即可成樹。歷經十多年照顧，每一株樹苗，雖然樹幹還不夠粗壯高大，皆已挺直；枝葉還不夠繁茂，皆已成蔭，層層開展如大傘。

我們懷抱無比願望，發揮推廣作用，喚起更多人士積極投入愛樹、種樹、護樹的行動。

在這仲秋清涼季節，誠摯發出邀請，親愛的朋友，邀請你遠離塵囂，來農鄉樹園走走，雖然不夠廣闊深邃，卻洋溢親切的泥土芬芳。安靜閒坐、促膝談心，或隨興徜徉，都有清風涼意、樹香草香、鳥鳴啁啾，殷勤相伴，以及周邊尚水的「水田溼地」的景致。

附錄Ⅱ 詩作〈一起回來呀〉

向天敬拜
向地彎身
向歷代祖先，訴說感念
濁水溪平原遼闊
賜予我們，日日
和黑色土壤打交道
承續做農的行業
每一株作物都體現
我們溫柔的深情
見證我們強韌的意志

任寒氣、烈日，輪流試煉
任經濟的風潮
席捲過一遍又一遍
深深懷念起
水草搖擺、青蛙跳躍
魚蝦螃蟹漫遊嬉戲
泥鰍翻攪泥巴
蚯蚓在地底鑽動
水蛇草蛇悠哉出沒
蜜蜂、蜻蜓、蝙蝠、螢火蟲……
飛鳥，從並不遙遠的過去
展翅飛了回來
穿越了險阻的呼喚
一起回來呀
我們凝神傾聽
水田蕩漾的記憶

重新學習友善土地
彼此約束，相互打氣
（守護灌溉水源
拒絕使用化學藥劑）
耐心等待消失的
會再豐富回來

我們懷抱希望
向風伸展
向水找尋
向世間萬物證明
堅守做農的價值
創造家園的美好
看顧島嶼的糧倉
是多麼榮耀

——（二〇一四・八）

附錄III 純園樹詩

1 烏心石

以前，並不遙遠的以前
這裡家家戶戶
必備的實木砧板
來自漫山遍野的烏心石
緩慢成長的年輪
內在本質細密而堅定
生命的紋理
像當時的氣候般
節奏穩定，實實在在

均勻且不容易開裂
從並不遙遠的以前
四季常綠，樹冠濃蔭
花苞含著淡淡香氣的微笑
途經怎樣的風潮
一路被打壓、被排擠
被消滅著來到此時
島嶼土地上
連小小株的成樹身影
都不容易找尋
而消失的
又豈是原生種的樹呀

2 毛柿

我曾深入造訪
島嶼南端熱帶海濱

和百年毛柿林
面對面，對談
我問：海風強勁的吹襲中
如何能一一屹立挺拔
祕訣是什麼？
毛柿不言不語
但透露主根如柱
直直深入土壤，牢牢抓緊
啥米攏無驚
抗旱、耐鹽、防砂、吸塵
最適合沿著海岸線茁壯成長
繁衍成鬱鬱蒼蒼的防風林
我在毛柿林中穿梭
觸摸其質地堅硬
發現源於生長緩慢
不求快，不競速

春季聚繖花序有些羞澀
悄悄綻放
綠葉遮蔽中
小巧花朵，仔細留意才可發現
夏末秋初，果實纍纍
遍布絨毛的橘紅
一顆顆鮮豔，渾圓誘人
略微野性的酸澀滋味
成熟香氣瀰漫
我閱讀其名
啊，原來是天神享用的果實呢

3 台灣櫸木

日後作為建材
作為傢俱，或供藥用
或被挑選種植成

氣質高雅的庭園樹種
之前都沿著島嶼特有的山勢
向四方斜上伸展
開闊的枝椏

不管山形如巨鷹
像猛虎，緩坡蜿蜒
峭壁險峻，以櫸之名
都曾經蓬勃的遍布
群聚出濃密的原始林相

樹身筆直高舉
春季嫩芽，秋冬落葉前
絢麗的風姿特別引人遐想
像跳動在群山裡
色彩斑斕幻化的火焰
在進行一年一度的慶典
慶祝又一年

生生不息的生命
仍在島嶼延續

4 黃連木

不要懷疑
異國紅葉的風情
正在島嶼流行
看那初春萌發的紅豔豔
大張旗鼓般炫耀
贏得多少目光
短暫的讚賞

繽紛花事
漸次轉為翠綠、深綠、綠意盎然
直到北風拂落枯葉
透出蕭瑟之美
轉身離去的人們

或將發現
落盡繁華是為了
重新綻放新芽

5 樟樹

暮春滿樹枝椏
綴滿白色小花
採下一小叢，湊近鼻端
啊，香——
仲夏果實青綠轉為褐紫
成熟掉落後，拾起一、兩顆
輕輕捏碎一聞
啊，香——
而任何時候
只要摘取葉片搓揉
都將使手掌芬芳
或把枝幹削成薄片

提煉製成樟腦
特殊香氣，提神又醒腦
你說，哪個部位最香？

像是美，難以區分
究竟是樹幹挺拔
枝條溫柔，花朵細緻
抑或依隨年紀
變化色澤及風情的葉片
最是不可或缺的美？
你說，樟樹哪個季節最美？
你說，你怎麼能夠比較
何謂最美？

6 台灣肖楠

以福爾摩沙之名
筆直挺立的英姿

矗立在台灣島嶼中海拔山坡面
那一身樹冠飽滿
寶塔般拔高的青綠
引進平原造林後
依然蓊鬱，昂揚堅定
依然芬芳令人心曠神怡
於是我喜愛在自家純園
一排一排肖楠樹蔭下散步
享受清涼的微風
不需要言語就詩意盎然

7 台灣土肉桂

我喜歡藏身在
糕餅、麵包、咖啡或酒類當中
我也喜歡進入廚房
釋放愉悅的肉桂香
樹葉、樹支、樹皮、樹幹、樹根

都蘊含珍貴的精華
只要在土壤地裡種下我
隨時都可以摘取
終年常綠的葉片
清水煮沸不需要添加
其他人工
就有天然的甜
直接放入口中咀嚼
更能感受
我獨特的本色
我是台灣特有種
就是土，才更有價值

8月橘

沒有誰注定該被奴役
沒有哪一種植物

天生就是要當圍籬
作為分界，密密麻麻
被迫挨擠在一起
風嗎？昆蟲嗎
任意飄散的種子與訊息嗎
抑或嚴密防止
各種可能
漫不經心的路過
拒絕探索出走的渴望
關於立場
從來我們都只知道
只要有水、有寬厚的土壤
得以翱翔的開闊的天空
沒有哪一種植物
不想要自由生長
別再修剪了

不管規矩矩
或標新立異
隨時代流行的各式造型
都不是我們想要的
請給我們空間
讓我們選擇
我們就能長出自己的樣子
樹幹茁壯、枝葉繁茂
盡最大的能耐
搖曳手臂般伸展優美樹型
綻放滿樹細緻的白花瓣
散播濃郁的清香
不只一里、兩里、三里
絕對能超越人為計算的七里

9 紫戀樹

曠野溪畔，一棵苦楝樹下
我久久佇立、仰望、沉思
回味童年的愛戀
四季更迭，展現不同風情

輕柔吹拂的清風中
原本光禿寂寥的枝條
剎那間紛紛冒出嫩綠新葉，驅走蕭瑟
宣告春天的喜訊
滿樹細緻花穗
繼而綻放淡紫、粉紫、深紫色
夢幻而迷濛的光

炎炎夏日，樹冠飽滿
開展傘狀繁盛綠蔭
不需要門票
不需要誰來導覽

村中童伴，攀爬尋覓
蟬、天牛、金龜子……
襯著燦爛陽光

在荒郊野地、溪流沿岸
遍處生長的鄉間原生植物
不畏潮風鹼土
扎根深且廣
護水護土，深情庇蔭著家鄉

時代風尚，胡亂吹襲
媒體引領人潮
人潮呼應流行
一窩蜂，競相追逐
外來樹種艷麗的花色
排擠了苦楝樹，嫻靜的身影
逐漸稀疏寥落

只因名中帶苦字
素樸而淡雅的鄉村美學
反而被嫌棄嗎
不善爭奇鬥豔的鄉土形象
反而被輕賤嗎
抑或旺盛的生命力，太普遍
不適合園藝工程從中哄抬報價嗎

苦楝啊苦楝
不要再苦了
此後我要以你的美麗為名
以你淡紫、粉紫、深紫色的花為名
稱呼你：紫戀
紫戀樹上開滿了紫戀花
又到了春天的季節
招呼鄉親，作伙來欣賞
來和紫戀歡喜相遇

台灣，值得更美好——《愛．樹．無可取代》編後記

1

回溯二〇一〇年，我們正投入「反國光石化」運動，激昂近乎悲憤的情緒，時時漲滿心胸。

某天，詩人好友許悔之和有鹿出版社伙伴來我家，我當然又是慷慨陳詞，滔滔論說「反國光石化」的必要性、迫切性。

許悔之問我：「我可以做什麼嗎？」

太好了！我告訴他，我和吳明益、柯金源等伙伴，正在籌編一本「說帖」，就交給有鹿來出版吧！

幾經多番討論，合作進行編輯，取書名為《溼地．石化．島嶼想像》，在立法院辦新書發表會，多方媒體關注，獲得很大迴響；並配合「作家遊溼地」活動，每位作家人手一冊，深入了解興建「國光石化」嚴重破壞彰化西海岸國際級溼地的危害，發揮了很大的作用。

二〇一一年四月二十二日世界地球日，總統終於宣布：「我不主張國光石化蓋在彰化大城溼地。」

歷經多年沸沸揚揚爭議的開發案，暫告落幕。

我告訴悔之：「抗爭，是為了訴求，我們不要什麼；其實，我更想表達，我們要什麼。」我希望出版一本「種樹書」，闡述我多年來有關怎樣好好種樹、愛樹的心得，進而積極推動。我說，還是交給有鹿出版吧！

我們口頭簽訂出版「授權書」，十多年來，心心念念，預告又預告，種種因素，竟然拖延至今，時機才成熟，終於編輯完成，即將出版。

書名有二種讀法，其一，《愛。樹，無可取代》。愛和樹，都無可取代；其二，《愛樹，無可取代》，涵義二者合一。

本書收錄二十四篇文章及多篇附錄，第一篇〈樹的風波〉發表於一九八二年三月，最後一篇〈小小樹園、大大夢想〉，發表於二〇二五年二月，橫跨四十多年，表示我這四十多年來，一直持續關注、留意和「種樹」相關問題。

這些篇章，陸續發表於《聯合報》副刊、《中國時報》人間副刊、《自由時報》副刊、《台灣日報》副刊及《國語日報》、《文訊》雜誌、《聯合文學》雜誌、《印刻文學生活誌》、網路媒體《報導者》，謹向這些報刊雜誌媒體、編輯，深深致謝。有幾篇是應某些行政部門、民間社團邀請的演講紀錄，重新潤飾而成，特別感謝主辦單位及紀錄者的辛勞。同時，多篇參考某些著作，大量引述即時新聞報導，未一一註明，一併致歉！致謝！

2

《愛．樹．無可取代》各篇章的主要觀點，早在二〇一七年二月，「果力文化、漫遊者事業股份有限公司」出版的《種樹的詩人》一書，多有闡述。

《種樹的詩人》出版因緣，催生者是「果力文化、漫遊者事業股份有限公司」副總編輯蔣慧仙，得知我心心念念要出「種樹書」，一直拖延，建議我不如先請年輕寫作者來採訪我，紀錄下來、撰寫成書，會比較快。考量確實年事已高，被蔣慧仙說服。

《種樹的詩人》書名是蔣慧仙所取，分二部分，是二位年輕記者依據採訪我多日的紀錄，重新撰寫而成。第一部「吳晟與樹」，由鄒欣寧採寫；第二部「相約來種樹——十種常見的錯誤種樹問題」，由唐炘炘彙整而成。

他們雖然是依據我的口述整理、撰寫而成，我在修訂、潤飾初稿的時候，甚為驚訝，比我的講述還更深入、更廣博，更完備太多了。更可貴的是，文字優美、文采斐然，細緻清暢，脈絡清晰。

《種樹的詩人》第一部最後結語：「來，種下生命中的第一棵樹，現在最要緊的，是大家趕快建立起正確的知識，公家體系和植栽景觀業者，盡快清楚正確的種樹養樹護樹方法，才不會囿於無知，一再犯下種樹如毀樹的行為。」緊接著第二部，條列出十種常見的錯誤種樹情況及改善方式，每一種錯誤，都附上圖片，並詳盡說明為什麼錯誤，以及「正確作法」。

《種樹的詩人》出版至今，匆匆過了六、七年，顯然，本書反覆陳述，近乎苦口婆心的呼籲，並未發揮多少作用，一窩蜂亂亂種、始亂終棄、胡亂砍樹鋪水泥、胡亂修剪……等等為人詬病的現象，新聞報導頻頻出現，似乎更變本加厲。

《種樹的詩人》出版之時，我七十三歲，而今我已年逾八十，再出版《愛．樹．無可取代》，二書寫作風格，少唯美抒情、少深奧論述、少「文學」意圖；偏重政策、事務，實用，報導式的探討。不妨當做兄弟作、姊妹作，一併閱讀。

至盼各級行政部門、植栽景觀工程業者，願意做為參考。

實在說，我這年歲還持續努力不懈怠，是希望此生，能為維護台灣自然環境，盡微薄之力，做一點事。我一直懷抱著「台灣，值得更美好」的信念，一直存著「不信自然喚不回」的心情，數十年來，身體力行種樹、護樹，並不斷呼籲，不厭其煩，像傳教士一樣，不斷「宣導」綠地綠樹的重要性。如有批評、冒犯，懇請包涵。

對抗氣候變遷，最直接、最有效的方法之一，就是少鋪水泥、多留綠地、多種樹。我相信只要有自覺的人愈來愈多，我們就可以改變更多人的觀念，引導更多人的行為。

透過實踐，論述才有意義；與其感嘆、徒然悲傷，不如積極做些事，踏踏實實去改變。

3

「人造環境、環境造人」。有什麼樣的人民，就有什麼樣的國家；有什麼樣的國家，就有什麼樣的人民。

那麼，台灣人民有什麼自主自覺的文化意識？希望我們成為怎樣的國度？

根據《CEOWORLD》雜誌最新發布，對一百七十一個國家，在三大關鍵指標，進行分析比較。二〇二四年全球最適宜居住國家排行榜，前二十名有十四個歐洲國家；台灣排名第十二，亞洲國家中，僅次於第十一名的阿拉伯聯合大公國。

德國安聯集團（Allianz）二〇二四安聯全球財富報告指出，二〇二三年台灣人均金融資產淨值，名列亞洲第二，僅次於新加坡；全球第五，排在美國、瑞士、丹麥之後，展現經濟韌性及成長潛力。

二〇二四全球資料庫網站「NUMBEO」全世界醫療照護指數，台灣蟬聯第一。

台灣連續三年拿下「InterNations」旅外人士調查滿意國家第一名。

台灣榮登「NUMBEO」公布全球治安、安全指數最好國家排行榜第三名。

無論是經濟成長穩定性、治安、人權、交通、全民醫療、公共教育、公民參與、政治權利、宗教自由、性別平權、社會期待、人民友善……等等，全世界國家中，台灣確實都是名列前茅。大多數台灣人，對自己國家的滿意度與幸福感，也都是很珍惜。

然而不可諱言，台灣快速邁向所謂的開發國家過程中，固然獲致了傲人成就，但確實也糟蹋了太多自然資源、破壞了太多美好的自然環境。簡單說，砍伐了太多太多大樹，以致暑熱季節愈來愈漫長，氣溫節節飆高，人民生活的「舒適感」，愈來愈降低。

家事、國事、天下事，我們關切的事太多，但每個人的體力、能力、時間都有限；年歲有時而盡，不必忌諱，我的餘年也所剩不多，只能選擇自己最關切又力所能及之事，盡些心力。我期許自己，致力推廣種樹（種對樹種、種對地方、種對方法、適當管理），特別是台灣原生樹木的生態觀念、樸素美學，盡量彌補我們這一代人的集體錯誤。

「台灣，值得更美好」具體建言

全國各地景觀植栽，尤其是行道樹，長年以來備受詬病，一窩蜂胡亂種、胡亂砍、胡亂修剪的現象，層出不窮；一遇大小颱風，各城市吹倒、歪斜的樹木，不計其數，時有新聞報導、檢討，未見改善。依個人觀察，有三大主要原因：一，無明確法規可管、可遵循；二，無專責單位、無專業人員管理；三，各地、各路段「土地所有權」、「樹權」很混亂，各自為政，大都採取發包委外「工程」，無專責人員監督。

謹此簡要建言：

1 成立景觀植栽部會

行政院邀集農業部（林業署）、內政部、經濟部、交通部，組成「全國景觀植栽委員會」，研擬成立「景觀植栽部會」（參考新加坡「國家公園管理局」）。或將林業署、國家公園管理局合併，擴大組織及職權，成立獨立部會，統一執行管理全國植栽綠化。

類似負責治安的警政署，各縣市設置警察局、分局、分駐所，招聘專業人員，例如各大學院校農藝系、園藝系、森林系及各高農職校等相關科系畢業生，我們可以稱為綠領階級、綠領師傅。

每個分局、分駐所，有固定工班；所有和種樹、修剪、清理枯木枯枝等等相關機械、器具設備齊全，用途多樣，篩選可用之材再利用；設置碎木機，定期碾碎無用枯樹枯枝，可以做堆肥，可以鋪在樹綠帶。

一、適地適種，堅持種植台灣原生樹種之原則。種植袋苗為主，盡量不移植。

二、台糖萬頃林地，善加保留，發展社區特色森林公園、林下經濟（林下作物）、生態旅遊。

三、全面調查、檢討全國大大小小道路路樹植栽，種植樹種、方法，打破先土木工程後植栽的施作迷思，形成帶狀造林。

四、從山區、平原到海岸，全面規劃點狀、綠帶狀、片狀，植樹造林。

五、全國三千處公墓森林化（公園化），一鄉鎮一特色森林公園。規劃樹葬區。

六、配合河川整治，河岸植樹，綠化廊道，水土保持。

七、鼓勵社區林業，倡導愛樹護樹觀念，提高獎勵金，打破崇尚水泥迷思，多留綠地。

八、嚴重汙染農地，鼓勵平地造林（提高獎勵金、帶領農民意願），改良土壤，植生復育法，對環境友善，不具侵略性、自然吸附毒素。勿再以化學方法（土壤翻轉稀釋法、土壤酸洗法、排土客土法）

為之，造成二度汙染、移轉擴散。

九、復育海岸防風林、保安林。（海岸林是界於海洋與陸地間的屏障，足以抵擋颱風、東北季風侵襲，具有防風、定沙、吸塵、防海浪……，及保護後方農地、住家安全的功能，也是許多動植物的棲息地，生態豐富。）

2 制定「公共植栽養護法」

中央「景觀植栽部會」成立後，邀集民間長期關注自然環境、景觀植栽之專家、學者、愛樹護樹協會、園藝農業團體、熱心人士，研擬「公共植栽養護法」，明確制定維護規範、管理標準、責任歸屬、監督機制、行政罰則……，全國各級行政部門、園藝業者及民眾，共同遵行。每年定期舉辦「綠生活論壇」，檢討「養護法」之施行，重新修訂，促進公民參與。（可參考各縣市政府公共設施植栽管理條例及陳辰臉書「中央應成立〈公共植栽維護法〉之提議」。）

附錄：〈沿海一公里〉

又一紙開發公文

號令電鋸全面殺伐

數萬株挺直的木麻黃，相繼仆倒

無處落腳的海鳥
牠們不會說話，只能嘎嘎啼叫
在昏暗暮色中來回盤旋

又一段海岸線
頓時失去屏障
灰撲撲的風砂趁勢席捲
破落的小漁村

我的哀傷飄蕩在海線城鎮
每一聲喟嘆，都化作渴切願望
如果沿海一公里
耐風耐旱的防風林無盡綿延
開展茂盛根鬚抓住砂土
搖曳青青枝葉
像飄在風中的綠圍巾
阻隔來自海洋的風寒

啊，如果沿海一公里
鬱鬱蔥蔥的防風林
和翠綠山嶺相互呼應
將美麗島嶼，暖暖環抱

——吳晟（一九九九．五）

《愛・樹・無可取代》文章發表篇目

篇名	發表刊物	發表日期	備註
卷首詩I（樹）	《文星》雜誌69期	1963.7	收錄《泥土》詩集
卷首詩II（樹）			Joyce Kilmer（美國詩人）
卷首詩III（與樹約定）	《中國時報》人間副刊	2016.3.18	收錄《他還年輕》詩集
1 樹的風波	《聯合報》聯合副刊	1982.3.26	收錄《農婦》散文集
2 又一簇新起住宅區	《聯合報》聯合副刊	1983.12.14	收錄《店仔頭》散文集
3 臭水溝上的盆景	《台灣時報》時報副刊	1984	收錄《店仔頭》散文集
4 綠化運動	《中國時報》人間副刊	1985.9.8	收錄《店仔頭》散文集
附錄I：天空步道紫藤花，近看竟是塑膠花	《自由時報》	2021.11.29	劉曉欣
附錄II：基隆市府鋪設人工草皮		2024.4	
5 寧可不要建設	《台灣日報》台灣副刊	1997.11.12	收錄《不如相忘》散文集
6 尖銳的諷刺	《自由時報》自由副刊	1997.12.11	收錄《不如相忘》散文集
7 平原森林	《台灣日報》台灣副刊	2001.11.6-7	收錄《不如相忘》散文集
8 留下一片綠地	《中國時報》人間副刊	2002.1.23	收錄《不如相忘》散文集
附錄：「綠色矽島」應先將台糖地收歸國有		2000	
9 懷念那片柔軟	《中國時報》人間副刊	2007.12.7	
附錄：詩作〈青春沙灘〉	《聯合報》聯合副刊	2014.9.29	收錄《他還年輕》詩集
10 唱歌與種樹	《自由時報》自由副刊	2010.10.11	
附錄：〈全心全意愛你〉	《現代文學》復刊號15期	1981.10	原作〈制止他們〉收錄《泥土》詩集
11 四時歌詠・自然倫理	《文訊》雜誌331期	2013.5	顏訥紀錄

篇名	發表刊物	發表日期	備註
12 森林墓園	《聯合報》聯合副刊	2013.8.25-26	
附錄Ⅰ：詩作〈森林墓園〉	《聯合文學》雜誌 247 期	2005.4	收錄《他還年輕》詩集
附錄Ⅱ：從森林墓園到萬頃綠地	《聯合報》聯合副刊	2013.9.23	廖永來
13 見證——太平山馬告國家公園	《聯合文學》雜誌 350 期	2013.12	
14 敲掉水泥迷思	《聯合報》聯合副刊	2014.1.1-2	
附錄Ⅰ：從廣告到實踐			
附錄Ⅱ：讓土地呼吸——多留綠地、多種樹	《自由時報》自由副刊	2025.4.2	
附錄Ⅲ：詩作〈草坪〉	《台灣文藝革新號》12 期	1979.12	收錄《泥土》詩集
附錄Ⅳ：華人的習慣			王鼎鈞
15 化荒蕪爲綠蔭	《聯合報》聯合副刊	2014.4.3-4	
16 樹與樹葬	《聯合報》聯合副刊	2020.10.13-14	
附錄Ⅰ：公墓森林化（公園化）方案備忘錄			
附錄Ⅱ：九五四四公頃未來的森林	《天下》雜誌 533 期	2013.10.16	高有智
附錄Ⅲ：規劃美好的生命園區			
17 悲傷溪州糖廠	《聯合報》聯合副刊	2021.6.10-11	
附錄：守護最後幾十棵老樹		2023.11.3	泥好．我愛溪州社群
18 芬多精步道	《報導者》	2021.8.12	
附錄：彰化熱到爆、溪州卻涼爽	《自由時報》	2024.6.25-27	顏宏駿
19 開闊歷史視野——《花蓮林業三部曲》閱讀心得札記	《文訊》雜誌 437 期	2022.3	收錄《戀戀摩里沙卡》林田山林業史

附錄I：詩作〈樹靈塔——阿里山上〉	《中國時報》人間副刊	2013.2.7	收錄《他還年輕》詩集
附錄II：錯亂的歷史記憶			
20適地適種	《自由時報》自由副刊	2023.4.21	
21愛．樹．無可取代——植樹節省思	《聯合報》聯合副刊	2023.8.1-2	
22一窩蜂亂亂種（1-4）	《聯合報》聯合副刊	2024.10.9-11	
一窩蜂亂亂種（5）錯把陰香當肉桂	《自由時報》自由副刊	2024.9.6	
22始亂終棄話植栽——致行政院	《報導者》	2024.10.5	
24小小樹園、大大夢想——從「純園」到「哲園」	《聯合報》聯合副刊	2025.2.25-26	
附錄I：愛樹手扎			
種子	《聯合文學雜誌119》期	1994.9	〈賞樹〉
庭院樹	《聯合文學雜誌119》期	1994.9	〈賞樹〉
童年的大樹	《國語日報》	2013.7.13	
純園夢想（1-3）	《自由時報》自由副刊	2014.9.24	
附錄II：詩作〈一起回來呀〉	《聯合報》聯合副刊	2014.8.3	收錄《他還年輕》詩集
附錄III：純園樹詩（1-8）	《印刻文學生活誌》174期	2018.2	收錄《他還年輕》詩集
紫戀樹	《自由時報》自由副刊	2021.3.16	收錄《他還年輕》詩集
台灣，值得更美好——《愛．樹．無可取代》編後記	《文訊》雜誌475期	2025.5	
「台灣，值得更美好」具體建言			
附錄：詩作〈沿海一公里〉	《台灣日報》台灣副刊	1999.5.29	收錄《泥土》詩集

愛・樹・無可取代

看世界的方法 286

作者　吳晟
封面插畫　吳采青

封面設計　吳佳璘
責任編輯　林煜幃

發行人兼社長　許悔之
總編輯　林煜幃
設計總監　吳佳璘
企劃主編　蔡旻潔
行政主任　陳芃妤
編輯　羅凱瀚

藝術總監　黃寶萍
策略顧問　黃惠美・郭旭原・郭思敏・郭孟君・劉冠吟
顧問　施昇輝・宇文正・林志隆・張佳雯
法律顧問　國際通商法律事務所／邵瓊慧律師

製版印刷　鴻霖印刷傳媒股份有限公司

出版　有鹿文化事業有限公司
地址　台北市大安區信義路三段106號10樓之4
電話　02-2700-8388
傳真　02-2700-8178
網址　www.uniqueroute.com
電子信箱　service@uniqueroute.com

讀者線上回函

總經銷　紅螞蟻圖書有限公司
地址　台北市內湖區舊宗路二段121巷19號
電話　02-2795-3656
傳真　02-2795-4100
網址　www.e-redant.com

更多有鹿文化訊息

初版：2025年4月22日
ISBN：978-626-7603-28-4
定價：500元

國家圖書館出版品預行編目(CIP)資料

愛・樹・無可取代/吳晟著. 一初版.
一臺北市：有鹿文化事業有限公司，
2025.04　376面；23 x17公分.
一(看世界的方法；286)
ISBN 978-986-7603-28-4(平裝)
863.4　　114004605

書衣｜高級橡木紙118g
內封｜瑞典赤牛250g
書腰｜美彩紙120g
內頁｜嵩厚劃刊76g